A filha

KATE MCLAUGHLIN

A filha

TRADUÇÃO

JANA BIANCHI

Dados Internacionais de Catalogação na Publicação (CIP)
(Câmara Brasileira do Livro, SP, Brasil)

McLaughlin, Kate
 A filha / Kate McLaughlin; [tradução Jana Bianchi]. – 1. ed. – São Paulo: Editora Melhoramentos, 2023.

 Título original: Daughter
 ISBN 978-65-5539-577-8

 1. Ficção policial e de mistério (Literatura Americana) I. Título.

23-142210 CDD-813.0872

Índices para catálogo sistemático:
 1. Ficção policial e de mistério: Literatura norte-americana 813.0872

Aline Graziele Benitez – Bibliotecária – CRB-1/3129

Toda marca registrada citada no decorrer do livro possui direitos reservados e protegidos pela lei de Direitos Autorais 9.610/98 e outros direitos.

Copyright © 2022 by Kate McLaughlin
Título original: *Daughter*
Publicado mediante acordo com St. Martin's Publishing Group.

Tradução: Jana Bianchi
Preparação: Maria Isabel Diniz Ferrazoli
Revisão: Laila Guilherme e Sérgio Nascimento
Projeto gráfico e diagramação: Carla Almeida Freire
Capa: Bruna Parra
Imagens de capa: Shutterstock e Freepik

Direitos de publicação:
© 2023 Editora Melhoramentos Ltda.
Todos os direitos reservados.

1ª edição, junho de 2023
ISBN: 978-65-5539-577-8

Atendimento ao consumidor:
Caixa Postal 169 – CEP 01031-970
São Paulo – SP – Brasil
Tel.: (11) 3874-0880
www.editoramelhoramentos.com.br
sac@melhoramentos.com.br

Siga a Editora Melhoramentos nas redes sociais:
 /editoramelhoramentos

Impresso no Brasil

Para Keith

Obrigada por me mostrar que um homem não precisa contribuir com seu DNA para ser um pai.

Obrigada por estar comigo quando eu nem sabia que precisava de você e, principalmente, quando eu sabia.

Eu poderia escrever um livro inteiro com todas as coisas que você fez por mim e, ainda assim, não conseguiria expressar o impacto que teve na minha vida.

Obrigada. Por tudo.

Ah, claro: eu te amo. 😊

CAPÍTULO 1

2006

Dayton Culver sabia muito bem que estava entrando onde não devia quando ele e sua golden retriever, Lulu, saíram da trilha no meio da mata. Se soubesse os pesadelos que essa transgressão lhe traria depois daquele dia horripilante de primavera, talvez não tivesse dado aquela escapulida. Só Deus sabia como ele passaria o resto da vida desejando *nunca* ter subido aquela colina.

A mata havia crescido tanto nos últimos anos que quase não dava para ver a placa de PARTICULAR que marcava aquela área específica da propriedade – a ponto de ele poder alegar ignorância caso fosse pego vagando por ali.

A família dele conhecia os Lake havia décadas. A irmã mais velha de Dayton, Cadence, tinha frequentado a escola com Jeff Lake, que ficara com a propriedade depois da morte do pai, alguns anos antes. Jeff ia até lá com muito mais frequência do que os pais costumavam ir no passado. Geralmente só para conferir se estava tudo bem, mas de vez em quando levava a esposa bonitona junto. Os dois tinham feito várias reformas no chalé – a mais recente fora a instalação de um ofurô ao ar livre. Era por isso que Dayton estava com uma bermuda de piscina e uma toalha na mochila. Os Lake não estariam ali numa quinta-feira, e ele poderia relaxar no ofurô sem ninguém desconfiar.

Ele deixou Lulu correr na frente. Raramente prendia a cachorra na coleira, já que ela era incapaz de machucar uma mosca. Era uma boa garota, toda doce.

Mas ela amava cavar, e, quando ele a viu abrindo um buraco a uns noventa metros de distância do chalé, deu um berro para que parasse. Jeff Lake tinha começado um projeto novo de jardinagem – estava sempre plantando algo –, e Dayton não queria que Lulu estragasse tudo. Mas, quando alcançou o animal, percebeu que ela não tinha desenterrado as raízes de um arbusto.

Tinha desenterrado um corpo.

– Meu Deus do céu – sussurrou ele, o horror fazendo seu estômago quase revirar.

Ele conhecia a garota. Já ouvira falar dela. Tinha saído no jornal outro dia. Era de uma cidade próxima e estava desaparecida.

Dayton agarrou Lulu pela coleira, puxando-a para longe do corpo enquanto vasculhava o bolso do jeans com as mãos trêmulas. O sinal ali não era lá grande coisa, mas a torre de telefonia mais próxima ficava a uma distância que lhe permitiria falar com alguém.

Ligou para Daniel, seu primo que era da polícia local. Sabia que os policiais achavam que a menina fora pega por um abusador – um tipo de monstro que cidade alguma quer acreditar que abriga.

Daniel disse para ele não sair dali, então ele não saiu. Ficou parado nos degraus do chalé, longe o bastante do corpo para não ter que ver o olhar vazio do cadáver. Lulu ficou sentada a seu lado, ganindo baixinho de vez em quando porque sentia o nervosismo dele.

Pouco tempo depois, Daniel chegou com o xerife. A certa altura, ele levou Dayton e Lulu até em casa e disse para o primo manter em segredo o que tinha encontrado. No dia seguinte, Dayton ligou para o trabalho dizendo que estava doente, assim não correria o risco de deixar algo escapar. Um dia depois, a cidade só falava sobre como Jeff Lake tinha sido preso. A polícia pegara o criminoso "visitando" o corpo – o que quer que aquilo significasse. Dayton não queria saber.

Logo começou a correr à boca pequena que fora Dayton que encontrara a garota, e ele se tornou uma espécie de celebridade local. Quando a polícia descobriu mais cadáveres na propriedade – alguns dos quais tinham passado muito tempo ali, enterrados sob o jardim pelo qual Jeff Lake era obcecado –, o horror da situação ficou real demais. Dayton não queria ser uma celebridade, muito menos um herói. E não queria pensar naquelas jovens mortas servindo de adubo para roseiras e bordos japoneses.

Depois daquilo, sempre que alguém o elogiava por ter encontrado a garota, ele dizia que Lulu tinha sido a verdadeira heroína. Fazia isso com a esperança de que, em algum momento, pudesse fingir que nem sequer estivera ali. Talvez até pudesse esquecer o rosto da coitadinha da menina.

Dayton deu várias entrevistas depois da prisão de Lake. Sua mãe estava morrendo de orgulho; gravava todos os programas em que ele aparecia e recortava as matérias de jornal nas quais ele saía. Reproduziam muitas frases que ele dizia, mas a que mais repetiam por aí era algo que, anos depois, Dayton desejaria nunca ter dito – ou desejaria ao menos ter elaborado a frase de forma diferente. Falara aquilo em resposta à especulação dos jornalistas sobre o envolvimento de Allison nos crimes do marido e o que aquilo poderia significar para a filha do casal.

– A pobre da criança vai crescer sabendo que o pai era um monstro – tinha dito Dayton em um microfone colocado diante de seu rosto. Olhar para a câmera dava nervoso, então ele mantinha a atenção focada no repórter. – Que tipo de vida ela vai ter? Pra onde quer que vá, as pessoas vão falar dela pelas costas, e isso se ela tiver sorte. Talvez falem na cara dela mesmo. Essa garota vai ser assombrada pelos crimes do pai pelo resto da vida. Que Deus a ajude. Não acho que ela vá ter um segundo de paz na vida.

CAPÍTULO 2

Eu juro por Deus que vou *matar* alguém.

– Muda de música! – grito acima da canção pop bombada que sai dos alto-falantes.

A voz da cantora está acabando com o restinho de paciência que ainda tenho.

É sábado, e minha melhor amiga, Taylor, e eu estamos sentadas em cima da bancada da cozinha da casa do namorado dela, Mark, dividindo uma garrafa de vinho branco desses bem docinhos. A festa acabou de começar e tem, tipo, uns vinte amigos nossos da escola por aqui. Alguém está fumando um baseado no deque nos fundos, e o ofurô já foi inaugurado. É começo de fevereiro em Connecticut, e estamos curtindo um pouquinho. Vem fazendo pouco sol e muito frio ultimamente. Ninguém mais aguenta neve, e todos estamos contando os dias até as férias de primavera.

Não aguento mais essa porra de música.

– Pelo amor de Deus! Alguém muda de música!

– Beleza! – grita Mark, entrando na cozinha. – Caramba, segura as pontas aí.

Ele é alto, tem ombros largos e cabelo curtinho. Todos os jogadores do time de futebol americano rasparam o cabelo no começo do ano, e só agora está deixando de parecer que ele se alistou no exército sem avisar ninguém.

O garoto mexe no celular e a música para. Antes que eu possa agradecer, começa a tocar uma do Lil Baby. O volume está alto a ponto de dominar minha mente, mas não o suficiente para que algum vizinho chame a polícia. Não tão cedo.

– Viu… – começa Keith Hamilton, um cara que também é do time de futebol americano e quase não tem pescoço. Ele se aproxima. – Se vocês não estivessem sentadas aqui, a gente teria muito mais espaço para colocar umas comidas.

Eu arroto.

– Viu… Se *você* não estivesse parado bem aí, a gente teria uma vista mais bonita – diz Taylor, soltando uma risadinha pelo nariz e deixando escapar um pouco de vinho.

Keith joga um pacote de Doritos em mim. Eu pego a embalagem no ar com a mão que não está segurando a garrafa de vinho.

– Sua escrota – diz ele antes de sair andando.

– Seu cuzão – respondo, entregando a garrafa para Taylor. Abro o salgadinho, pego um punhado e enfio tudo na boca. *Hum.* – Quer?

Ela faz uma careta.

– Se eu for vomitar depois, a última coisa que quero é que o meu vômito tenha cheiro de queijo.

Dou de ombros.

– Belê. Sobra mais pra mim.

Meu plano é ficar bêbada a ponto de não ligar para o cheiro do meu vômito. Pego o vinho e dou um grande gole. Minha mão ainda está coberta de pozinho laranja do Doritos.

– Scar, pega leve – alerta minha amiga, arregalando os olhos escuros. – O Neal deve aparecer.

Sério, no momento não estou nem aí se Neal Davis vai ou não dar o ar da sua graça. Cobiço esse garoto desde o começo do ano, e ele me perguntou se eu viria esta noite. Minha empolgação durou uns cinco minutos, porque logo depois minha mãe surtou quando perguntei se podia ir com a minha turma na excursão a Nova York semana que vem. Ela disse que não, como sempre. Não confia em mim nem para fazer uma excursão supervisionada e, com certeza, não confia em mim para sair com alguém. Não aguento mais ela pegando tanto no meu pé. O que essa mulher vai fazer quando eu for para a faculdade? Ir comigo?

Ai, merda. Pior que é capaz de ela ir mesmo.

Uma vozinha na minha cabeça interrompe a estática enlouquecida. *Se controla*, sussurra para mim. *Você não quer que o Neal veja você no fundo do poço, vomitando as tripas, quer? E você não vai deixar a sua mãe arruinar a sua vida.*

Devolvo a garrafa para Taylor, que a coloca ao lado dela na bancada.

– Talvez a sua mãe mude de ideia – sugere minha amiga, entendendo meu humor.

– Pode ser – concordo, mas não acredito nisso.

Minha mãe não é má, ela só é… protetora. Superprotetora. Tipo, ao extremo. Ela precisou conhecer a família inteira da Taylor antes de a gente começar a andar juntas, e isso foi no jardim de infância. Os Li, por outro lado, ficaram bem de boa com a nossa amizade. Minha mãe também puxou a ficha inteira do meu último namorado, que na verdade também foi o meu primeiro namorado. E provavelmente é o único que vou ter até a faculdade, porque tenho certeza de que namorar comigo não vale todo o esforço. Minha mãe me colocou em uma escola particular e acho que monitora tudo o que faço na internet. Ela é complicada.

E também é a única família que eu tenho, e eu sou a dela. Meu pai foi embora quando eu era um bebezinho, e minha mãe se afastou dos pais – e dos sogros. Nós nos mudamos para Watertown, Connecticut, quando eu tinha uns dois anos e pouco. Acho que ela não namorou mais do que três caras na minha vida inteira, e nunca conheci nenhum deles. Até já me perguntei se não estamos em algum programa de proteção à testemunha ou coisa do gênero.

Ela não é paranoica só comigo. Alguma coisa aconteceu para minha mãe ter ficado assim, só que ela me olha nos olhos e mente, em vez de me contar a verdade. Acho que foi algo bem pesado. É razão suficiente para eu pegar leve com ela. E geralmente eu pego. Hoje, porém, não estou me sentindo nada leve.

Uma vez, Taylor fez uma brincadeira sobre minha mãe ter me sequestrado quando criança. "Talvez ela nem seja a sua mãe de verdade." E riu ao falar isso. Foi só uma brincadeira. Puxei muita coisa da minha mãe, menos os olhos. Mas não ri na época, porque nunca tinha pensado naquilo.

Ela poderia muito bem me seguir até a faculdade. Ou me impedir de partir. Ela quer que eu vá para a Wesleyan, mas me inscrevi em todas as universidades decentes que encontrei que são fora de Connecticut e têm curso de Cinema. Acho que minha mãe poderia até se negar a pagar a mensalidade, mas minha poupança para a faculdade está no meu nome, e vou ter acesso ao dinheiro quando for maior de idade.

Até agora, passei em duas faculdades.

Vou fazer dezoito anos em agosto. Faltam só seis meses para poder controlar a porcaria da minha própria vida. Posso fugir com o circo se eu quiser, e minha mãe não vai poder fazer nada a respeito.

– É importante pra mim. Eu vou, sim, nessa excursão – digo a Taylor, cerrando a mandíbula.

– Sei. – Ela não parece muito convencida, provavelmente porque sabe que estou falando só da boca pra fora. – Ah, olha… A Ashley e a Sofie chegaram.

Ela desce da bancada, e vou atrás dela. Ashley e Sofie são duas outras amigas da escola. Nós quatro andamos bastante juntas. Minha mãe conheceu ambas e a família de cada uma delas também. Provavelmente tem dossiês sobre todo mundo escondidos numa caixa embaixo da cama.

Às vezes quase a odeio por me humilhar como já humilhou. Sabe, é uma escola pequena… Graças ao meu único e patético ex-namorado, todo mundo sabe como minha mãe é. Ela não me fez nenhum favor quando me mandou para estudar lá. Quer saber? Também não me fez nenhum favor quando me deixou namorar aquele idiota. Pelo jeito, as habilidades detetivescas dela não são tão boas quanto ela acha que são.

Parte da raiva evapora quando vejo minhas amigas. Minha amizade com Taylor é mais antiga, mas a gente anda com Ashley e

Sofie desde o Ensino Fundamental. Ver as três se abraçando me faz pensar nas personagens de *As panteras*. Tay é descendente de coreanos, baixinha, com cabelos e olhos escuros. Ash é alta, miscigenada, com cabelos loiros cacheados e olhos azuis bem brilhantes. Sof é baixinha e curvilínea, ruiva de olhos verdes. E branca – muito, muito branca. Ela tem o tipo de pele que vira um pimentão se ficar no sol por mais de cinco minutos. Meu cabelo é castanho e meus olhos são de um azul-acinzentado. Não sou tão alta quanto Ash, mas também não sou pequena. Em outras palavras, perto das três, estou bem na média.

Eu me junto ao abraço. Ash tira uma garrafa de tequila da bolsa, e todas soltamos gritinhos de comemoração. Vinho e tequila. Bebedeira, aqui vou eu! Estarei com uma bela ressaca amanhã. Espero que a minha mãe perceba. Quero que ela saiba que saí para me divertir e que ela não pôde fazer nada para impedir.

Ela sabe que vou dormir na casa da Taylor hoje à noite, mas não sabe da festa. Não sou besta de contar.

Ash trouxe limão, que a gente corta na cozinha. Mais pessoas já chegaram, e as coisas estão ficando barulhentas. Tem gente por todos os lados, virando bebida em copos plásticos vermelhos e enchendo o ar com o cheiro dos cigarros eletrônicos – baunilha, tabaco e alguma coisa com cheiro doce de fruta… Manga, talvez? É difícil saber, com o cheirão de maconha que vem lá de fora.

– Pois podem ter certeeeeza de que vou entrar no ofurô quando o Sam chegar – informa Ashley, mostrando o biquíni que está usando por baixo da blusinha. Eu sempre tive inveja da pele dela, mais escura e perfeita de um jeito que a minha jamais será. Ela puxou a mãe, uma ex-modelo que é uma mistura de Tyra Banks com Rihanna. Acho que ela nunca teve uma cicatriz ou espinha na vida. – Ele fica tão gostoso molhado…

Basta dizer que Sam é nadador e fica uma gracinha de sunga. E o que quero dizer é: não sobra muita margem para a imaginação.

Taylor fuça nos armários e traz copinhos de shot para todas nós, enfileirando os quatro na bancada como uma profissional. A voz de

Cardi B começa a sair dos alto-falantes, e canto rap junto com ela, assim como Ashley.

Estou chupando um gomo de limão depois de um shot de tequila quando Neal chega. Neal Davis. Alto, magro... com seu jeitão de estrela do atletismo. Ele tem cabelo bem preto, olhos castanho-claros e as coxas mais maravilhosas que já vi. Pena que é inverno e ele está de jeans. Arranco a fatia de limão da boca e jogo o bagaço no lixo, limpando meus lábios às pressas com as costas da mão.

Mark o cumprimenta com um abraço meio de lado. Neal coloca um fardo de cerveja em cima da ilha da cozinha e pega uma das latinhas.

– E aí, meninas? – diz ele para o nosso grupo, mas olha para mim. Meu coração falha uma batida.

– Oi – respondo, meu cumprimento perdido no meio das minhas amigas. Mas não importa: ele viu meus lábios se moverem.

– Tem te-qui-lá ou aqui? – brinca ele. – Me serve um shot?

– Serve você, Scar – sugere Taylor, abrindo um sorriso malandro antes de puxar Ash e Sof para longe.

Fico parada ali, sozinha com Neal – tão sozinha quanto é possível numa casa cheia de gente.

– Não sabia que você bebia – diz ele, colocando tequila num copinho limpo de shot.

– Eu sou uma caixinha de surpresas – disparo.

Faço uma careta assim que as palavras saem da minha boca. Que coisa idiota para dizer.

Neal abre um sorriso e coloca uma pitada de sal nas costas da mão.

– Pelo jeito, é mesmo. Você não vai beber também?

Certo, beleza. Encho o copinho e o deixo colocar sal nas costas da minha mão.

Ele conta.

– Um... dois... três.

Lambemos o sal, viramos o shot e cada um morde um pedaço de limão. Rio da cara dele e de como estremece.

– Como vocês dão conta de beber um troço desse? – ele quer saber.

– Puta merda, que porrada.

Dou de ombros.

– Acho que sou mais durona que você, só isso. – Abro um sorriso.

O dele fica ainda mais largo.

– Então quero outra dose, senhorita durona.

Bebemos de novo. Ele me oferece uma cerveja, e eu aceito, mesmo não gostando muito. Mas preciso pegar mais leve (Taylor tem razão), e a cerveja posso beber aos golinhos.

Ele tira um cigarro eletrônico do bolso e dá uma tragada. Gosto do cheiro, mas não tenho um. A única vez que usei um desses foi para ficar meio chapada com maconha. Não tenho a menor vontade de me viciar em nada. Além disso, minha mãe teria um treco. Ela está sempre falando de reportagens sobre os perigos de usar cigarro eletrônico, fumar, beber, usar drogas. Ah, e de transar. E de se envolver com estranhos. De viver, no geral.

O vinho e a tequila começam a subir, uma sensação quente e trêmula. A música chega ao meu esqueleto, estimulando meu corpo a se mexer. Devagar, começo a dançar, o quadril mexendo no ritmo da música. De repente, Taylor, Ash e Sofie estão comigo, e nós quatro nos entregamos à música, as bebidas erguidas acima da cabeça.

Vou ficando com o cabelo molhado de suor conforme danço, mas não estou nem aí. Eu me sinto bem, livre. Quando Neal se junta a nós, viro para ele na mesma hora com um sorriso no rosto. Sóbria, eu ficaria com vergonha e toda cheia de dedos, mas não é o que acontece agora. Não estou exatamente bêbada, mas quase. A um fiozinho de cabelo de me sentir bem pra caralho. Quero ficar bem aqui, oscilando na beira do abismo.

Todo mundo conhece a música que está tocando, mas não consigo lembrar o nome. Não importa; canto junto enquanto danço. O resto da galera faz o mesmo. Neal e eu cantamos um para o outro, às gargalhadas. Derrubo cerveja no braço. Dou um golão na latinha. Estou com sede. A música muda, mas a gente continua dançando. Fecho os olhos, e continuamos em movimento. Suor escorre pelas minhas costas. Dou outro gole; a latinha fica vazia, e a coloco em cima da mesa próxima.

Quando a música muda de novo, começa a tocar uma bem lenta. Neal me puxa para perto sem falar nada e dançamos juntinhos, com meus braços ao redor de seu pescoço.

Tá acontecendo. Foco no momento, aproveito tudo. Se as coisas evoluírem além disso, minha mãe vai descobrir e fuçar a vida dele. Vai me fazer um milhão de perguntas e querer conhecer o cara, e ele vai ver como ela é surtada. Provavelmente vai me perguntar a respeito. Talvez ele lide bem com ela, talvez não. *Talvez* decida que valho a pena.

Mas nada disso interessa no momento. Minha mãe nem sabe que Neal existe, e ele também não sabe nada sobre ela. Ele é meu segredo mais maravilhoso. Suspiro quando minhas pernas roçam nas dele. Ele aperta a minha cintura. Ergo a cabeça, e nossos olhares se encontram. Neal sorri. Percebo que está prestes a me beijar.

Meu celular vibra no bolso de trás. É a minha mãe. Eu sei que é. Está conferindo como estou, como faz sempre que saio. Se eu não responder em dois minutos, ela vai me mandar outra mensagem, e, se eu não responder a essa em sessenta segundos, ela vai consultar o GPS do meu celular. Eu devia ter deixado o telefone na casa da Taylor. Merda.

A música termina, e eu me afasto dos braços de Neal.

– Já volto – digo.

Giro nos calcanhares e sigo para o banheiro do andar de baixo. Felizmente está livre.

Faço xixi enquanto leio a mensagem da minha mãe. É a "Só tô conferindo como você tá" de sempre. Respondo: Tá tudo bem. A gente tá vendo um filme.

Dou a descarga e lavo as mãos. Meu celular vibra de novo.

> **Mãe**
> te <3

> **Eu**
> também te <3

Sinto o estômago embrulhar quando digito a resposta. Apesar de ela me obrigar a mentir para poder ter um mínimo de vida social, eu realmente amo a minha mãe. Ela é incrível, em todos os outros aspectos. Sempre me apoiou e nunca deixou faltar nada. Ela só se preocupa demais.

Uma nova onda de náusea bate. Merda. Talvez não seja só a culpa que está mexendo com meu estômago, afinal de contas. Talvez seja o fato de que cerveja, tequila e vinho não foram feitos para serem misturados no mesmo balde de suco gástrico.

Ai, meu Deus.

Taylor e eu acabamos com uma garrafa de vinho – e, para ser honesta, preciso admitir que eu bebi a maior parte. Nem sei quantos shots de tequila mandei para dentro, e aquela cerveja que Neal me deu era uma lata de seiscentos.

Eu me viro para segurar o cabelo com uma das mãos e tiro os fios do rosto um segundo antes de correr para a privada. O álcool sai queimando. Parte do vômito respinga no assento. Vou ter que limpar tudo depois. Meu estômago revira de novo. Um pouco da nojeira sai pelo meu nariz. Ai, merda. Isso arde.

Depois de um tempo, paro de vomitar. Não tem mais nada para botar para fora. A náusea passa. Me apoio na pia e limpo a boca, depois faço bochecho com o enxaguante bucal que encontro no armariozinho.

Limpo o assento com papel higiênico antes de dar a descarga em tudo e usar um aromatizador de ar para encobrir o cheiro. Depois, confiro o rosto no espelho e limpo o rímel manchado embaixo dos olhos. Assoo o nariz, passo gloss de novo e ajeito o cabelo. Pronto. Ninguém vai saber que acabei de botar as tripas para fora.

Quando chego na sala, as pessoas ainda estão dançando, mas não vejo Neal. Me viro e entro na cozinha. Lá está ele, bebendo uma cerveja gelada, falando com Chelsea Chatterton, uma das garotas mais populares da escola.

Meu coração aperta. Será que ele se distrai *tão* fácil assim? Tudo o que precisa é ver um sorriso que custa uma fortuna e peitos grandes demais para serem naturais?

Passo por Neal e Chelsea a caminho da bancada onde a garrafa de tequila está. Parece que outras pessoas já se serviram, mas ainda tem um pouquinho. E o que é melhor: ainda tem limão. Corto um em quatro e sirvo um shot. Meu estômago vazio recebe a bebida com um leve retorcer.

Cadê aquele Doritos?

– Você tá me dando um perdido?

Jogo o bagaço do limão no lixo e me viro. Neal está diante de mim com uma expressão séria.

– Não – respondo.

– É que você fugiu de mim.

– Eu precisava ir ao banheiro.

– Mas depois passou por mim como se eu não existisse.

– Vocês estavam conversando.

Ele se aproxima, abaixando a cabeça para que só eu ouça.

– Eu estava esperando você.

Ergo o queixo. O rosto dele está muito, muito perto do meu. Consigo ver o verde rajado de azul e dourado de seus olhos.

– Ah – digo. Feito uma idiota. – Valeu.

– Eu queria beijar você – diz ele.

Fico sem ar. Agradeço a Deus por ter bebido aquele shot, porque caso contrário nunca o deixaria me beijar com meu bafo de vômito misturado a enxaguante bucal.

– Eu também queria que você me beijasse.

Os lábios dele encostam nos meus, e meu cérebro desliga. A boca dele é quente e úmida, e, meu Deus do céu, é incrível. Está com gosto de cerveja, que se mistura com o de tequila na minha e me faz lembrar do banheiro, levando meu estômago a revirar de novo. Ignoro.

Quando Neal enfim afasta o rosto, estamos ambos ofegando um pouco, os hálitos se misturando.

– Quer ir pra um lugar um pouco mais tranquilo? – pergunta ele.

Na minha cabeça, ouço minha mãe me alertando sobre os riscos de sair com homens e rapazes estranhos. Ignoro isso também. Neal não é um estranho, e nunca ouvi nenhuma garota reclamando de comportamentos abusivos da parte dele. Gosto dele. Confio nele. Então faço que sim com a cabeça.

Ele estende a mão, e eu a pego. Neal me puxa pela cozinha, depois pelo corredor até a escada. Ninguém presta atenção em nós. Tem um monte de gente dando uns amassos no corredor – esperando na fila do banheiro. Neal e eu subimos. Ele é um dos melhores amigos de Mark e conhece a casa. Ele me leva até um quarto que parece ser de visitas, depois fecha a porta e passa a chave.

Meu coração parece espancar minhas costelas. E se eu estiver errada? E se ele já tiver feito merda com várias garotas mas ninguém nunca disse nada por medo?

Ele me leva até a cama. A única luz é a que entra pela janela, então ele fica quase todo nas sombras. Sento ao lado dele.

– A gente não vai fazer nada que você não queira – sussurra ele.

– Tá bom.

Quero acreditar nele. Quero muito. Odeio minha mãe por me fazer ser paranoica como ela.

Ele me beija de novo – um beijo mais profundo desta vez. Mais urgente. Sinto um frio na barriga e me inclino na direção dele, querendo mais. Neal se deita na cama, me puxando para deitar por cima dele, o corpo quente e rígido embaixo do meu. Ele percorre minhas costas com as mãos, e meu cabelo cai ao nosso redor como uma cortina, bloqueando o luar. Somos só eu, ele e o som da nossa respiração enquanto a música retumba e risos abafados soam ao longe.

Estamos em nosso mundo secreto. A gente pode fazer o que quiser, e ninguém nunca vai saber. Neste momento, com ele, posso fingir que minha vida é assim. Fingir que tenho controle sobre alguma parte dela.

Nunca mais quero ir embora.

---

12 de fevereiro de 1996

Diante dos recentes casos de sequestro, polícia pede a mulheres que fiquem atentas

O desaparecimento recente de três jovens na área de Raleigh fez a polícia emitir um alerta, em especial às mulheres com idade entre 18 e 24 anos, pedindo que tenham cautela ao saírem sozinhas, principalmente à noite.

Heather Eckford, 23, de Raleigh, é a desaparecida mais recente da região nos últimos cinco meses. A srta. Eckford foi vista pela última vez no Clube de Cavalheiros Mystique, onde começou a trabalhar na madrugada do último domingo logo após a meia-noite. Depois de terminar seu turno, a srta. Eckford foi vista saindo pela porta dos fundos do clube, que dá para o estacionamento. Seu carro e sua bolsa foram encontrados no local na manhã seguinte. Testemunhas dizem que ela foi vista mais cedo, no início da noite, falando com um homem de cabelo loiro, de comprimento médio, que usava um boné de beisebol escuro e óculos. Antes do desaparecimento da srta. Eckford, Kasey Charles, 19, e Julianne Hunt, 21, desapareceram, respectivamente, em outubro e dezembro do ano passado. A srta. Charles, aluna da NCSU, havia saído com amigos quando sumiu de um bar depois de se encontrar com um homem loiro. A srta. Hunt, garçonete em uma lanchonete 24 horas, foi vista pela última vez em 13 de dezembro. Segundo testemunhas, ela se comportou normalmente naquela tarde e estava feliz com uma gorjeta substancial deixada por um "estranho bonitão de cabelo dourado". Assim como no caso da srta. Eckford, o carro e pertencentes da srta. Hunt também foram encontrados no estacionamento do trabalho na manhã seguinte. Ela ainda está desaparecida.

A polícia não confirmou se os desaparecimentos estão relacionados, mas o fato de as três mulheres terem sido vistas falando com um homem loiro foi suficiente para a publicação de um comunicado pedindo às mulheres que tomassem medidas extras de precaução, especialmente as que trabalham no período noturno ou andam sozinhas tarde da noite. As autoridades pedem que sempre sigam acompanhadas até o local onde deixaram o veículo estacionado e, quando saírem para socializar, andem em grupos.

CAPÍTULO 3

—Vocês transaram? – É a primeira coisa que Taylor pergunta quando acordamos na manhã seguinte.

Nós duas desmaiamos assim que voltamos para a casa dela depois da festa. Ainda estamos com a roupa de ontem.

– Não – confesso, fazendo uma careta ao sentir na boca o gosto de cabo de guarda-chuva. – Ele não tinha camisinha.

Preciso de café. E de água. E de um transplante de língua. Ah, e de um pouco de bacon e ovos mexidos para melhorar o humor do meu estômago. Torradas também cairiam bem. Talvez um bagel.

– Você não colocou DIU?

– Sim, mas ele não vai me proteger contra herpes ou clamídia.

Coloquei o DIU para me ajudar com o fluxo intenso de menstruação. O fato de ser um método anticoncepcional é só uma feliz coincidência. Minha mãe me fez ler um panfleto sobre ISTs alguns anos atrás, e fiquei morrendo de medo.

Taylor revira os olhos enquanto sai da cama.

– O Neal não tem herpes.

Ela não tem como saber disso. Só o próprio Neal sabe e, embora ele seja bem gostoso, não é tão gostoso a ponto de eu me arriscar a pegar alguma coisa.

Dormi na cama extra no quarto de Taylor. Costumava ser da irmã dela, Vikki, até ela ir para a faculdade. Devagar, saio de baixo das cobertas.

– Então, respondendo à sua pergunta, não. A gente não transou. Mas fizemos todo o resto. Sorrio com as lembranças meio borradas. Com sorte, Neal se divertiu o bastante para querer mais.

– Vou jogar uma água no corpo – diz ela. – Fique à vontade pra usar o toalete do corredor.

– Toalete.

Não sei onde ela pegou essa mania, mas sempre chamou o banheiro de toalete. Em situações normais, eu esperaria Taylor terminar de usar o banheiro da suíte, mas realmente preciso de um banho. Estou cheirando a bebida, e definitivamente tem maquiagem borrada na minha cara inteira. Dormir com as roupas com que cheguei da rua faz eu me sentir um lixo.

Pego a mochila que trouxe comigo e, assim que tranco a porta do banheiro, fico nua e ligo o chuveiro. Depois escovo os dentes (duas vezes), tomando o cuidado de limpar bem a língua.

Tiro a maquiagem debaixo do chuveiro, passo xampu e condicionador no cabelo e me esfrego com uma esponja até a pele pinicar. Foi uma festa boa, então por que me sinto tão melhor depois de lavar todos os traços dela do corpo?

Taylor não está no quarto quando volto, por isso largo a mochila e desço. Estou usando uma legging grossa, um suéter largão e meias fofas, e prendi o cabelo num coque no topo da cabeça. Encontro minha amiga na cozinha, preparando o café da manhã, usando roupas praticamente iguais às minhas.

Dou uma força para ela. Estou fazendo ovos mexidos quando minha mãe manda mensagem querendo saber como estou. Pergunta a que horas vou chegar, porque ela precisa ir para a farmácia em algumas horas. Ela é farmacêutica e, embora o salário seja ótimo, tem um monte de responsabilidades.

Digo que vou chegar lá pela uma da tarde.

– Quer ir pra casa comigo? – pergunto a Taylor. – A gente pode maratonar alguma coisa na Netflix.

– Fechou. Até porque meus pais vão chegar logo, e não quero ficar ouvindo histórias do funeral da minha tia-bisavó.

– Tem certeza? – Jogo os ovos batidos na frigideira quente. – Vai que você perde alguma fofoca das boas, tipo que aquele pedaço de mau caminho do namorado dela deu em cima da sua avó?

Ela revira os olhos.

– Nossa, como você é engraçada. Por que tá demorando tanto pra terminar de cozinhar isso aí?

Olho para ela de canto de olho. Geralmente, tirar sarro do namorado muito mais novo da sua tia-bisavó a faz rir.

– Ih, tem alguém de mau humor... Pelo visto você também ficou chupando o dedo ontem, né?

– Fiquei – responde ela de cara feia. Vou ter que me esforçar para fazer minha amiga sorrir. – O Mark praticamente me ignorou pra ficar com os amigos dele a noite inteira. Acho que ele quer terminar, mas não tem coragem.

Ergo as sobrancelhas enquanto procuro uma colher para mexer os ovos.

– Sério? – É a primeira vez que ela me fala disso.

– Sim. Você não percebeu como ele ficou falando com a Aliah? Ela praticamente esfregou os peitos na cara dele, e ele não fez nada sobre isso.

Não percebi, mas eu também estava ocupada demais com o Neal.

– O que você vai fazer?

Ela enxuga uma lágrima com as costas da mão enquanto abre o armário onde ficam as canecas.

– Dar um pé na bunda dele antes que ele dê um na minha. E depois superar essa porra. – Ela abre um sorriso brilhante. – O Travis me chamou pra sair.

Rindo, balanço a cabeça e misturo os ovos. Eu estaria preocupada se não soubesse por experiência que ela vai ficar bem. Quando Taylor decide superar alguma coisa, ela vai e supera.

– Como você faz isso? Você saiu com mais caras este ano do que eu desde o começo do Ensino Médio.

Para alguém que dá tão pouco crédito aos garotos, ela parece gostar deles, e eles também parecem gostar dela.

Taylor coloca duas canecas sobre a bancada.

– É porque eu me valorizo. Você é tímida… Acha que é sortuda quando alguém te dá bola, sendo que na verdade é o contrário.

Não posso me sentir ofendida pela afirmação dela, já que é verdade. Sou tímida mesmo, e não é que me senti mesmo a menina mais sortuda do mundo quando Neal abriu aquele sorriso para mim?

Continuamos falando da festa enquanto cozinhamos. Depois de comer e beber o bule inteiro de café, vamos para a minha casa.

– Ué – diz Taylor, pouco antes de entrarmos no carro dela.

– O que foi? – pergunto, olhando para onde ela está encarando.

– Tá vendo aquele SUV preto? Parece o que estava estacionado na frente da casa do Mark ontem à noite.

– Um monte de gente tem SUV preto, Tay. A gente mora na Nova Inglaterra. Provavelmente é de algum vizinho.

– Verdade – concorda ela. – Deve ser.

Mas, pela testa franzida, ela não gostou da ideia de eu ter desconsiderado sua teoria. Sério, ela vê séries policiais demais. Mas não tanto quanto Ash. Aquela menina é uma enciclopédia ambulante de tudo que tem a ver com assassinos em série. Ela quer estudar Psicologia Anormal na faculdade, e tenho certeza de que vai arrasar.

A gente entra no carro e sai da garagem. Dou uma olhada no SUV quando passamos por ele, mas as janelas têm película, então não consigo ver muita coisa. Não há nada de especial no carro, juro. Pode ser tanto de um traficante quanto de uma dessas mães cheias de filhos.

– Mas e aí, você vai contar sobre o Neal pra sua mãe? – pergunta Taylor ao volante.

Fulmino minha amiga com um olhar incrédulo.

– Você ainda tá bêbada? Não, não vou contar a ela sobre o Neal. Só vou contar o que for absolutamente necessário.

– Ela vai descobrir.

Dou de ombros.

– Qual é mesmo aquele ditado? É melhor pedir desculpas do que permissão? Especialmente nesse caso, em que ela com certeza não vai dar permissão nenhuma. Além disso, você viu como foi com o Chase.

– O Chase é um babaca. Ele não precisava ser daquele jeito e ter constrangido você como fez.

– U-hum.

Mas constrangeu. Contou para todo mundo sobre a minha mãe "instável". Contou para todo mundo que eu não valia a pena. E mesmo assim acabou indo para a cama comigo. Mas, enfim, ele se formou ano passado, então não preciso mais olhar para a cara dele.

– Se você acha que o Neal pode ser como o Chase, tá saindo com ele por quê?

– Não acho que ele é como o Chase. Só não quero correr o risco. Não ainda.

Taylor concorda com a cabeça como se me entendesse, mas nós duas sabemos que ela não entende. Os pais dela são razoáveis. Ela faz o que quer. A boa e velha invejinha faz meu estômago fervilhar, mas reprimo a sensação. Minha amiga não tem culpa por minha vida ser como é.

Quando chegamos em casa, minha mãe já saiu para o trabalho, e fico feliz por isso. Não estou com cabeça para lidar com ela agora. Jogo as roupas sujas na máquina de lavar e pego uns refrigerantes na geladeira enquanto Taylor procura alguma coisa legal na Netflix para a gente assistir no meu quarto.

Deitamos na minha cama, apoiadas numa montanha de travesseiros. Deixamos as cortinas fechadas. Segundo minha mãe, ficar o tempo todo no escuro é pedir para ter depressão. Ela provavelmente está certa, mas gosto do escuro. Me dá paz.

O telefone de Taylor vibra na metade do segundo episódio do programa de confeitaria britânico a que estamos assistindo (ideia dela). Ela hesita antes de deixar a ligação cair na caixa postal. Deve ser o Mark.

– Ligo pra ele depois – diz sem tirar os olhos da TV.

Faço um carinho no braço dela, mas não falo nada. Taylor vai fazer o que for melhor para ela. Conheço minha amiga há tempo suficiente para saber que, se ela quiser algum conselho, vai pedir.

Depois de assistirmos a seis episódios, Taylor decide voltar para casa. Mark não ligou de novo, e sei que ela está chateada por causa disso. Ele costumava ligar e mandar mensagem o tempo todo. Mas, na época, ela também atendia quando ele telefonava.

– A gente se fala mais tarde – diz ela, me dando um abraço.

Retribuo com força e fecho a porta assim que ela sai. Com um suspiro, pego outro refrigerante na geladeira. Minha mãe deve chegar logo, e aí vamos decidir o que fazer para o jantar. Talvez ela esteja a fim de uma pizza. Ela não gosta muito de cozinhar, e eu não como nada desde o café da manhã. Depois de ver o programa de confeitaria, me deu até vontade de fazer cupcake. Pena que eu sou um zero à esquerda na cozinha.

Pela janelinha acima da pia da cozinha, vejo as luzes de freio do carro de Taylor quando ela sai da garagem. Os postes iluminam o banco do motorista, e vejo o brilho do celular dela. Aposto que está ligando para o Mark. Com sorte, nenhum policial vai vê-la mexendo no celular enquanto dirige.

Percebo outra coisa. Quase passa batido, mas meu cérebro pega no tranco no segundo seguinte. Com o refrigerante ainda na mão, viro de novo para a janela e foco nos postes do outro lado da rua – só algumas casas para o lado.

O SUV preto está parado debaixo deles.

* * *

A escola onde estou cursando o Ensino Médio é uma grande construção de alvenaria que mais parece uma antiga e espaçosa casa de fazenda. Existe há mais de um século, e, embora a parte de dentro seja bem moderna, gostam da ideia de manter o exterior com essa cara de coisa velha e chique. Alguns alunos compram a historinha de "exclusividade" que o colégio vende, mas a maioria de nós sabe que estudar aqui é nossa melhor chance de entrar numa boa faculdade. Escolas como a nossa têm muito dinheiro rolando por trás, e com isso vem a influência. O site tem uma lista de "ex-alunos notáveis", que inclui políticos, magnatas dos negócios, celebridades e até alguns atletas famosos. Resumindo, as pessoas esperam excelência de quem estuda nessa escola, e é isso que as faculdades querem, né?

É pressão demais.

Neal está esperando em frente ao meu armário quando chego na segunda de manhã. Como ele sabe que esse é o meu armário? Não faço ideia. Ele deve ter perguntado para alguém. Gosto de pensar que ele se esforçou para me encontrar. Está usando jeans e um suéter preto que faz seus olhos ficarem bem verdes.

Sinto um quentinho no peito quando o vejo. As memórias da noite de sábado são meio borradas, mas lembro de ficar com ele. Lembro do que a gente fez. Lembro de como ele é habilidoso...

– Oi – diz ele, os olhos cintilando como se soubesse no que estou pensando.

– Oi – repito feito um papagaio.

– Eu me diverti muito na festa.

– É. – Evito o olhar dele para não passar vergonha. – Eu também.

– Você não me mandou mensagem ontem.

Coloco a senha na tranca do armário para abri-lo.

– Você também não.

Ele apoia o ombro no armário ao lado do meu.

– É, mas você falou que ia mandar.

Ergo o olhar enquanto abro a portinha do armário.

– Falei, é? – Não me lembro de ter dito isso.

Neal faz que sim com a cabeça.

– Quando eu perguntei se podia mandar mensagem, você disse que mandaria. Esqueceu?

– Putz, verdade. Foi mal. – Tiro da bolsa os livros de que não vou precisar e os guardo.

– Você estava meio chapada – diz ele, dando uma risadinha. Quando olho para o garoto, vejo seu sorriso morrer. – Ei, você queria ficar comigo, né? Ou sou um babaca e entendi tudo errado?

Ele parece aterrorizado. É legal da parte dele. A maioria dos caras não ia estar nem aí, acho.

– Não, você não entendeu errado – digo baixinho. Olho ao redor para garantir que não tem ninguém ouvindo. – Tô me sentindo mal por ter esquecido.

Na verdade, isso me chateia um pouco. Consigo ouvir a voz da minha mãe listando os perigos de beber demais e como isso afeta a memória e o bom senso. Eu achava que ela só falava abobrinha, mas... Tipo, eu *realmente* não me lembro de ter dito a ele que ia mandar mensagem.

Também não me lembro de me despedir dele naquela noite. Nossa, não lembro nem como a Taylor e eu voltamos para a casa dela.

Ele dá um apertão de leve no meu braço.

– Tá tudo bem. Eu também estava meio altinho. Só fiquei com medo de ter feito merda.

Balanço a cabeça e fecho a porta do armário.

– Não fez, não.

– Isso significa que você topa repetir alguma hora?

Não acredito que a gente está falando sobre sair para se pegar como se fosse um almoço ou coisa do gênero. Respiro fundo. Quero dizer para ele que não tenho interesse em algo casual, mas também não estou lá muito ávida para assumir um relacionamento.

– Sim – respondo. – Com certeza.

Então por que hesitei?

Neal abre um sorriso.

– O que acha de a gente sair alguma noite desta semana? Ir ao cinema ou algo assim?

Tipo um encontro romântico? Alguma coisa dentro de mim solta um suspiro de alívio. Talvez ele esteja *mesmo* interessado em mim. É claro que não falo isso como se, sei lá, estivesse desesperada. Já tive muitos crushes que nunca me deram a menor bola. É difícil encontrar alguém que também goste da gente.

– Acho uma ótima.

Neal olha para mim por um tempinho, ainda sorrindo.

– Então... Eu vou com uma galera lá pra Myrtle Beach nas férias de primavera. Você devia ir junto.

– Myrtle Beach? – Franzo a testa. – Na Carolina do Sul?

– Isso. A gente já até alugou uns quartos e tal. – Ele se inclina para mais perto de mim, baixando a cabeça. – Peguei um só pra mim.

Não vou mentir: a respiração dele na minha orelha me causa um calafrio. Taylor me disse ontem que pretende ir nessa viagem, embora tenha terminado o relacionamento com Mark cinco minutos depois de sair da minha casa. Ela, Ashley e Sofie pegaram um quarto só para elas. Eu poderia ficar junto.

Ah, tá. Como se minha mãe fosse me deixar ir.

– Vou ver se rola – respondo.

É a vez dele de franzir a testa.

– Que outro compromisso você teria?

Suspiro. Não faz sentido mentir – não sou boa nisso, e sem dúvida ele já ouviu as histórias que Chase espalhou. Além disso, seria legal dar a ele a chance de fugir antes de se envolver demais comigo.

– Olha, minha mãe é toda paranoica. Não sei se ela vai me deixar ir.

– Sério? Ou você só não tá a fim de ir mesmo?

Alguém chega para usar o armário ao lado do meu, e preciso me aproximar um passo de Neal. Baixo a voz.

– Você acha que eu ia inventar alguma coisa constrangedora se não quisesse ir? Não, minha mãe é super-rígida e ansiosa. Se eu não quisesse ir, ia falar que vou pra Europa ou coisa do gênero.

Neal dá uma risada.

– Todas as suas amigas vão. Sua mãe gosta das meninas, não gosta? Gosta.

– Vou pedir, mas não prometo nada.

Ele aperta meu braço de novo.

– Sempre dá pra dar uma escapadinha.

Ergo uma das sobrancelhas.

– Você quer que a polícia da Carolina do Sul bata lá no seu quarto do hotel? Porque minha mãe é doida nesse nível.

As sobrancelhas dele se juntam um pouco, como se ele estivesse tentando entender as coisas.

– Sexo é um problema pra ela? Tipo, ela é super-religiosa ou algo assim?

– Não, ela não é amiga de Jesus, não. Tá mais preocupada com eu ser sequestrada pelo maníaco do machado.

– Não tem muita chance de isso acontecer, estatisticamente falando. Tipo, você tem mais chance de cair da escada ou de sofrer um acidente de carro.

Ele não surta, o que é bem legal. Menos constrangedor. Não tenho a sensação de que está me julgando. Muita gente acha que eu devia bater de frente com a minha mãe – tipo, desafiá-la abertamente. Não é uma opção. Eu amo a minha mãe. Não quero discutir com ela, mas também sei que tenho pouco poder na nossa relação. Para onde vou se ela ficar irritada? Não tenho para onde correr além da casa da Taylor e não posso esperar que os pais dela me aceitem. Até completar dezoito anos, preciso fazer o que minha mãe diz – ou descobrir um jeito de dar uma escapadinha.

Não consigo pensar em como dar uma escapadinha até Myrtle Beach.

– Eu sei. Acho que ela sabe disso também. É só… – Suspiro. – Sou tudo o que ela tem.

– Filha única? – pergunta ele, e confirmo com a cabeça. – De mãe solo?

Confirmo de novo.

– Ela também não tem família por aqui.

– Que merda. – Ele parece perplexo, mas de repente seus olhos cintilam. – Vocês estão no programa de proteção à testemunha ou coisa assim?

Caio na risada.

– Não! – É ridículo ouvir isso em voz alta.

Neal retribui o sorriso.

– Bom, você não poderia contar se estivesse.

O sinal toca. Que saco.

– Pra onde você tá indo agora? – pergunta ele, e aponto para o fim do corredor. –Também vou pra lá. Vou com você.

É coisa da minha cabeça ou as pessoas estão nos encarando? E nem é como se eu fosse a Miss Popularidade da escola. Sou normal, mas a maioria da escola sabe quem o Neal é. Será que acham que sou o casinho da semana dele? Talvez eu seja, mas prefiro ter o Neal por um tempinho do que não ter.

Meu Deus, falando assim, parece que estou desesperada. Sei que ele já saiu com várias meninas. Talvez eu seja só um brinquedinho novo para ele, mas vou me dar por satisfeita.

Ele me leva até a sala de aula.

– A gente se vê no almoço? – pergunta ele.

– Se você quiser, geralmente sento ao lado da janela – respondo.

Os lábios dele se curvam num sorrisinho.

– Eu encontro você. Guarda um lugar pra mim.

– Ah, nossa, eu sou megapopular – zombo. – Vai ter uma fila de gente querendo almoçar comigo quando você chegar.

Ele ajeita a mochila no ombro.

– Então vou fazer questão de chegar primeiro. – E acena antes de se virar e ir embora.

Fico olhando por um segundo ele se afastar – é difícil resistir aos ombros e à bunda dele –, depois entro na sala. Pessoas que nunca prestaram atenção em mim antes me encaram enquanto vou até a minha carteira. De repente virei algo interessante.

Curioso como ter seu nome associado ao de outra pessoa pode alterar imediatamente sua posição social. Humanos são tão inconstantes… Sento mais ereta na cadeira e finjo não notar os olhares, mas por dentro?

Estou *amando* a atenção.

* * *

Quando minha mãe chega do trabalho, estou esperando por ela com uma taça de vinho branco e um sorriso.

Ela estreita os olhos azuis, desconfiada, mas sorri. Está usando batom vermelho-escuro, que fica maravilhoso em contraste com o cabelo loiro e liso e a pele branquinha. Ela sempre se arruma com perfeição para ir trabalhar, mas eu sei como ela é quando estamos só nós duas – e não tem nada a ver com isso.

– O que você aprontou? – pergunta, erguendo as sobrancelhas enquanto tira o casaco e as botas.

– Nada – respondo. – Não posso ficar feliz de você ter voltado pra casa?

– Você tem dezessete anos. Nunca deveria ficar feliz por eu ter chegado em casa. – Mas ela ainda está sorrindo. Pega a taça da minha mão e dá uma cheiradinha. – Você colocou alguma coisa nisso aqui?

– Sério?

Ela gargalha.

– Tá bom, parei.

Eu poderia disfarçar, enrolar um pouco mais, mas por quê? Pego o copo com refrigerante na bancada e dou um gole.

– Um pessoal da escola vai pra Myrtle Beach agora nas férias. Eles me chamaram pra ir junto.

– Myrtle Beach? – repete ela num tom tão nostálgico que me pergunto se já esteve lá.

– Isso. A Taylor vai.

Minha mãe balança a cabeça.

– Não acho que seja uma boa ideia, Scarlet. Vários abusadores vão para destinos populares de férias caçar vítimas.

A maioria das mães se preocuparia com sexo, bebida ou drogas, mas a minha, não. A minha se preocupa com assassinos em série e estupradores. O esquisito é que nunca a vi assistir a esses programas policiais – de ficção ou baseados em casos reais. Nunca a vi ler livros sobre esse tipo de coisa. Parte de mim quer perguntar o que aconteceu com ela, mas tenho medo da resposta.

– A gente vai estar em turma. – Tento outra tática. – Por favor, mãe. É meu último ano. Pode ser que eu nunca mais veja alguns desses amigos. Posso fazer uma lista de todo mundo que vai.

Isso a faz amolecer, acho.

– Scarlet...

– Só pensa com carinho – interrompo. – Por favor.

Ela assente, hesitante. Nós duas sabemos que ela provavelmente vai negar, mas pelo menos posso ter um pouco de esperança agora.

E talvez eu a convença a me deixar ir se for especialmente boazinha. Se provar que vou tomar cuidado.

Coloco o copo na pia. Olho pela janela por pura força do hábito. Por um segundo, esqueço de Myrtle Beach.

— Hum. Aquele SUV voltou.

— O quê? — Minha mãe para ao meu lado e olha na mesma direção. Franze a testa. — Ele está ali faz quanto tempo?

— Eu percebi ontem de manhã. Ah, você acha que vão pegar o senhor Grant com a mão na botija roubando as roseiras da senhora Daily?

É um escândalo da vizinhança — não que a gente fale muito com os vizinhos. Mas numa manhã dessas ouvi a sra. Daily gritando com o sr. Grant sobre isso.

Minha mãe não ri. Não sorri. Não sei nem se me ouviu. Está encarando o carro. Meu Deus, ela é paranoica mesmo. Precisa ter um motivo, mas não consigo imaginar qual.

A menos que a gente esteja mesmo no programa de proteção à testemunha.

— Tem alguma coisa que você queira me contar? — pergunto com um sorriso, tentando me distrair da sensação incômoda no estômago.

Ela vira a cabeça de súbito.

— O quê? — O tom dela é ríspido, e o hálito cheira a vinho branco.

Aponto a janela com a cabeça.

— Esse SUV preto. Você agindo de forma estranha. Por acaso você tá desviando coisas da farmácia?

— É claro que não. — Ela faz uma cara feia. — Que pergunta mais besta, por que está perguntando isso?

Nossa, o bom humor dela realmente desapareceu.

— Por que você tá obviamente surtada com um carro do outro lado da rua. E ainda fechou a persiana.

Ela fechou mesmo, impedindo que o pouco de luz do sol que o dia ainda tem a oferecer entrasse no cômodo.

— Eu não estou surtada por causa de um carro. Só fico de olho quando tem gente estranha no bairro. E fechei a porcaria da persiana porque o sol estava pegando no meu olho.

Ergo uma das sobrancelhas.

– Sei. – Sério, o que raios está acontecendo com ela? Se ela usasse algum remédio, ia me perguntar se tinha parado sem me avisar. Mas a única coisa que ela toma é a vitamina de manhã, e o magnésio, para não ter enxaqueca. – Foi só uma piada.

Ela deixa os ombros caírem. Isso a faz parecer frágil. Minha mãe sempre foi magrinha, tipo as modelos de passarela. Eu costumava invejar isso, mas agora não consigo tirar os olhos das escápulas magras marcadas debaixo da blusa... Ela quebraria tão fácil...

Os dedos gelados e secos da mão livre dela se fecham ao redor do meu pulso. Ela dá uma apertadinha de leve – e é tudo o que sinto antes que me solte. Não é muito, mas é o suficiente.

– Estou com uma leve dor de cabeça – diz ela enquanto coloca a taça de vinho ao lado do meu refrigerante na bancada. – Vou dar uma deitada. A gente pode pedir comida chinesa para o jantar. E depois falamos sobre as férias de primavera.

Dou de ombros, derrotada.

– Beleza.

Não estou lá muito chateada, porque nunca passou pela minha cabeça que ela diria sim. Eu a conheço.

Ela para na porta e se vira.

– Scarlet, querida...

Meu olhar encontra com o dela.

– Eu sei. Você me ama. Só quer me manter em segurança.

Minha mãe abre um sorriso, mas há tristeza nele.

– Sim, mas não era isso que eu ia dizer.

– Pode falar, então.

Ela abre e fecha a boca antes de continuar:

– Ai, caramba. Me corta o coração ver você assim. – Ela suspira. – Não vai mais ser uma surpresa, mas eu estava pensando que você e eu podíamos ir para a Inglaterra nas férias. Como a gente estava planejando.

Inglaterra? Ela está brincando com a minha cara? Neal definitivamente vai achar que estou dando um gelo nele se disser isso. Na verdade, provavelmente vai pensar a mesma coisa que eu agora – que minha mãe está disposta a fazer qualquer coisa para não me perder de vista.

E quer saber? Não ligo. É a *Inglaterra*. Tenho vontade de ir para lá há anos.

– Mãe... – digo, incapaz de esconder a empolgação. – Isso seria *demais*.

Ela sorri, e vejo o alívio em seu rosto.

– Ótimo. A gente pode começar a planejar durante o jantar. Você pede, tá bom? O que quiser. Você sabe do que eu gosto.

– General Tso's. Já saquei.

Eu a vejo ir para o quarto enquanto tento despertar do choque. O que raios acabou de acontecer? Minha mãe é mesmo tão paranoica que me levaria para outro continente só para me ter sempre por perto? Bom, mas que se dane. Não estou nem aí. A gente vai para a Inglaterra. Ai, meu Deus, vou comprar tanta coisa em Londres... E talvez a gente possa ir até a Torre, ver onde a Ana Bolena morreu. E os corvos.

Minha mente está girando com tantos planos. Eu me viro para a janela, curiosa, e ergo uma ponta da persiana para espiar a rua.

O SUV preto foi embora.

CAPÍTULO 4

Terça à noite, os meteorologistas anunciam uma enorme tempestade de neve tardia que deve durar até quarta de manhã. As aulas são suspensas. Taylor vem na terça mesmo para usarmos o dia de neve para "trabalhar nas nossas redações de história".

Na verdade, ela arranjou um pouquinho da maconha medicinal do irmão, depois a gente vai tingir meu cabelo, relaxar e comer até não poder mais. O barato já vai ter passado quando minha mãe voltar do trabalho, mas nesse meio-tempo vou dar uma desestressada. Às vezes a vida parece coisa demais para gerenciar. Talvez eu a torne mais complicada do que precisaria ser, sei lá. O que sei é que gasto muito tempo sentindo que preciso estar sempre espiando por cima do ombro, embora não tenha a menor ideia do que espero encontrar me seguindo.

Fumamos cigarro eletrônico com maconha no deque dos fundos enquanto observamos as pessoas limparem a neve das entradas das garagens com pás e removedores elétricos. A neve parou por volta das oito da manhã, logo antes de a minha mãe sair para trabalhar. Estou com uma sacolinha de plástico no cabelo e uma toalha nos ombros, vestindo um conjunto de moletom e pantufas peludinhas. Com certeza estou gatíssima. Mas mal posso esperar para ver meu cabelo pronto.

– É sério isso de vocês irem para a Inglaterra? – pergunta Taylor, me passando o cigarro eletrônico.

– Acho que sim. – Inspiro fundo e arrepio. Odeio com todas as forças o gosto da maconha, mas amo como me sinto quando fumo. O gosto de queimado impregna minha garganta. Seguro a respiração, depois expiro devagar. Sinto a tensão no pescoço e nos ombros se soltando. – Minha mãe costuma manter a palavra.

– Maneiro. – Taylor chacoalha a cabeça. – Ah, pelo menos você vai fazer uma viagem incrível.

Dou de ombros.

– O Neal provavelmente vai sair com outra pessoa.

– Se sair, ele é um idiota – responde ela, soltando o vapor dos pulmões. – Essa erva é da boa.

– U-hum. – Estou com a cabeça avoada, o cérebro lento. Não estou pensando muito, nem preocupada com nada. – Cara, mal posso esperar pra fazer o tour do Jack, o Estripador.

Minha mãe concordou em ir, e não vou deixar que ela mude de ideia. A história e o mistério são o que me atrai.

Taylor ri e me entrega o cigarro eletrônico de novo.

– A Ash vai ficar com tanta inveja…

Dou mais uma tragada e deixo a maconha de lado por um tempo. Estou naquele ponto perfeito do barato em que só quero me sentar em algum canto e refletir sobre as maravilhas do Universo. Quero me sentir segura e lenta assim para sempre.

Mas preciso beber alguma coisa. Estou com gosto de erva na boca, e minha língua está meio esquisita.

Quando entramos, confiro o cabelo – ainda precisa de um pouco mais de tempo, então ficamos ouvindo músicas e comendo salgadinhos, e só depois lavo o cabelo na pia da cozinha. A água escorre vermelho-escura. Passo um condicionador profundo – com um pouquinho de tonalizante também – e espalho o produto da raiz à ponta. Boto uma touca de banho por cima. Acho que vou ficar bem com essa cor de cabelo.

– Vamos começar a ver o filme – sugiro. – Vou deixar agir por um tempinho.

A gente pega coisas para beber e comer e vai até a sala para ficar de bobeira no sofá em frente à TV. Salgadinhos e biscoitos com gotas de chocolate – a comida universal dos chapados.

Nunca fumei muito, mas este ano está sendo pesado, e não quero contar à minha mãe sobre a ansiedade que estou sentindo para que ela não decida que, por causa disso, não é uma boa ideia eu ir para a faculdade de Cinema ano que vem. A maioria das minhas preocupações vem de como acho que ela vai sabotar os meus planos. Então é sofrer ou ficar chapada. Parece uma escolha fácil para mim. Meu médico receitou uns comprimidos, mas minha mãe saberia caso eu tomasse mais do que o indicado. Às vezes o fato de ela ser farmacêutica é um pé no saco.

Estamos na metade de um filme da Marvel quando a campainha toca.

Taylor e eu trocamos um olhar questionador que só os chapados na mais sublime das brisas conseguem compartilhar.

– Tá esperando alguém? – pergunta ela.

– Não.

Levanto do sofá, tropeçando nos pés enquanto dou a volta na mesinha de centro. Provavelmente não devia ir ver quem é, mas minha mãe às vezes recebe umas encomendas. Não me espantaria se deixassem a caixa na neve.

Abro a porta e me deparo com dois homens de expressão séria parados no alpendre recém-limpo. Um cara é branco, provavelmente um pouco mais velho que a minha mãe, e alto pra caramba. O outro é negro, com cabelo cortado bem rente e barba. Ambos estão usando terno por baixo do longo casacão de lã.

– Senhorita Murphy? – pergunta o mais alto.

Sinto o coração bater na garganta. De repente fico ansiosa com o fato de esses homens parecerem… oficiais. E estou sob o efeito de drogas.

– Quem são os senhores? – pergunto. Minha língua parece estar com uns cinco centímetros de espessura e seca como um tapete velho.

– Agente especial Richards – diz o outro. A barba dele é tão bem aparada que não consigo parar de encarar seu maxilar. – Estou aqui com a delegação do FBI de New Haven. Este é o agente especial Logan, de Raleigh.

Preciso inclinar a cabeça para trás, para ver o sorriso leve que não chega a tocar os olhos escuros do agente Logan. Ele tem um rosto gentil, mas parece cansado. Tipo, exausto.

– Olá – cumprimenta ele.

Pestanejo. Preciso ficar sóbria. Felizmente, o sangue pulsando rápido nas minhas veias parece estar ajudando. Fico parada no lugar como uma idiota, com a touca de banho na cabeça.

– Posso ver seus distintivos, por favor? – peço. Por causa da estática zumbindo na minha cabeça, a frase soa como "dixititivos, pufavô?".

– Você é cuidadosa – diz o agente Logan, vasculhando o bolso. Ele tem um sotaque levemente sulista. Então acho que ele é da cidade de Raleigh, na Carolina do Norte. – Ótimo.

– O Ted Bundy fingia que era policial – digo, pegando o distintivo que ele estende para mim. Estou fedendo a fumaça de cigarro eletrônico. Será que ele consegue sentir o cheiro de maconha? – E o John Christie era da polícia mesmo. – Percebo que estou falando igual à minha mãe.

O agente Richards estreita um pouco os olhos.

– Pelo jeito, você sabe muito sobre assassinos em série.

Só porque sei o nome de dois? Ele claramente não conhece a Ashley. Para ser sincera, só sei isso do Christie por causa dela.

– Eu sou uma mulher jovem – digo. – É meio que minha obrigação. Conhecer meu inimigo, né?

Dou uma olhada no distintivo e o devolvo. De uma forma ou de outra, não saberia dizer se é falso ou verdadeiro. Além disso, o SUV preto está estacionado na entrada da garagem de casa. É o mesmo que vem rondando a casa desde o fim de semana.

Isso é sério.

– Certo – concorda Richards, mas tem algo esquisito em seu tom de voz. – Você sabe alguma coisa sobre um homem chamado Jeff Lake?

– Todo mundo sabe – respondo. – O Sam Claflin ganhou um Oscar por interpretar o Jeff Lake.

O filme é meio exagerado e especula sobre o número de vítimas, mas a performance de Claflin é incrível. Discutimos a obra no curso de Cinema Norte-Americano que fiz no começo do ano.

Os agentes me encaram. Sinto um calafrio de inquietação descer pelas costas.

– Aconteceu alguma coisa? – pergunto. Minha vontade é bater a porta na cara deles.

– Senhorita Murphy, você sabe o nome de solteira da sua mãe?

– Aconteceu alguma coisa com a minha mãe?

Ai, meu Deus. Estou tendo um ataque de pânico. Não consigo respirar.

O agente Logan coloca a mão no meu ombro.

– Vamos entrar, Scarlet. Pode ser? – pergunta ele.

Concordo com a cabeça, e ele entra, me guiando. Pega uma das banquetas que ficam debaixo da bancada da cozinha onde tomamos café da manhã.

– Senta aqui, querida. Sua mãe tá bem – diz.

Ah. O ar sai tão rápido dos meus pulmões que o cômodo gira.

– Delvigne – digo ao policial. – O nome de solteira da minha mãe era Gina Delvigne.

Os agentes federais trocam um olhar.

Estou à beira de um colapso. Tiro a touca da cabeça. O cabelo, úmido e murcho, cai sobre os meus ombros.

– Eu queria muito saber o que está acontecendo.

– Ligue para a sua mãe – orienta o agente Logan. – Diz pra ela que estamos aqui.

Será que a minha mãe está em apuros? Não. Ela nunca fez nada errado na vida. Que merda, se um policial apenas olha para ela, minha mãe fica superparanoica.

Ai, meu Deus. Ela está em apuros. Talvez esteja *mesmo* desviando coisas da farmácia. Ela ou um dos empregados. Meus joelhos estão fracos demais para chegar até a sala.

– Tay – chamo. – Você pode trazer meu celular aqui?

Um segundo depois, minha amiga entra na cozinha. Está com o cabelo preso num coque bagunçado e veste um conjunto de moletom no qual cabem duas dela. É nítido que está chapada. Taylor olha para os homens com um sorriso idiota que vira uma risadinha nervosa.

– Oi – diz ela feito uma besta.

O agente Logan sorri e pega o celular das mãos da minha amiga.

– Opa. Você é a...?

– Essa é minha amiga Taylor – digo quando ele me entrega o telefone. Ele puxa assunto enquanto digito o número da minha mãe. Ela atende no terceiro toque.

– Oi, querida. Posso ligar pra você daqui a pouco? Uma cliente aqui precisa de ajuda.

Engulo em seco. Minha garganta arde de tão ressecada.

– Mãe, o FBI tá aqui.

Silêncio. Depois:

– O quê? – É um tom de voz que nunca a ouvi usar antes.

– Eles me perguntaram qual é o seu nome de solteira. – Olho para os agentes enquanto falo isso. Eles me encaram de volta.

– Qual é o nome deles?

Que porcaria de diferença isso faz?

– Agentes Richards e Logan.

– Puta que pariu – sussurra minha mãe. Meu coração pula uma batida. Ela quase nunca fala palavrão. – Scarlet, passa o telefone para o agente Logan.

– Mãe...

– Só faça isso, querida. Vai ficar tudo bem.

Meu corpo treme, e com dificuldade ofereço o celular para o homem mais alto. Ele fica ridículo com meu telefone de capinha brilhante escrito BEIJO, VADIA perto do ouvido.

– E aí?

E aí? Ele a cumprimenta como se fossem velhos amigos. Que porcaria é essa? Ai, meu Deus. A gente está *mesmo* no programa de proteção à testemunha? Acho que preciso sentar. Espera. Estou sentada. *Merda*. Não estou entendendo nada.

– Sim – continua o agente Logan, o olhar fixo em mim. Não consigo ouvir o que minha mãe diz, mas ela parece estressada. – Faz muito tempo... Sim, ela está ótima... Não, eu não... É claro que não... Até mais tarde. – Ele tira o celular do ouvido e o devolve para mim. – Ela já está vindo.

Estou tremendo.

– O que tá acontecendo?

O agente Logan abre um sorriso amigável.

– Prometi para a sua mãe que ia esperar ela chegar para conversarmos. Suspeito que ela vá dirigir acima do limite de velocidade.

– Ela nunca dirige acima do limite de velocidade – digo a ele. – Ela não gosta de lidar com a polícia.

O homem apenas sorri de novo, como se soubesse de algo que não sei.

– Já que vamos ter que esperar um pouquinho, que tal a gente almoçar? – começa o agente Richards, batendo uma palma. – Vocês gostam de pizza? É por minha conta.

Eu me viro para Taylor, que está me encarando com olhos tão arregalados que parecem dois pires. Isso não pode estar acontecendo. É uma piada. Uma pegadinha.

Mas sei que meu estômago embrulhado não é um truque nem uma pegadinha. E sei que, depois de hoje, minha vida nunca mais será a mesma.

26 de agosto de 1996

Pais pedem ajuda da população na busca pela filha

CHARLOTTESVILLE (AP) – Os pais da aluna do primeiro ano da Universidade da Virgínia que foi vista pela última vez andando para casa depois de uma festa no dia 1º de agosto acreditam que a filha foi sequestrada e pedem a quem possa ter alguma informação que se apresente.

O sr. e a sra. John Ford, de Waynesboro, também planejam ir à televisão para fazer um apelo pelo retorno da filha, Jackie, 21. "Nossa filha não é do tipo que foge", disse o sr. Ford por telefone na noite de ontem. "Liga algumas vezes por semana e vem nos visitar todo domingo. Ela está realmente focada na sua educação e no futuro. Não deixaria tudo isso para trás, principalmente sem falar conosco antes. Ela não nos faria passar por um tormento desses de propósito."

Jackie, que tem 1,52 m e 54 kg, longos cabelos castanhos e olhos verdes, foi vista pela última vez na área de Thomson Road, logo depois da meia-noite. Estava usando short jeans rasgado, camiseta baby look vermelha e sandálias. Qualquer pessoa que tenha informações deve ligar para a polícia de Charlottesville.

* * *

Minha mãe chega mais cedo do que eu esperava. O agente Logan abre a porta quando a vemos se aproximar com o carro. Ela o encara por um momento, depois diz algo que não consigo escutar e os dois se abraçam.

O agente do FBI está abraçando a minha mãe. Eles se conhecem, puta merda. Como podem se conhecer? *Por que* se conhecem?

Em seguida, ela vem até mim. Eu me levanto. Seu cabelo balança ao redor do rosto enquanto ela anda na minha direção. Está com as bochechas vermelhas por causa do frio quando me puxa para um abraço. Sinto o cheiro da loção pós-barba do agente Logan no cabelo dela. Não gosto disso.

– Você está bem? – pergunta ela, se afastando um pouco para me inspecionar. Espero muito não estar fedendo a maconha.

Concordo com a cabeça.

– Mãe, o que tá acontecendo?

Ela arqueia uma das sobrancelhas.

– Eles ainda não te contaram?

– Queriam esperar você.

– Ótimo. – Parte da tensão em seu maxilar se alivia quando ela me solta. – O que você fez com o seu cabelo? – Ela parece horrorizada.

– Pintei. Você odiou?

Enxaguei o condicionador depois de ligar para ela e sequei os fios. Está num tom maravilhoso de borgonha. Eu achei bonito.

– Não. Você parece… uma pessoa que eu conhecia. – Ela balança a cabeça. – Você não terminou de almoçar.

Olho para o pedaço meio comido de pizza largado num prato sobre a bancada.

– Não consegui.

– Você devia tentar comer. Tem café? – Ela se vira para o agente Logan quando pergunta.

– Vou pegar uma xícara pra você – oferece ele. – Você ainda gosta dele puro?

Ela concorda com a cabeça.

– Mãe… – sussurro quando ele vai para a cozinha minúscula. – Como você conhece esse cara? E por que ele tá aqui? Você se meteu em alguma confusão?

– Relaxa. – Ela pega minha mão gelada entre as dela. – Vai ficar tudo bem. Senta aqui pra gente conversar.

É a voz que ela usava comigo quando eu era uma criancinha e tinha pesadelos.

Atordoada, sento no banquinho. Ela senta ao meu lado.

– Vocês querem que eu saia? – pergunta Taylor.

Abro a boca para dizer que não.

– Sim – responde minha mãe. A expressão dela fica mais suave quando vê a expressão ofendida de Taylor. – Meu bem, nós vamos falar sobre coisas muito íntimas. A Scarlet vai poder te contar o que achar apropriado depois, mas você se importa de dar uma licencinha agora?

Minha amiga pega o celular e as chaves.

– Volto pra pegar minhas coisas depois – diz ela, corando. – Me liga.

Tudo isso é tão confuso. Quando a porta fecha atrás dela, percebo que sou eu que estou sobrando aqui. Todo mundo parece se conhecer, mas não conheço nenhuma dessas pessoas – nem mesmo a mulher sentada ao meu lado.

O agente Logan volta e entrega uma xícara de café quente para a minha mãe. Depois ele e o agente Richards sentam nos banquinhos do outro lado da bancada, de frente para nós.

– O que tá acontecendo, Andy? – pergunta minha mãe.

Sinto os ombros enrijecerem. *Andy?*

O agente Logan abre um sorrisinho.

– Ô mulher difícil de encontrar, você. – Ele diz isso com certo grau de respeito.

– Obviamente, não difícil o bastante – responde ela.

– Quanto tempo faz? Quinze anos?

– Mais ou menos. Mas vocês não vieram até aqui só pra gente contar como anda a vida.

Ver minha mãe falando assim é como ver uma atriz interpretando um papel. Ela parece familiar, mas é uma pessoa diferente. Tem uma severidade no tom dela que nunca vi.

Ela está com medo, e tenta esconder. Está pálida pra caramba.

O agente Logan passa a mão no queixo bem barbeado.

– O Lake está morrendo.

– Lake? – repito, olhando para minha mãe. – O Jeff Lake?

Foi por isso que me perguntaram sobre ele mais cedo? Para saber quanto eu sabia a respeito dele?

Minha mãe me olha nos olhos. Os dela cintilam como seixos polidos.

– Sim, o Jeff Lake.

– Mãe, você foi uma das vítimas dele? – Ouvi histórias sobre algumas garotas que conseguiram escapar dele. *Ai, meu Deus, isso explicaria a paranoia dela.*

– Sim – diz o agente Logan, mas minha mãe continua em silêncio. Não gosto do jeito como ele olha para ela. Como se ela fosse importante para ele. Como se compartilhassem um segredo. – Ela foi uma das vítimas dele.

Puxo minha mãe num abraço. Sinto seu corpo enrijecer.

– Sinto muito, mãe.

Não quero cair no choro na frente dos agentes, mas sei o que Lake fazia com aquelas garotas. A ideia dele machucando a minha mãe... E eu sendo uma babaca porque ela é rígida comigo.

Ela se solta do meu abraço e me segura um pouco longe do corpo. Seus braços tremem.

– Ele está morrendo de quê, Andy?

– Câncer no pâncreas.

– Ótimo. – A voz da minha mãe é tão gélida que sinto um calafrio. – Quando encontrar com ele, pode dizer que espero que ele morra bem devagar.

– Não vai ser uma morte tão lenta quanto a gente quer, Allison.

Allison? Olho para a minha mãe. Espera, ela não pode ser...

– Meu nome é Gina agora. E por que você diz que a morte dele não vai ser tão lenta quanto a gente quer?

– Ele nos ofereceu informações sobre as outras garotas.

Minha mãe balança a cabeça com tanta força que o cabelo dela acerta meu rosto.

– Não. O Jeff nunca *oferece* nada. Ele quer algo em troca.

– As garotas que a gente não encontrou, Al... Gina – diz o agente Logan, erguendo a voz. – Você sabe o que isso significaria para as famílias.

– Não! – grita ela. Eu me encolho. – Eu não vou me encontrar com ele, Andy. Não vou.

Uma expressão de sofrimento toma o rosto dele.

– Não. Você, não.

Minha mãe fica branca e imóvel como uma estátua de mármore. Será que ela vai desmaiar?

– Não – sussurra ela. – Não, isso não.

De repente fico farta de continuar sentada como uma maldita idiota.

– Alguém precisa me contar o que tá rolando. *Agora.* Mãe, você... Você é Allison Michaels?

É quase coisa demais para absorver. Se ela é Allison Michaels, a esposa de Jeff Lake, então... então eu sou...

Não.

É o agente Richards quem continua.

– Jeff Lake ofereceu contar sobre o restante das vítimas, quem eram e onde encontrar os corpos... Mas disse que só vai dar a informação para uma pessoa.

Ele olha para a minha mãe.

Ela balança a cabeça de novo. Parece estar à beira das lágrimas. Não consigo olhar para ela – é horrível demais vê-la assim.

– Vocês não podem forçar minha mãe a falar com ele – digo aos homens.

Às vezes ela me enlouquece com suas paranoias, mas agora tudo faz sentido. Ela ainda é minha mãe, e eu a amo. Não vou deixar que ninguém a machuque. Que ninguém nos machuque.

O agente Logan suspira.

– Não é sua mãe que ele quer ver.

Quero enfiar os dedos nos ouvidos como se fosse uma garotinha. Lá, lá, lá, lá, lá. Não estou ouvindo nada. Tem um rugido alto ecoando na minha cabeça, como quando a gente coloca uma concha no ouvido. Eles não estão dizendo o que acho que estão dizendo. Não pode ser, porra.

– Por favor, não – implora minha mãe, se virando para mim. – Não façam isso.

– Ele só vai contar pra filha dele – diz o agente Richards, olhando para mim como se tivesse comido algo azedo.

– Não – digo. Sei exatamente onde isso vai dar, e não pode ser.

Quando Allison Michaels deixou o marido e desapareceu, dezesseis anos atrás, levava alguém consigo – a filhinha deles. Meu estômago revira, ameaçando botar para fora todo o salgadinho e o refrigerante que ingeri mais cedo.

Eu *não* sou a filha de um assassino em série.

CAPÍTULO 5

— **N**ão queria que você tivesse descoberto assim.

Viro a cabeça na direção da minha mãe. Estamos sozinhas. Os agentes Logan e Richards foram embora há alguns minutos, depois de decidirem que minha mãe e eu precisávamos de um tempo para conversar. Eles chegaram de repente, viraram minha vida de cabeça para baixo e deram no pé. Eu meio que odeio os dois por causa disso.

Não sei o que fazer com essa informação. Meu nome, minha vida, *eu*... é tudo uma mentira. Estou atordoada. Devia estar sentindo alguma coisa, não devia? Em vez disso, estou largada no sofá. A mesinha de centro está cheia de embalagens de batatinha meio comidas. Que merda, a Taylor deixou o cigarro eletrônico dela aqui. Felizmente, minha mãe não viu. Espero que ainda tenha um pouco de erva, porque eu talvez precise de uma baforada mais tarde. Enfio o cigarro no bolso da calça de moletom.

Jeff Lake, o Ted Bundy dos anos noventa e começo dos anos dois mil, é a porra do meu pai. É um dos assassinos em série mais conhecidos da história dos Estados Unidos, com certeza do século XXI. Metade dos meus genes vem dele.

De qualquer forma, esse homem – o "Monstro Americano", como alguns tabloides o chamam – decidiu que quer me ver. Enquanto está lá, morrendo. Forçou o FBI a dar seus pulos, se quiser saber o nome das vítimas restantes.

E se eu não for visitá-lo, se eu não respirar o mesmo ar que ele... aquelas garotas nunca serão localizadas ou identificadas.

– Estamos correndo contra o relógio – respondeu o agente Logan quando eu disse que precisava pensar. – Peço que você pense bem rápido, por favor. Obrigado.

Talvez isso seja choque, essa sensação de vazio. Isso de estar vivendo tudo como se estivesse atrás de uma divisória de vidro. Talvez ainda esteja chapada. Simplesmente não consigo acreditar que isso está acontecendo.

Sinto um tremor doloroso atrás do olho. Será que estou tendo um derrame? Um aneurisma, quem sabe? Talvez isso seja melhor do que esse sentimento, o que quer que seja ele.

Minha mãe está olhando para mim, esperando que eu fale. Certo.

– Você devia ter me contado antes.

Minha voz está calma – calma até demais. É quase como se eu pudesse sentir meu cérebro tentando processar toda essa informação e tirar algum sentido dela.

Ela assente com um olhar envergonhado.

– Eu queria esperar até você ter idade o bastante, e aí depois comecei a sempre encontrar desculpas para não falar nada.

Sinto um calafrio no estômago.

– Por quê? Porque achou que eu não ia conseguir aguentar?

Será que sou uma criança frágil? Não é essa a razão pela qual ela praticamente me enrolou em plástico-bolha e me manteve na rédea curta a vida toda?

Ela parece surpresa.

– Não. Porque eu... eu tinha vergonha.

Não era o que eu esperava. Não sei o que dizer. Minha mãe sempre teve um ar de superioridade, como se achasse que sabe mais do que todo mundo. Mais do que eu, especialmente. Vergonha não é uma emoção que eu esperaria vê-la sentindo.

– Como ia explicar para você que me casei com um assassino? – pergunta ela, a voz falhando na última palavra. – Que fui idiota o bastante para acreditar nele até ser impossível e o país inteiro achar que eu tinha participação nos crimes?

Por causa da emoção, sua voz está ríspida e rouca, então nem parece que é ela mesma falando. Está com lágrimas nos olhos. Só a vi chorar algumas vezes na minha vida inteira.

Minha mãe é Allison Michaels. Lily Collins a interpretou no filme com Claflin. Fizeram a personagem ser leal e doce. Ingênua. Lembro da cena no tribunal quando ela descobre que o colar que ganhou do marido – e que estava usando naquele mesmo momento – tinha vindo do pescoço de uma garota morta. Ela entrou em colapso. Oficiais de justiça tiveram que escoltá-la para fora da sala de audiências. Ela gritava o tempo todo.

Durante nossa discussão no curso de Cinema, eu tinha sugerido que ela sabia quem o marido era, mas que decidira ignorar o fato. Que não queria saber.

Sinto a bile subir pela garganta, amarga e acre. Tomo um gole de refrigerante. Preciso segurar o copo com as duas mãos porque estou tremendo.

Não sei o que dizer a ela, ou como associar a mulher do filme com a que conheço. De maneira nenhuma minha mãe teria sido conivente com um monstro.

Ela não é idiota. E certamente não é inocente. Não mais, ao menos. Então, ou ela tinha suspeitas sobre o marido e as ignorou, ou ele realmente a enganou, como fez com todas as outras pessoas.

Isso é algo que faria uma mulher ser totalmente paranoica, não? Que a faria duvidar para sempre do próprio julgamento. Que a faria querer evitar que a filha cometesse os mesmos erros.

Muita coisa sobre a minha mãe faz sentido agora. Ela passou a vida inteira me alertando sobre monstros porque sabia que era uma questão de tempo até que aquele que estava atrás de nós nos encontrasse. Não é de admirar que sempre tenha me pedido para ter cuidado.

Mas ela não sabia sobre ele. Não tem como. Minha mãe não é um monstro. Ela não teria ficado com ele se soubesse. Teria chamado a polícia. A menos que ele a ameaçasse. Levo os braços à barriga, abraçando o corpo.

– Acho que não tinha como você ter explicado – digo enquanto meu cérebro luta para tirar algum sentido disso tudo. – Não de uma forma que eu entenderia, porque não estou entendendo nada agora.

Ela balança a cabeça.

– Eu queria, e aí você assistiu àquela porcaria de filme no curso de Cinema. Tive certeza de que você descobriria sozinha naquela cena que mostra imagens reais de nós.

– Então você não é loira – digo feito uma idiota.

Quantas vezes vi fotos dela como Allison Michaels e não a reconheci? Não quero nem começar a contar. Vai fazer *eu* me sentir burra.

– Na verdade, meu cabelo é do mesmo tom de castanho que o seu. – Ela toca um dos meus cachos, agora num tom de vinho-escuro.

– Uma vez, pintei o meu de uma cor bem parecida com essa.

Certo. Allison Michaels tinha o cabelo escuro e comprido. Quando a imagino, vejo alguém muito mais nova do que minha mãe, de aparência inocente. Alguém com uma doçura que não vejo na mulher diante de mim. Ela parece inteligente e astuta. Quem pinta o cabelo dela manda bem, porque eu nunca falaria que ela não é loira natural.

Sendo bem sincera, minha mãe não parece em nada com a esposa de Jeff Lake. Allison Michaels tinha um rosto redondo e uma silhueta curvilínea. E sorria muito. Ou pelo menos costumava. Minha mãe é magrinha, e quase nunca abre um sorriso. Eu já a vi feliz. Eu já a vi rindo.

Mas acho que nunca *a vi* de verdade. Não posso julgá-la por não querer encontrar esse homem. Não é justo, mas consigo sentir o julgamento no fundo da mente. Parte de mim quer acreditar que é culpa dela. Sinto vontade de ficar brava e gritar, mas… não consigo. Estou atordoada demais.

– Meu nome é mesmo Britney? – pergunto. Achei que tinham inventado só para o filme.

– Não é mais. – O tom dela é tão gélido que sinto um calafrio. – Seu nome é Scarlet Murphy. Britney Lake não existe mais. Nunca escolhi chamar você assim.

Certo, pelo jeito ela odeia o nome Britney. Entendido. Apoio a cabeça no encosto do sofá.

– Parece que isto é um sonho. Não pode ser verdade. Deve ser um filme ruim.

Ela coloca um cacho do cabelo atrás da orelha. Parece cansada.

– Eu sinto tanto, querida...

Assinto. Talvez a raiva pairando no fundo da minha mente encontre um caminho para escapar, mas no momento só consigo pensar em como estou grata por não ter crescido sabendo quem era meu pai. Imagino que esse tipo de coisa faz mal para a cabeça de uma criança. Queria nunca ter sabido disso.

O que devo fazer com esse ressentimento que foi nascendo entre nós duas? Ainda o sinto, mas agora parece mesquinho e idiota. Eu seria uma babaca se não entendesse por que ela mentiu. Não gosto disso, mas aprecio o cuidado.

Não faço ideia de como deveria estar me sentindo.

– Eu imaginava que meu pai era um imbecil. Mas não estava esperando esse nível de imbecilidade. – Me ajeito nas almofadas, desconfortável. – Ele matou catorze garotas.

A expressão da minha mãe fica mais sombria.

– Essas são só as que foram encontradas. Com certeza tem mais do que isso. – O olhar dela parece assombrado, e sei que não é hora de fazer perguntas.

Analiso o rosto dela, tentando encontrar aquela jovem.

– Se ele morrer, nunca vão encontrar os corpos.

Ela balança a cabeça.

– Não significa que você precise se encontrar com ele.

Solto uma risada – ou algo do gênero.

– Não? O FBI tem outra opinião.

Minha mãe se mexe para chegar mais perto e pega minha mão entre as dela. Seus dedos estão frios como gelo.

– Scarlet, eu abandonei tudo o que tinha... todas as pessoas que amava... para você não ter que crescer à sombra de Jeff Lake. Não fiz isso para ele agora tentar contaminar você com o veneno dele. Ele está fazendo isso pra machucar a gente.

– Tipo por vingança, você diz?

– Meu bem, se ele quisesse confessar tudo por decência, você não precisaria ir até lá. Ele quer que você o conheça, veja quem ele é. E quer que eu tenha que viver com isso. Falar sobre as meninas não encontradas é o presente dele para o FBI, mas ver você? É minha punição por tê-lo abandonado.

Encaro minha mãe.

– Isso é ser muito filho da puta.

Ela nem me dá bronca por ter falado palavrão. Um ruído escapa de sua boca – uma risada ou um soluço de choro, não sei ao certo.

– Demais. Meu Deus, eu fumaria muito um cigarro agora.

Fico calada. Quero perguntar muitas coisas, mas não sei por onde começar. Quero saber como eles se conheceram, o que a fez gostar dele. Como ela se sentiu quando entendeu o que ele era.

– Alguma vez você teve medo de que eu fosse como ele?

Ela aperta meus dedos e me olha nos olhos.

– Não. Nem por um segundo.

Certo. Bom começo.

– Seus pais não são falecidos, né?

– Não – admite ela, balançando a cabeça. – Anos atrás, descobri como mandar cartas pra eles de um jeito que ninguém suspeitasse que era eu.

Faço força para engolir. Tenho avós. Família. Ela não os vê há dezesseis anos. Não pode visitar nem ligar para a própria mãe. Tudo para me proteger.

– Quero me encontrar com ele.

Ela comprime os lábios.

– Certo, meu bem, mas… Se a imprensa descobrir que nós duas estamos vivas, nossa vida vai mudar. Assim que souberem que o Jeff está morrendo, as coisas vão virar de cabeça para baixo. Você vai virar o foco de uma fascinação mórbida para várias pessoas, e algumas vão entrar em contato. Talvez até tentem machucar você.

Sinto um formigamento de inquietação descendo pela coluna.

– Foi o que aconteceu com você?

Minha mãe assente.

– Eu recebi ameaças de morte. Uma mulher no mercado me deu um tapa na cara. As pessoas passavam de carro pela nossa casa e jogavam coisas no quintal... Não tinha mais nenhuma parte da minha vida que fosse particular ou minha de verdade. E, quando descobri que uma das funcionárias da sua creche tinha falado com a imprensa sobre você, que um jornalista tinha tirado uma foto sua... – Ela cerra a mandíbula. – Decidi que a gente precisava fugir.

Puta merda. O filme não se aprofunda muito nessa parte – fala um pouco a respeito, mas não muito. Lembro de pensar que era o que ela merecia. Meus colegas de curso faziam piadas sobre o que a "bebê Britney" ia virar quando crescesse. Engulo um surto de risadas maníacas.

– Não consigo nem imaginar como foi passar por isso.

– Horrível. – Ela ergue o queixo. – Eu faria qualquer coisa pra te poupar daquele tipo de atenção. Achei que tinha conseguido, até você me ligar e dizer que o Andy estava aqui. Meu Deus.

– Vocês já se conheciam?

– Ele foi um dos agentes que descobriram que o Jeff era o Assassino Cavalheiro... Que nome idiota. O Andy foi uma das únicas pessoas gentis comigo. Mais ainda quando ele entendeu que a mais enganada pelo Jeff tinha sido eu. Ele se compadeceu de mim. – Ela balança a cabeça. – Se ele veio até aqui, deve acreditar do fundo do coração que a oferta de confissão do Jeff é sincera.

– Por que o Jeff mentiria? – Não consigo chamar esse homem de pai.

– Porque ele gosta disso. A vida toda dele foi uma mentira. – As bochechas dela estão ficando coradas, o primeiro sinal de que está ficando brava. – Ele me deu o colar de uma garota morta, me olhou nos olhos e mentiu. Mesmo quando eu o confrontei, ele me disse que aquilo não era verdade. Mentiu para a polícia, mentiu para o júri. E mentiu para aquelas pobres meninas. Ele tem prazer em enganar as pessoas.

– Se ele é tão mentiroso assim, o que faz o FBI achar que não vai mentir pra mim?

O olhar dela, cheio de medo e exaustão, encontra o meu.

– Ele vai mentir pra você. Também vai querer te impressionar. O ego dele exige que seja assim. Então talvez ele se gabe um pouco. Mas, mais do que tudo, ele quer se ver em você... Nem que seja nos seus olhos. E vai aproveitar esse último momento sob os holofotes antes de morrer. Vai ser recompensa o bastante por abrir mão dos segredos que guarda. E depois vai deixar você ali, lidando com o olhar das pessoas.

Sou o legado dele.

– Merda – sussurro.

Não posso ir ver esse homem. Onde eu estava com a cabeça? Não posso ficar cara a cara com esse nível de maldade.

Mas... quero encontrar com ele. Ele é meu pai. Quero saber de onde vim. E tem uma parte de mim – sobre a qual não quero pensar muito – que quer conhecer esse sujeito.

E quero ajudar o FBI. Eu devia ajudar. Tipo, é meu dever ou coisa assim, não?

– Você parece exausta. – Ela larga minha mão. – Acho que acabei com o seu barato, né?

Estou sufocada demais até para ficar aterrorizada com o fato de que ela sabia que eu estava chapada.

– É muita coisa pra processar.

Ela beija minha testa.

– Vai deitar. A gente pode conversar mais tarde. Posso contar tudo o que você quiser saber.

– Você não precisa voltar para o trabalho?

– Não vou deixar você sozinha.

Eu levanto do sofá. Minhas pernas tremem enquanto percorro a pequena distância até o meu quarto. Fecho a porta atrás de mim e subo na cama.

Se as pessoas descobrirem quem nós somos, não vai ter mais motivo para mentiras. Quando o Jeff morrer, não vamos mais precisar ficar paranoicas e nos esconder. Talvez as coisas sejam complicadas por um tempo, mas... minha mãe não vai mais precisar me proibir de viajar ou sair com garotos. Ela vai pegar mais leve, né? Digo, em algum momento as pessoas vão arranjar outro assunto. Os tempos mudaram. Agora, graças às mídias sociais, as pessoas prestam atenção nas coisas por pouquíssimo tempo.

Meu computador está na mesinha de cabeceira. Estendo a mão e o puxo para o colo. Ligo e abro um navegador. Digito "Jeff Lake" na barra de pesquisa.

Resultados. Pra. Caramba. Começo pelo primeiro e vou descendo pela tela. Alguns dos artigos apenas repetem outros, alguns são puro lixo. Alguns são... perturbadores. Começo com a Wikipédia, porque é algo familiar:

• • •

Jeffrey Robert Lake (nascido em 17 de janeiro de 1971) é um assassino em série e necrófilo dos Estados Unidos que sequestrou, estuprou e matou várias jovens entre 1992 e 2006, provavelmente começando ainda antes. Foi julgado pelo assassinato de 14 mulheres na Carolina do Norte depois que os corpos foram encontrados na propriedade de sua família, mas as autoridades acreditam que existam mais vítimas que ainda não foram encontradas ou identificadas como sendo de Lake.

Testemunhas e vítimas descrevem Lake como "encantador" e "bonito". Lake explorava essas características para se aproximar das vítimas em bares e sites de relacionamento. Levava as vítimas até seu chalé, em uma área isolada da Carolina do Norte, onde as mantinha por dias, abusando sexualmente delas antes de matá-las. Depois voltava aos corpos para arrumá-los e realizar atos sexuais até que a putrefação tornasse tal interação impossível. Enterrava os cadáveres no quintal ou na floresta. Guardava lembranças das vítimas, com frequência presenteando a esposa, Allison Michaels, com joias e outros bens que pertenciam a elas.

Lake foi preso em 2006 ao voltar ao chalé para visitar o corpo de uma das vítimas, depois que um homem que fazia trilhas na região encontrou os restos mortais e avisou a polícia.

Embora tenha sido flagrado com o corpo, Lake insistiu que era inocente e manteve a alegação durante sua prisão.

A esposa de Lake defendeu a inocência do marido ao longo do julgamento, mas, quando descobriu que muitos dos presentes que havia ganhado dele tinham pertencido às vítimas, pediu o divórcio. Pouco depois, desapareceu com a filha que teve com Lake. Pessoas alegam tê-la visto ao longo dos anos, mas nenhum dos avistamentos foi confirmado.

Lake atualmente está no corredor da morte na Prisão Central em Raleigh, Carolina do Norte.

Necrofilia. Ai, meu Deus. Eles não falam sobre isso no filme. Ou, se falam, passou batido quando assisti. Que tipo de monstro transa com um cadáver?

Sinto meu estômago revirar. O monstro que se casou com a minha mãe. O monstro que participou da minha concepção.

Da Wikipédia, vou para o YouTube. Tem um monte de vídeos sobre Jeff. Vários são parte de noticiários ou programas policiais.

Tem uma entrevista com ele.

Pego meus fones de ouvido na mesinha de cabeceira e os conecto no computador antes de iniciar o vídeo. A qualidade não é muito boa, mas vai servir. Lá está ele, prestes a ser entrevistado na prisão por Barbara Walters.

Ele é charmoso e está à vontade, e tem um leve sotaque sulista. É bonito; consigo entender por que minha mãe ficou atraída por ele. Jeff não fala como um monstro. Não parece um monstro.

Meus olhos são iguais aos dele, percebo. E nosso sorriso é parecido. Que bizarro ver pedacinhos de mim num estranho. Num assassino.

– Jeff, me conte sobre a sua infância – pede Barbara.

Ele se ajeita na cadeira.

– Bom, fui criado por uma mãe solteira que gostava mais de beber do que do próprio filho. – Ele diz isso com um sorriso leve de autodepreciação. – Depois descobri que minha mãe não aguentava olhar pra mim porque fui o resultado de um estupro durante uma festa da faculdade.

Ai, meu Deus. Será que isso é verdade? E como ele pode falar uma coisa assim como se não fosse nada de mais? Ele continua contando como foi criado pelos avós, e como o avô era rígido. A avó era uma religiosa que acreditava num Deus vingativo. Não deixaria o neto pecar como a filha havia feito.

Jeff Lake nunca teve uma chance na vida. Se não nasceu assassino, a família próxima se esforçou bastante para que ele virasse um. Deviam tê-lo amado em vez de desprezado. Eles o deturparam. Seria fácil sentir pena dele se não fosse quem é.

Se não fosse o motivo pelo qual nunca pude ter uma vida normal.

Ele passa a maior parte da entrevista insistindo que é inocente, mas faz isso de forma meio contida, quase como se estivesse flertando.

Ou tirando sarro.

Depois Barbara pergunta:

– Você se arrepende de algo?

– Além do fato de o meu comportamento do passado ter feito as pessoas acharem que sou capaz de uma depravação dessas? Sim, senhora, me arrependo, sim. Eu me arrependo de tudo aquilo. Eu me arrependo de ter facilitado que esses crimes hediondos tenham sido jogados nos meus ombros, de ter permitido que eu fosse considerado um monstro. Eu me arrependo por aquelas famílias acharem que roubei as filhas queridas delas. Acima de tudo, eu me arrependo por ter machucado minha esposa a ponto de ela escolher se divorciar de mim e levar minha filhinha embora. Allison e Britney são as únicas coisas boas que já me aconteceram. Sinto uma saudade absurda delas.

Minha respiração fica presa na garganta. Ele soa muito sincero. Até a expressão dele parece arrependida. É tentador acreditar nele, ter empatia. Como ele faz isso? Foco nos olhos do sujeito, porque é onde a verdade está. Se não prestar atenção, dá para perder, mas o que ele realmente sente está no cintilar intenso dos olhos. Nada de arrependimentos. Aquelas memórias são tudo o que ele tem.

Jeff Lake sabe exatamente o que é e abraçou isso com todo o coração. Não se arrepende de ter matado ou infligido dor. A única coisa de que se arrepende é de ter sido pego e impedido de continuar. Isso fica óbvio quando pauso o vídeo e ele congela na tela, mas como eu saberia se ele estivesse mentindo na minha frente? E o que faria se ele me encarasse com aqueles olhos frios que se parecem tanto os meus? Fecho o computador. Estou tão aturdida que não consigo assistir a mais nada. Deito e fecho os olhos, mas o ódio faz meu estômago revirar. Não, não é só ódio. É medo também. Aquele formigamento nos nervos que significa que estou à beira do pânico. Abro os olhos, estendo a mão e escancaro a gaveta da mesinha de cabeceira. Dentro dela está o remédio que meu médico receitou alguns meses atrás, quando tive episódios de pânico e ansiedade. Destampo o pote e jogo dois comprimidos amarelos na palma da mão. Engulo ambos em seco antes que desista, fecho o pote e o jogo de novo na gaveta.

Volto a me deitar. Fecho os olhos e espero. Na minha mente, vejo o rosto do meu pa... *daquele homem* e seu sorriso idiota.

Não quero dar a ele a satisfação de conseguir o que quer: se vingar da minha mãe. Não quero estar no mesmo recinto que ele. Não quero encontrar com ele. O que quero é que ele tenha logo a morte lenta e dolorosa que merece e fingir que nada disso aconteceu. Isso é o que quero, mas, como boa parte das coisas na minha vida, não acho que o que quero realmente importa. E será que quero mesmo passar o resto da vida me arrependendo de não ter ajudado a trazer um pouco de paz às famílias daquelas vítimas? Não.

Suspiro. Pelo menos tenho a satisfação de saber que, independentemente do que eu fizer, ele ainda vai ter uma morte lenta e dolorosa.

CAPÍTULO 6

• • ●

Newsweek.com

CULTURA

O que aconteceu com Allison Michaels? O estranho desaparecimento da ex-esposa de Jeff Lake

POR **JOSIE DURAN** 28/06/2012

Muitas pessoas foram surpreendidas quando Jeff Lake, um norte-americano aparentemente normal, foi preso em 2006 suspeito de ser o Assassino Cavalheiro – mas poucas ficaram tão chocadas quanto a esposa de Lake, Allison.

Ao longo do ano seguinte, ela defendeu a inocência do marido com quase tanta determinação quanto o próprio Lake, até seu julgamento pelo assassinato de 14 mulheres da Carolina do Norte entre 1992 e 2006.

Lake e Michaels se conheceram em 1999, em Raleigh, Carolina do Norte, quando Michaels era estudante da Universidade Duke e Lake trabalhava como advogado. Michaels teria descrito Lake para amigos como "um homem à moda antiga", "doce" e "confiável". Os dois namoraram por um ano antes de Michaels se mudar para Nova York para dar continuidade aos estudos. Lake pediu uma transferência e foi com ela. Os dois se instalaram num apartamento no Brooklyn, onde viveram por dois anos antes de voltarem para o sul do país. Casaram-se em 2001, e a filha do casal, Britney, nasceu no verão de 2004.

Amigos da família dizem que Lake era um pai e um marido "amoroso". Parecia totalmente dedicado às "suas meninas", como as chamava. Um dos membros da família se lembra de Lake enchendo Michaels de presentes – muitos que agora sabe-se terem pertencido às suas vítimas, incluindo as mais novas: Kasey Charles e Patricia Hall, ambas de dezenove anos.

Aparentemente, a acusação mostrou a Michaels fotos dos crimes do marido. Quando ela foi confrontada com as evidências sangrentas contra o esposo, incluindo provas de que ele a "presenteara" com vários bens das vítimas, a fé na inocência de Lake foi minada. Ela pediu o divórcio durante o julgamento e aceitou ser testemunha de acusação. Muitos creem que ela teve papel decisivo na condenação de Lake. Ele foi declarado culpado à meia-noite do dia 4 de novembro de 2007. Por conta de comentários que fez às autoridades e evidências encontradas em sua posse sugerindo mais vítimas, Lake é mantido no corredor da morte desde a sentença. Continua encarcerado na Prisão Central em Raleigh, Carolina do Norte.

Pessoas próximas a Michaels dizem que o assédio da mídia durante o famoso julgamento ficou insuportável. Ela era constantemente assediada por pessoas que queriam saber como não tinha percebido os sinais da psicopatia do marido, e recebeu correspondências de ódio de mulheres que eram "fãs" de Lake, dizendo que ela não era merecedora da devoção do homem. Até hoje, Lake se refere a Michaels como sua esposa. Michaels tirou a filha da creche em que estava depois que repórteres conversaram com uma das funcionárias. Temendo pela segurança da criança, começou a trabalhar de casa. Não muito tempo depois, ligou para o trabalho dizendo que estava doente e nunca mais foi vista. Mesmo seus familiares alegam não saber para onde ela e a pequena Britney fugiram. Mais de cinco anos depois, continuam a ignorar completamente o paradeiro de Michaels.

O novo quadrinho da editora XTZ Comix, intitulado *O cavalheiro*, escrito por John Deacon e ilustrado por Sam Smith, reavivou o interesse pelos crimes de Lake e a curiosidade quanto ao destino da esposa e da filha do assassino.

Pessoas alegam ter avistado Michaels em Nova York, Seattle, Boston e outras cidades, mas nenhuma ocorrência foi confirmada. Como ela nunca foi acusada de conexão com os assassinatos, a polícia não está procurando ativamente a ex-esposa de Lake – que, acredita-se, nunca passou de um peão nos jogos macabros do marido. Embora alguns tabloides inescrupulosos tenham oferecido recompensas por informações sobre ela e a filha, até agora ninguém foi capaz de reivindicá-las.

– Você só pode estar de zoeira. – Os olhos de Taylor estão tão arregalados que consigo ver toda a parte branca ao redor da íris.

Viro o celular para que, por videochamada, ela possa ver melhor.

– Opa, claro. Tô mentindo pra você porque achei que seria engraçado te convencer de que meu pai é um psicopata. O FBI teria vindo aqui se fosse zoeira?

Ela me encara, como se estivesse tentando entender se estou tirando uma com a cara dela. Ai, meu Deus, será que ela ainda está chapada?

– Você tá falando sério – diz ela enfim. A cor sumindo de seu rosto.

– Procura aí uma foto de Allison Michaels, se não acredita em mim.

Ela balança a cabeça.

– Não, eu acredito em você, mas não consigo crer nisso. É insano.

– Sim. Eu sei. Aparentemente, depois que uns jornalistas foram até a creche onde eu ficava, minha mãe me tirou da escola, arrumou identidades falsas pra nós duas e foi embora da Carolina do Norte.

Nem mesmo sou nativa da Nova Inglaterra. Sou do sul dos Estados Unidos. Meu Deus do céu, espero não ter familiares que ainda balancem a bandeira dos Confederados por lá.

Certo, porque posso lidar com um pai psicopata assassino, mas não com uma família de reaças preconceituosos. Que merda.

– Scar, você tá bem?

Não sei muito bem o que responder.

– Eu tô... entre anestesiada e surtada. Olha, Tay, você não pode contar pra ninguém sobre isso, tá bom? Ninguém.

A expressão dela é a de alguém na defensiva.

– Não vou contar. Você sabe que posso guardar segredo.

Reprimo um suspiro.

– Eu sei. Só precisava falar mesmo, tá?

– Isso tudo deve estar sendo uma loucura pra você. Posso imaginar.

– Você não tem nem ideia.

Meus pensamentos ameaçam entrar numa torrente maluca, e preciso fazer um esforço real para não me entregar a eles.

– Como ela conseguiu os documentos falsos? – pergunta minha amiga depois de alguns segundos de silêncio.

De todas as perguntas, Taylor decide me fazer logo *essa*.

– Ela não me contou. Acho que não quer que eu tenha ideias. – Como se um documento falso para conseguir comprar bebida fosse prioridade para mim no momento. Se bem que seria *incrível*.

– Quer dizer então que ele disse que só vai falar com você?

– Isso. – Esfrego o rosto. – Ele tá morrendo, e a polícia tá louquinha de tesão com a ideia de achar o restante das vítimas.

Uma vozinha na minha cabeça sussurra que falar algo assim é ser desrespeitosa com as garotas, mas que se foda – esta é a *minha* vida. Elas já estão mortas, então de que isso importa?

Isso importa, sussurra a vozinha.

– O que você vai fazer?

– Sei lá. – Minha consciência protesta, mas eu a ignoro. – Imagina se ele escapa? – Então vejo que ela está digitando alguma coisa. – O que você tá fazendo?

– Jogando "Britney Lake" no Google – responde ela. – É o seu nome, né?

– Não. É. Acho. – Odeio esse nome. – Nunca vou ser uma Britney. Em filmes, Britneys são sempre animadoras de torcida loiras com dentes e bronzeados perfeitos.

O queixo de Taylor cai.

– Scar, você lembra o nome da primeira vítima do Lake?

Franzo a testa.

– Não.

E alguém lá lembra das vítimas? É complicado, mas é a verdade. Todo mundo se lembra dos assassinos, e não das pessoas que eles mataram. Os únicos que se lembram das vítimas são amigos e familiares, e talvez pessoas muito viciadas nesses crimes reais.

Será que ainda tem gente por aí pensando no que aconteceu comigo e com a minha mãe? Será que as pessoas procuram nossos antigos nomes como Taylor acabou de fazer? Eu apostaria todo o meu dinheiro que Ashley já fez isso. Será que tem sites dedicados a tentar encontrar a gente? Ted Bundy tinha uma filha, cujo paradeiro as pessoas ainda têm curiosidade de saber. Ela deve ter uns quarenta e tantos anos agora. Provavelmente já tem os próprios filhos.

– O nome dela era Britney Mitchell.

Não é à toa que minha mãe reagiu como reagiu. Meu pai escolheu meu nome como homenagem a uma das garotas que matou. Uma que provavelmente violou mesmo depois de morta. Sinto a boca ser tomada pelo amargor.

– Tay, eu já volto.

Pulo da cama e corro até o banheiro. Meus joelhos batem com força no piso frio, e levanto a tampa da privada bem a tempo de vomitar. Que *merda*. Sinto o estômago revirar e tenho ânsia de novo. E de novo. Vomito bile. Estremeço.

Já vi fotos de Britney Mitchell. Só não lembrava o nome dela. Sei o que Jeff Lake fez com a garota. O mundo inteiro sabe que ele escolheu meu nome em homenagem a uma garota que destruiu.

Quando tenho certeza de que acabei, dou a descarga, me levanto e lavo a boca na pia. Taylor ainda está na ligação, me esperando.

– Tá tudo bem? – pergunta ela.

– Não. – Dou uma risada trêmula. – Isso tudo é tão absurdo…

– Quer que eu dê um pulo aí?

– Não. Minha mãe ainda não sabe que te contei. A gente ainda tem umas coisas pra conversar. Mas obrigada.

– Saiba que eu tô aqui se você precisar.

Desligamos alguns minutos depois. Faço login na minha conta da Netflix no computador e procuro por *O cavalheiro*. A capa do filme aparece de imediato – uma foto sombreada de Claflin com uma aparência ameaçadora. Estou prestes a começar a assistir quando me detenho.

Levo o computador comigo até o quarto da minha mãe. Ela está sentada na cama, folheando o que parece ser um álbum antigo.

– Oi – diz ela, erguendo os olhos. Está sem batom, com o cabelo preso atrás das orelhas. – Eu estava olhando umas fotos. Achei que você gostaria de ver alguns dos membros da família, agora que o segredo foi revelado.

Queria estar com raiva da minha mãe. Queria mesmo. Queria colocar a culpa nela, mas não consigo. Isso faz de mim uma boa pessoa ou uma idiota? Não sei. O que sei é que a aparência dela é a de quem teve um peso enorme tirado dos ombros. Ela passou muito tempo carregando isso sozinha.

– Eu adoraria ver. Aliás, quero que você faça uma coisa comigo.

– O quê?

Sento ao lado dela. Quando vê o que está na tela, sua expressão murcha.

– Você quer ver esse negócio?

– Quero que você me diga o que é real e o que não é. Pode ser mais fácil pra nós duas falar sobre isso usando Hollywood como filtro.

Ela olha para mim com uma cara estranha.

– Achei... inteligente.

Mas também estou propondo isso porque sou covarde. Uma covarde que quer a verdade, mesmo que ela assuste. Se eu assistir a um filme, posso fingir que aquilo aconteceu com outra pessoa.

– Podemos ver?

Ela assente. Usando o controle remoto que está na mesinha ao lado da cama, liga a televisão acima da penteadeira. Apoiamos as costas na cabeceira, acomodadas em travesseiros fofinhos. Quando ela me estende a mão, eu a tomo na minha.

A cena de abertura mostra o rosto pálido de uma garota coberto de terra e folhas. Um homem bronzeado espana a sujeira.

– Sim – diz minha mãe, respondendo à minha pergunta velada. – Foi como o encontraram. Ele tinha voltado para *visitar* a vítima.

Socorro.

Sempre gostei de um bom thriller. É um dos meus gêneros favoritos, porque os bandidos sempre recebem algum tipo de punição. De vez em quando querem que a gente torça pelo antagonista. Quem não ama um bom vilão?

Este não é um desses casos. E, mesmo sabendo que Jeff Lake foi preso e sentenciado à morte, não consigo sentir satisfação alguma. Todas aquelas garotas mortas... Todas aquelas vidas arruinadas e famílias devastadas...

A pior parte é ver como a minha mãe é retratada. Preciso rever todas as cenas durante as quais fiz comentários antes de saber a verdade... Cada uma é como um soco no peito. Ver Lily Collins surtar no tribunal quando entende a verdade sobre o colar é especialmente doloroso, porque minha mãe começa a chorar. Em silêncio. Olho de soslaio para ver a reação dela e noto as lágrimas escorrendo por seu rosto.

– Não – diz ela, limpando os olhos com a mão livre. Com a outra, continua segurando a minha. – Essa parte está errada. Foi muito pior. Especialmente quando a imprensa veio pra cima de mim na saída.

Na tela, vários agentes do FBI e familiares protegem Allison dos repórteres aos berros. "Você sabia?", "Como pôde não saber?", "Você ajudou Lake?", "Cadê os outros corpos?", "Você ainda o ama?", "Você se sente idiota?", "O Jeff já pediu pra você se fingir de morta enquanto transavam?" são algumas das perguntas.

Ben Affleck – interpretando o agente do FBI que prendeu Lake – empurra um jornalista para fora do caminho e olha para ele de cara feia.

– Esse é o agente Logan – arrisco. Mudaram o nome dele no filme.

Minha mãe abre um sorrisinho.

– É, sim. Não sei como eu teria sobrevivido ao julgamento sem ele. Ele nunca permitiu que eu assumisse a responsabilidade. Sempre deixava claro que tudo o que eu contasse para ele ajudaria a deter Jeff. Ajudaria as famílias. Ele me deixou devolver pessoalmente o colar de Jennifer Stuart para a mãe dela. Ela me agradeceu.

– Isso não tá no filme – digo, a voz saindo num sussurro.

Ela funga.

– Não. Várias coisas não estão no filme, querida. Várias.

Coloco a cabeça no ombro dela e não faço mais perguntas. É óbvio que ela não quer falar – e quer saber? Não acho que eu queira ouvir.

* * *

Na quinta de manhã, volto para a escola como se minha vida não tivesse sido virada de cabeça para baixo. Tudo continua exatamente igual. A única coisa que mudou fui eu. Espero alguém me denunciar, mas isso não acontece.

Não há menção alguma ao fato de Jeff Lake estar doente – ao menos não encontrei nada fazendo uma busca na internet. Obviamente, a prisão ou o FBI estão fazendo um bom trabalho escondendo a novidade. Penso que isso poderia muito bem ser um estratagema para garantir que eu faça o que querem, mas por que Lake entregaria sem razão alguns nomes que manteve para si por dezesseis anos? E por que pediria para me ver só agora? Não, não acho que estou sendo enganada – pelo menos, não pelo FBI.

Como Ashley é nossa especialista local em assassinos em série – ela quer ser psicóloga criminal do FBI –, aproveito o almoço para perguntar a ela sobre Lake. Estamos sentadas no nosso lugar de sempre, perto da janela. Neal está com os amigos a algumas mesas de distância. Ele olha para mim e sorri. Sorrio de volta. Parece falso.

– Sobre o Jeff Lake? – Ash enfia uma batatinha frita na boca e mastiga enquanto pensa. – Não, não escutei nada recente sobre ele. Ele tá bem quietinho desde 2017.

– O que aconteceu em 2017? – pergunto.

– Ele apareceu num documentário sobre mulheres que se casam com criminosos perigosos. Entrevistaram a esposa dele também.

Franzo a testa. Sei que ela não está falando da minha mãe.

– Ele casou de novo?

Ela parece surpresa em descobrir que não sei disso.

– Casou. Everly Evans. Eles começaram a namorar em 2015. Ela escreveu cartas pra ele por um ano ou dois antes disso, acho. Ela é, tipo, vinte anos mais nova que ele. Meio perturbador, porque ela se parece com as vítimas dele.

Sim, definitivamente perturbador.

– Nunca entendi direito esse negócio das mulheres que se apaixonam por assassinos em série – comenta Taylor, desembrulhando um sanduíche. – Além do óbvio fator eca, não é como se desse pra viver pra sempre com o cara depois. Qual é o sentido disso?

– É uma atração pela personalidade de macho alfa – explica Ashley. – É uma doença. O que atrai a pessoa é mais o perigo do que o cara em si.

Taylor franze o nariz.

– Eca mesmo assim.

Sofie chacoalha a cabeça, fazendo os cachos balançarem para todo lado.

– Mesmo que eu pudesse passar a vida com o cara, jamais ia querer transar com alguém que matou uma pessoa.

– Essa é sua única condição pra dormir com alguém? – pergunta Taylor, abrindo um sorrisinho. – Não ser um assassino psicopata?

Sofie mostra a língua para ela.

– Ash, você sabe o nome de todas as vítimas dele? – pergunto.

– Opa, se sei. Claro. – Ela olha para cima, como se estivesse consultando uma lista no cérebro. – Vamos ver: Britney Mitchell, Kasey Charles, Julianne Hunt, Heather Eckford, Jennifer Stuart, Tracey Hart, Nicole Douglas, Kelly King, Wendy Davis, Tara Miller, Patricia Hall, Nina Love, Dina Wiley e Lisa Peterson. Essas são as vítimas confirmadas. Tem outras que as pessoas acham que *talvez* sejam dele, mas a informação só vale quando é confirmada. – Ela sorri. – É importante lembrar o nome delas, acho. Também sei o nome de todas as vítimas do Bundy. Quer?

– Não – respondo rápido. Ao menos *alguém* sabe o nome delas. Aposto que o agente Logan também sabe. *Viu?*, pergunta a vozinha na minha cabeça. *Elas importam.* – Nesse documentário, perguntaram para o Lake sobre as vítimas?

– Nada. O documentário é só sobre as mulheres com as quais os assassinos se casaram. A única coisa que o Lake disse é que nunca achou que encontraria o amor de novo depois de ter o coração partido pela Allison. – Ela revira os olhos. – Como se ele fosse capaz de amar…

– Eles mencionam alguma coisa sobre ele estar doente?

Ela parece confusa.

– Mentalmente? Ah, com certeza.

– Fisicamente.

– Não. – Ela faz uma cara estranha antes de o rosto assumir uma expressão de surpresa. – Scarlet, você ficou sabendo de alguma coisa por aí?

– Eu? – Faço um barulhinho de escárnio com a língua que soa falso até aos meus ouvidos. – Não. Minha mãe e eu assistimos *O cavalheiro* ontem à noite, e ela disse que achava ter ouvido algo sobre isso. Mas acho que confundiu com outra pessoa.

– Deve ter sido. Mas esse filme é ótimo. O Sam C. não é tão bonitão quanto o Lake, mas fez um bom trabalho emulando os trejeitos e a voz dele. A Collins atuou bem também. Deve ser difícil interpretar uma mulher como Allison Michaels e fazer o público simpatizar com ela.

Me endireito na cadeira.

– Como assim?

Ash dá de ombros.

– Ela estava tão atordoada pelo amor que tinha por ele que não via o cara com clareza. Várias pessoas acham que ela estava fingindo, mas a Collins realmente vendeu uma imagem de inocência. Acho que a Allison realmente queria acreditar no Lake. Não queria acreditar que tinha se casado com um monstro. – Ela pega outra batatinha frita. – Por que esse interesse tão repentino nele? Você geralmente diz que é mórbido ficar pensando nessas coisas.

Quero defender Lily Collins. Quero defender minha mãe, mas não faço isso.

– Foi o que eu disse, minha mãe comentou algo. Achei que, se alguém fosse saber algo, essa pessoa seria você.

Ela sorri.

– Eu sou *a* especialista em psicopatas. Sua mãe me perdoou por eu dizer que ela se parece com a Allison Michaels?

– O quê? – Nunca tinha ouvido falar disso. Meu coração está batendo tão forte que até dói.

– Acho que foi uns anos atrás. Ela foi buscar a gente numa festa ou coisa assim. O jeito como a luz estava pegando no rosto dela me fez pensar na Allison Michaels, e falei isso pra ela. Precisei contar quem era ela. Não sei se sua mãe interpretou como um elogio, embora tenha sido minha intenção. A Allison era bem linda.

Sinto o suor brotar nas axilas e na testa. O que Ash diria se eu contasse que sou a filha do Jeff Lake? Ela provavelmente ficaria surtada. Acharia tudo isso incrível. É quase certo que me analisaria como se eu fosse um rato de laboratório.

Pelo menos vou poder contar com ela e Taylor se a história se espalhar.

Ontem eu queria que as pessoas soubessem. Achava que isso ia me fazer ser livre. Agora, estou começando a entender quão doidas as coisas poderiam ficar e não sei o que quero.

– Chega de falar sobre assassinos – comenta Sofie. – Exijo que a gente mude de assunto.

Ai, graças a Deus.

– Deixa eu ver se adivinho sobre o que você quer falar... – começa Ash. – Sobre as férias de primavera?

– Acertou. Quem vai pra Myrtle Beach e quem *não* vai?

Ela lança um olhar penetrante na minha direção quando diz "não", como se fosse minha culpa. Ela sabe ser uma imbecil às vezes.

– Eu não. – Abro um sorrisinho doce. – É que vou para a Inglaterra em vez disso.

O olhar no rosto de Sof é impagável. Quando teve um crush em Harry Styles, no Ensino Fundamental, virou uma verdadeira anglófila. Admito que começou igual comigo, e então descobri os filmes de Guy Ritchie e a televisão britânica e me apaixonei pelo modo deles de contar histórias.

– Não acredito, vadia – declara ela. – Tá falando sério?

Dou uma risada.

– Seríssimo.

Porque definitivamente não vou passar minhas férias de primavera visitando um assassino em série no corredor da morte. Nunca precisei tanto de uma viagem para Londres.

No fim do dia, volto para casa caminhando. Quando entro na nossa rua, vejo um carro alugado estacionado ao lado do da minha mãe na entrada da garagem. Ela devia estar no trabalho.

Sinto a pulsação na base do pescoço quando entro pela porta. Sentados diante do balcão onde tomamos café da manhã estão minha mãe e o agente Logan. Só os dois, como se fossem velhos amigos. Minha mãe está olhando alguma coisa no celular de Logan.

– Como ele está grande, Andy – diz ela. – E bonitão. Tá com o quê, uns dezoito anos agora?

– Dezenove – responde ele antes de olhar para mim. – Oi, Scarlet.

Pelo menos ele não me chama de Britney.

– Oi – respondo baixinho. – Aconteceu alguma coisa?

– O agente Logan veio para conversar – explica minha mãe, uma expressão triste tomando o rosto.

Odeio quando isso acontece. Minha vontade é de arrancar essa expressão da cara dela com uns tapas, e me sinto um lixo por isso.

E eu que achava que tinha entendido a minha mãe. Não entendo nem a mim mesma. Minha cabeça está uma zona.

– Já falei pra vocês que preciso pensar – lembro, soando mais ríspida do que planejava. – Por que você tá importunando a gente?

– Scarlet. – Minha mãe parece surpresa com meu comportamento.

– É isso que você acha? – pergunta o agente Logan com o sotaque pronunciado. – Que estou importunando vocês?

– E não tá? Se continuar vindo aqui, os vizinhos vão perceber e vão começar a fofocar. Você só vai voltar para o seu trabalho, mas em algum momento as pessoas vão acabar descobrindo quem a gente é; e aí, onde você vai estar? Não aqui.

Minha mãe coloca a mão em cima da dele.

– Andy, ela ainda está em estado de choque.

– E com toda a razão – admite ele, e me encara com um olhar tão direto que preciso ranger os dentes pra garantir que não vou desviar o rosto primeiro. – Você e sua mãe estarão arriscando a vida que construíram se decidirem ajudar a gente. A única coisa em jogo aqui, Scarlet, é dar ou não paz às famílias das outras vítimas. Para ser honesto, é o bastante pra mim. E faz sentido que não seja pra você.

Ele empurra uma pasta pela bancada na minha direção. Minha mãe olha para o objeto como se fosse uma cobra.

– O que é isso? – pergunto.

– As vítimas dele. E pessoas que a gente acha que podem ter sido vítimas. Não se preocupe, não tem nada explícito aí. Só fotos de rosto. Acho que você vai entender por que estou aqui. Olhe para essas garotas. Algumas têm a sua idade. Poucas são mais velhas.

Não quero olhar. É um truque, tenho certeza. Me viro para minha mãe.

– A escolha é sua – diz ela.

Depois de anos de proteção exagerada, fico surpresa quando ela não tenta me impedir.

Toco a pasta com a ponta dos dedos. Ela é grossa.

– Você já olhou? – pergunto para minha mãe.

Ela abre outro daqueles horríveis sorrisos de dar dó.

– Não preciso, meu bem. Ainda sonho com essas pessoas.

Puta merda. Abro a pasta. Vejo os rostos vagamente familiares das vítimas conhecidas de Lake – as que vi nos vídeos a que assisti ontem. Depois delas, tem uma série de imagens de mais garotas. Algumas estão desaparecidas há mais de vinte anos.

– Tem várias – sussurro. Mais do que já tinha visto.

Minha mãe e o agente Logan se entreolham.

– Sim – diz ele. – Várias garotas cujas famílias não sabem o que aconteceu com elas.

Dou uma risada sem nenhum sinal de humor.

– Você não precisa me manipular. Já sei que você quer que eu veja o Lake, e o porquê.

– Não estou manipulando você – responde ele. – Só quero que você veja como isso é importante. Eu não estaria aqui se não fosse.

Mas ele está aqui. Como ele chegou aqui? Olho o agente nos olhos.

– Como vocês encontraram a gente?

– Não é à toa que FBI significa Departamento de Investigação Federal. Demorou um tempo. Alguns meses, na verdade. Tive um estalo de onde começar a procurar.

– Como?

– Eu contei pra ele – responde minha mãe sem olhar para mim. Parece chateada consigo mesma. – Disse pra ele alguns lugares que eu gostaria de visitar.

O homem abre um sorriso gentil.

– Você sentia falta de Nova York e das estações do ano bem definidas. E eu sabia que tinha muitas memórias de lá. Achei que se instalaria em algum lugar de onde fosse fácil visitar a cidade.

Eles trocam um olhar, parecem entender algo que ignoro.

– Vocês dois tiveram um caso? – A pergunta escapa da minha boca antes que eu possa evitar.

Minha mãe parece horrorizada, assim como o agente Logan. É ela quem responde:

– Não. O agente Logan é um homem casado. Muito *bem* casado.

Dou de ombros, mas sinto as bochechas corarem.

– Você e sua mãe não mereciam o que aconteceu – diz o agente Logan, ainda sustentando o olhar. Não parece me dar muita moral, e não faz esforço para esconder. – Eu me sinto parcialmente responsável pelo que houve. Posso *inapropriadamente* ter tentado aconselhar sua mãe… – Ele para. Nenhum deles quer dizer algo que possa colocar qualquer um dos dois em apuros. – Na época, eu tinha um filho não muito mais velho do que você e uma recém-nascida. Queria ajudar vocês. Ponto-final.

– Porque você sabia que este dia chegaria.

Ele concorda com a cabeça.

– Sabia.

– Então você não ajudou a gente por pura bondade.

Minha mãe espalma a mão na bancada.

– *Chega.*

Ela está tremendo. Isso me deixa mais aterrorizada do que a dureza em sua voz.

Logan ergue as mãos.

– Está tudo bem. – Ele se inclina para a frente, apontando a garota na página, mas mantém o olhar em mim. – Kim Jackson. Tinha a mesma idade que você, mas não uma mãe tão maravilhosa quanto a sua. Vivia nas ruas. Trabalhava nelas também. A gente acha que foi assim que o Lake a encontrou. – Ele vira a página. – Michelle Gordon. Dezoito anos. Tinha fugido de casa. O perfil dela bate com o tipo preferido de vítima dele. A mãe ainda troca a roupa de cama dela toda semana para o caso de ela voltar para casa. Ann MacKean, mãe solo. Também bate com o perfil. Testemunhas a viram conversando com um homem loiro e bonitão certa noite depois do trabalho. Ela nunca mais foi vista. A filha dela foi colocada num abrigo, onde foi abusada; um tempo depois, acabou cometendo suicídio. Mas são apenas algumas mulheres que suspeitamos serem vítimas dele. Posso continuar se você quiser.

– Não – sussurro. – Por favor, para.

Não há nada escrito nas fotos, ele sabe aquilo de cabeça. Conhece não apenas as mulheres que Lake matou, mas as outras também. Para ele, é muito mais do que só mais um caso. Como sou idiota.

Minha mãe coloca a mão sobre a minha.

– Tudo o que eu queria era proteger você – diz, os olhos úmidos. – Mas não posso mais esconder o passado. Jeff só tem mais alguns meses, na melhor das hipóteses, e não tenho dúvida de que vai levar para o túmulo o nome e o paradeiro dos restos mortais das vítimas quando chegar a hora. Eu preferiria morrer a deixá-lo chegar perto de você.

– Você quer que eu faça isso – digo, me sentindo traída, mas também aliviada de alguém ter tomado a decisão por mim.

– Eu quero que você faça o que achar que é a coisa certa – diz ela. – Quero que nós duas façamos isso. Juntas. Vou estar com você o tempo todo. Quero viver minha vida sem ter que olhar por cima do ombro o tempo todo.

Piscando para conter as lágrimas, fito minha mãe, compreendendo o que ela disse – como se sente. Em nome disso, está disposta a ficar cara a cara com o homem que arruinou sua vida. O homem que a transformou numa piada pública. Se ela está disposta a fazer isso, eu também deveria estar.

Olho para a foto de Ann MacKean. E se Lake tivesse matado minha mãe e eu acabasse num abrigo? E se eu tivesse sido abusada e destruída? Haveria alguma pessoa disposta a tentar consertar as coisas? Provavelmente não, porque acharia que minha mãe foi idiota ao se casar com ele. Alguns diriam que ela merecia aquilo, assim como tinham dito que Kim Jackson sabia dos riscos de ser uma prostituta. Minha mãe foi tão vítima do meu pai quanto as garotas nas fotos. Alguém precisa fazer a coisa certa por *ela*.

E por mim. Jeff Lake também acabou com a minha vida. Todas as coisas que nunca pude fazer porque minha mãe tinha medo de que alguém parecido com ele colocasse as mãos em mim...

– Certo – digo, e desvio o olhar. – Vou fazer isso.

CAPÍTULO 7

Na sexta-feira, ao meio-dia, estamos num avião a caminho de Raleigh. É só um voo de duas horas de Hartford. Levamos uma hora só para chegar ao aeroporto, e isso porque o trânsito estava bom. Taylor é a única amiga que sabe onde estou e o que realmente estou fazendo. Mandei uma mensagem para Neal avisando que não estaria na cidade, mas ele nem respondeu. Achei isso meio que bom. Não saberia o que responder se ele fizesse perguntas.

O agente Logan está com a gente. Sentou na fileira do outro lado do corredor do avião. Minha mãe me deixou ficar com a poltrona da janela. Só voei algumas vezes na vida. Uma, numa excursão para o Disney World quando tinha dez anos. Outra, num passeio da escola para Washington, D. C., alguns anos atrás. Minha mãe foi uma das que se voluntariaram para cuidar dos alunos. Por isso eu pude ir.

Tomei um comprimido antes de entrar no avião. Não tanto porque tenho medo de voar, mas porque minhas emoções estão em farrapos, e, bem... Eu queria parar de sentir tudo. Mesmo agora, ao lado da minha mãe, ainda me sinto magoada. Ainda estou magoada com ela, mesmo lamentando o que houve com ela no passado. Acho que é porque lamento mais pelo que aconteceu comigo.

Queria que ela nunca tivesse me escondido.

Queria que o agente Logan não a tivesse ajudado.

Queria ser egoísta o bastante para acreditar que minha vida é mais importante do que todas as que o meu pai ceifou.

Queria... Queria não ter tanto medo do que está por vir. De um homem que nunca conheci. Do quanto dele pode haver em mim.

Mas ainda não cheguei ao ponto de querer não ter nascido. Talvez chegue lá um dia.

É engraçado o que acontece quando a gente descobre coisas sobre nós mesmos. A mãe de Sofie fez aquela tal análise de ancestralidade e descobriu que quatro por cento do DNA dela é de povos originários do território que hoje chamamos de Estados Unidos. De repente Sofie ficou toda interessada no direito dos povos originários e em mulheres indígenas desaparecidas. Nunca tinha se importado com essas coisas antes, mas agora isso significa algo para ela. Nunca na vida me preocupei com a possibilidade de ser algum tipo de psicopata, mas agora é só nisso que penso.

Sei que não sou psicopata. E sei também que não sou sociopata. Eu *sei*. Mas não significa que não possa ter alguma coisa daquele monstro à espreita no meu DNA, certo? Digo, cinquenta por cento da minha genética vem dele. Grandes chances de ter herdado algum tipo de psicopatia.

Não quero olhar nos olhos dele e me ver encarando de volta.

Minha mãe diz que não tenho nada a ver com ele, mas quão bem ela realmente me conhece? Não é como se ela tivesse conseguido ler o meu pai. Como ele foi capaz de enganá-la por tanto tempo? E tão bem?

Eu me sinto a Jodie Foster prestes a ser jogada numa sala com Anthony Hopkins. Pelo menos meu pai nunca comeu nenhuma vítima.

Só transou com elas.

Apoio as costas no encosto do assento e fecho os olhos quando sinto o estômago revirar.

— Você devia ter tomado um Dramin – diz minha mãe, interpretando errado o motivo da minha náusea. – Você também passou mal quando voltamos de Washington, lembra?

Passei mal porque tinha bebido um monte de vodca com alguns amigos antes de embarcar na porcaria do avião. Minha mãe nunca nem notou. Eu queria que tivesse notado. Queria que ela tivesse ficado brava, mas tudo o que consegui foi vômito no meu cabelo.

A aeromoça chega com as bebidas. Minha mãe pede uma água tônica para mim, o que ajuda. Bebo enquanto leio uma entrevista com Tarantino no celular. É uma boa distração.

O remédio contra ansiedade faz efeito. Depois de terminar o artigo, me sinto muito mais calma e relaxada. É quando o agente Logan e minha mãe trocam de lugar. Olho para o agente. Ele ocupa muito mais espaço do que ela, e deixa um rastro de cheiro de cigarro e sabonete atrás de si.

— Não aconteceu nada — diz ele com aquele sotaque intenso. — Só queria bater um papinho antes de a gente aterrissar. Quero que você esteja preparada. Pode ser?

Gosto do fato de que ele pergunta antes, mas não acho que uma resposta negativa o deteria. Então concordo com a cabeça.

Ele relaxa, parece derreter no assento. É um homem bem robusto. Eu me pergunto onde encontra camisas com mangas longas o suficiente. Será que são roupas feitas sob medida? Como será que é ser tão alto e forte? Tão poderoso?

— Beleza, então. Quero falar com você sobre o que vai acontecer quando encontrar com o Lake, tá bom? — Ele olha para mim, esperando.

— Tá — respondo, a voz quase toda encoberta pelo zumbido das turbinas a jato.

— Você não precisa fazer nada que não queira. Essa é a primeira regra. Se começar a se sentir desconfortável, vai ter alguém por perto preparado pra te tirar da situação. Eu, provavelmente. Em um primeiro momento, Lake vai se adaptar às barreiras que você levantar, depois vai tentar derrubá-las.

Engulo em seco. Não tinha pensado nisso. Concordei em ajudar o FBI, mas não pensei em como realmente seria me sentar diante de um assassino em série.

– Vou correr algum risco? – pergunto.

O agente Logan nega com a cabeça.

– Sendo bem sincero, acho que você seria a última pessoa que Lake machucaria fisicamente. No momento, é útil pra ele. É uma parte dele. Ele vai honrar esse fato tanto quanto a personalidade antissocial dele permitir.

Fisicamente. Não vai me machucar fisicamente. Não significa que não possa se esforçar para mexer com a minha cabeça.

– Não tente tirar informações dele. Você não é policial e não está lá para entrevistar o cara. Só o deixe falar. Você não precisa dizer para ele nada que não queira, e pode esfregar um monte de mentiras na cara do Lake se assim desejar. – Ele abre um sorrisinho.

Meus lábios sorriem de volta, como se eu não tivesse controle sobre eles.

– Ele não vai saber que eu estou mentindo?

– Se você foi capaz de fazer sua mãe acreditar que realmente passou a noite na casa da sua amiga no fim de semana passado, provavelmente pode fazer qualquer pessoa acreditar no que quiser. – Ele dá umas risadinhas enquanto sinto meu rosto ficando vermelho. Esqueci que ele tinha ficado de tocaia na festa. – Além disso, não acredite em tudo que ele disser. Esses caras adoram mentir e se gabar. Parece que não conseguem se controlar. A sala vai estar sendo monitorada o tempo todo, tanto por microfones quanto por câmeras, então nós é que vamos filtrar a veracidade do que ele contar pra você. Seu único trabalho é ouvir. E interagir com ele, *se* quiser. Não se esqueça: ele quer fazer você se interessar por ele. *Precisa* que você se interesse por ele. E isso te dá a vantagem, não é não? – No sotaque dele, as últimas palavras soam como "nénão?".

Estreito os olhos.

– Agente Logan, por acaso você está usando esse seu tom tranquilo de sulista só pra me fazer relaxar?

Ele ri. A reação faz a expressão dele mudar. É um homem bem bonito para a idade dele. Quando volta a falar, é com um sotaque afetado e caricato do sul.

– Ara, senhorita, tô sim. Acho que tô é tentando te deixar de cuca fresca. Tá funfando?

Sorrio. Gosto desse cara. Não queria, porque… bom, ele é um agente federal. Mas parece ser muito bacana. E pelo jeito minha mãe confia de verdade nele. E ela não confia em ninguém.

– Um pouco – admito. – Bom, então tudo o que preciso fazer é deixar o Lake falar comigo?

Ele concorda com a cabeça.

– Obviamente, as coisas vão ser mais fáceis se você interagir, seguir as deixas dele e tal, mas não é para se arriscar. Por mais que eu queira o nome daquelas garotas, não quero que você se sinta jogada aos leões, se é que me entende.

– Tá bom.

– A coisa mais importante é ficar tão calma quanto possível e não deixá-lo entrar na sua cabeça. Ele pode tentar fazer você pensar que é ele quem está no poder, mas o Lake não passa de um homem moribundo que não tem pra onde correr.

E é isso. Lake pode ter sido um monstro algum dia, alguém a temer, porém não é mais. Eu me pergunto se o agente Logan sabe quanto facilitou para mim essa situação toda.

– Vou lembrar disso – prometo.

– Ótimo. – Ele abre um sorrisinho. – Tenho algumas coisas de trabalho para fazer antes da aterrissagem, então vou trocar de lugar com a sua mãe de novo. E, caso eu ainda não tenha agradecido o bastante… Obrigado, Scarlet. Você não tem ideia de quanto é importante para mim você estar fazendo isso.

– Valeu.

Ele dá um tapinha no meu braço – um gesto bem paternal de aprovação – antes de levantar o corpanzil do assento. Mal consegue ficar com as costas totalmente eretas no meio do corredor. Voar de avião deve ser um pé no saco para ele.

Minha mãe ocupa o lugar que o agente acabou de vagar, e sinto a súbita mudança de atmosfera. O odor persistente de cigarro dá espaço ao aroma de xampu e hidratante corporal. Acho engraçado pensar que conheço o cheiro da minha mãe, mas não faço ideia de como é o meu. Será que tenho cheiro de casa para ela tanto quanto ela tem para mim?

Ela me enlouquece com suas regras, e ainda estou em conflito com o fato de que mentiu para mim ao longo da minha vida inteira, mas amo essa mulher. Não consigo imaginar as coisas pelas quais ela passou – e sozinha. Não é como se eu tivesse sido de muita ajuda.

Coloco a mão sobre as dela. Ela parece surpresa, mas feliz. Mantemos nossos dedos entrelaçados pelo resto do voo. Ela não dá muita atenção ao gesto. Nem o menciona. Só segura minha mão como se eu tivesse cinco anos e estivéssemos prestes a atravessar a rua. Sei que ela não vai me soltar.

Aterrissamos alguns minutos depois das duas da tarde. Estamos só com malas de mão, então passamos direto pelas esteiras de bagagem e vamos para a saída dos carros. Está sol em Raleigh, sem neve.

– Tá meio frio – diz o agente Logan. – Perto dos dez graus.

Ele acha que dez graus é frio? Ele não sabe como é na Nova Inglaterra. Conheço gente que com essa temperatura vai de short para a escola.

Outro agente vem nos buscar.

– Vamos até a Central primeiro – explica o agente Logan. – À noite levo vocês pra casa.

Vamos ficar com a família dele durante o fim de semana. Ele provavelmente acha que eu daria no pé se não ficasse de olho em mim.

– A gente vai até a prisão *agora*? – Tento manter o medo longe da voz.

Minha mãe coloca a mão no meu braço.

– Tá tudo bem.

– É tipo band-aid, garota – diz o agente Logan. – É melhor arrancar logo e botar um fim nisso.

Fulmino o homem com o olhar.

– E que porra você sabe disso?

Minha mãe aperta meu braço com um pouco mais de força.

– Scarlet, *não* fale assim com ele. – Depois se vira para Logan: – Andy, sinto muito.

Sinto as bochechas queimarem de vergonha. Ele foi superlegal comigo no avião, e agora estou sendo uma escrota com ele.

– Está tudo bem, Gina – diz ele. – Scarlet, não sei nada sobre ter um pai como o Jeff Lake, você está certa. Mas já conheci mais monstros do que você imagina. Eu seria idiota se não ficasse com um pé atrás em todos os casos. É inteligente da sua parte estar assustada, mas postergar isso por um dia não vai fazer a situação ficar menos assustadora. Só vai te dar mais tempo para ficar pensando nisso.

Ele está certo. Odeio saber que ele está certo.

– Desculpa – digo, desviando o olhar.

O aperto da minha mãe alivia. Ela faz um carinho no meu braço.

– Você não precisa se desculpar por nada, mas agradeço mesmo assim – diz ele.

E, sem rodeios, ele e minha mãe começam a conversar sobre quanto – ou quão pouco – as coisas mudaram desde que fomos embora daqui. Obviamente, é uma conversa da qual não posso participar. Não tenho lembranças deste lugar.

Foi aqui que nasci. Tecnicamente, é minha cidade natal. Espero sentir algum tipo de conexão com a área, mas isso não acontece. É só um lugar novo e estranho.

Tem trânsito, é claro. Raleigh é uma cidade não tão pequena, afinal de contas. Viro o rosto na direção do sol e fecho os olhos. Não é como se eu fosse perder muito se não olhasse para a estrada, e a sensação do sol na cara é muito, muito gostosa.

Mesmo com congestionamento, o caminho até a prisão não leva mais que trinta ou quarenta minutos. Quando chegamos, minha bunda está doída de tanto ficar sentada. Foi basicamente tudo o que fiz nas últimas cinco horas.

– Ele está no hospital da prisão – explica o agente Logan. – Então não vamos precisar encontrá-lo na área de visitação regular. Vai ser um pouco mais confortável pra você.

Concordo com a cabeça. Se é o que ele diz...

– Vai ter mais privacidade também – continua ele. – Vocês não vão ter que lidar com pessoas intrometidas.

Foi decidido que vamos fazer isso da forma mais discreta possível, para reduzir ao máximo as chances de a história vazar. O agente Logan deixou claro que leva a privacidade muito a sério. Quer que a gente possa retornar para nossas vidas como Gina e Scarlet. Isso é legal da parte dele, acho, mas não tem como voltar atrás agora, tem?

Ao meu lado, minha mãe parece inquieta. Nunca pensei em quão nervosa ela deve estar. Puta merda, estou olhando só para o meu umbigo mesmo. Para mim, Jeff Lake é um monstro, como Drácula ou Buffalo Bill. Ele não vai ser uma pessoa de verdade até eu vê-lo, mas para minha mãe... Bom, é dele que ela vem fugindo ao longo dos últimos dezesseis anos. Ele era o marido dela. Ela o amava. De alguma forma. Ter descoberto a verdade sobre ele deve ter sido horrível e doloroso.

O que é estranho é ela parecer mais descansada do que nunca. É como se ela pudesse relaxar, agora que finalmente descobri a verdade.

Pego a mão da minha mãe e dou uma apertadinha. Os dedos dela estão frios como gelo.

– Vamos fazer o cadastro de vocês e depois iremos até o hospital – diz o agente Logan conforme o carro se aproxima do portão principal. – Meu auxiliar já tomou as providências necessárias, então não vai demorar muito.

O portão se abre para nós, e, quando passamos pela entrada, sou atingida por uma sensação de medo. No curso de Cinema, falamos sobre a jornada do herói e as estruturas das histórias. Se minha vida fosse um filme, eu estaria, neste momento, no limiar, prestes a entrar num novo mundo mágico onde eu, a heroína, iria encarar vários desafios e encontrar diversos aliados e inimigos. De todos os futuros que imaginei para minha vida, nenhum contemplava visitar uma prisão como momento decisivo.

A Prisão Central é para onde mandam os piores dos piores, segundo li na internet. O governo só envia para a Central os criminosos sentenciados a dez anos de prisão ou mais – ou à morte. Jeff Lake foi condenado à pena capital pelo estado da Carolina do Norte, mas nunca o mataram – principalmente porque tinham a esperança de que um dia revelasse o nome do restante das vítimas. Provavelmente poderiam ter conseguido arrancar a informação dele anos antes, ameaçando botar um fim na vida do sujeito. Ainda bem que não fizeram isso. Eu jamais conseguiria estar aqui aos onze ou aos quinze anos de idade. Mal consigo encarar a situação agora que tenho quase dezoito.

A prisão podia muito bem passar por uma escola, com paredes de tijolinhos claros fechando todos os lados da ampla propriedade gramada. É só o alambrado alto com arame farpado no topo da estrutura de alvenaria que denuncia que o lugar é algo mais sinistro. Um velho muro de pedra com uma torre de guarda na ponta parece estranhamente deslocado do resto.

— Aquele muro é tudo o que sobrou da prisão original, acho — diz o agente Logan, como se fosse um guia turístico macabro.

Não falo nada, mas minha mãe solta um pequeno "Hummm".

— Você já esteve aqui antes? — pergunto a ela.

Ela dá um suspiro sofrido.

— Foi aqui que ele ficou enquanto esperava o julgamento, e durante o processo também. Eu o visitava no começo. Mas foi ficando cada vez mais difícil conforme a cobertura da imprensa se intensificava. Além disso, uma vez acharam que eu ia ajudá-lo a escapar. Lembra disso, Andy?

O agente Logan ergue uma das sobrancelhas.

— Ele arranjou uns jalecos e tentou escapar como técnico de enfermagem. Na época, acharam que você tinha conseguido os jalecos pra ele.

— Eles me inspecionavam toda vez que eu entrava. Não tinha como ter entrado com as peças.

Sinto o sangue pulsar nas têmporas.

— Mas ele não escapou.

Minha mãe aperta minha mão.

— Não, meu bem. Pegaram ele.

— Não colocaram isso no filme.

— Bom, acho que as autoridades não queriam ser retratadas dessa forma.

Ela diz isso com um sorriso leve nos lábios. A voz dela mudou desde que aterrissamos. Agora ostenta um leve sotaque. Será que é assim que ela devia soar? Quanto de si precisou mudar para se esconder do ex-marido? Isso, por si, não é uma prisão?

A ala médica é só mais um prédio de tijolinhos claros indistinguível dos demais. Paramos no estacionamento e saímos do carro. Estou suando por baixo do suéter. Sinto as pernas bambas conforme caminhamos pelo pequeno bolsão que nos separa do edifício. O agente Logan aperta uma campainha. O guarda que está conosco fala algo ao interfone – informa quem somos. Quando a porta é aberta, ele a segura para nós. Preciso me forçar a atravessar o limiar – literal e metaforicamente.

Uma vez dentro da construção, precisamos passar por um detector de metais e mostrar nossos documentos, mesmo estando com o agente Logan. Ele também precisa deixar a arma. Uma guarda feminina chega para fazer a revista em mim e na minha mãe – não é tão constrangedor quanto achei que seria, mas ela nem olha nos meus olhos. Ninguém olhou nenhum de nós nos olhos desde que chegamos. Talvez façam isso com todos os visitantes, ou talvez seja só com a gente.

– Seu sutiã tem arame? – pergunta a oficial.

– Não – respondo, enquanto ela apalpa a parte de baixo dos meus braços. – Me disseram pra usar um sem.

Tem uma lista inteira de coisas que não é permitido vestir aqui.

– Pode seguir – diz ela, e passa a inspecionar minha mãe.

– Não encosta em nada – informa outro guarda enquanto caminhamos. Minha mãe está comigo; não quis que eu viesse sozinha. – Se o detento tentar entregar alguma coisa para você, não aceite.

– Não vou aceitar.

Tem um cheiro esquisito pairando no ar. Tenho o ímpeto de respirar pela boca, mas fico com medo de sentir o gosto do que quer que seja. É um fedor de antisséptico, mas também de anos de sujeira e sangue e merda e morte impregnados no concreto. É horrendo.

– Ele está contido, mas fiquem fora do alcance dos braços dele o tempo todo – continua nosso anfitrião. – Um guarda vai ficar parado do lado de fora da porta para o caso de precisarem de assistência.

Assentimos quando ele pergunta se entendemos. Negamos com a cabeça quando questiona se temos alguma dúvida. Minha mãe segura minha mão conforme nos aproximamos da porta que leva à ala médica. Não seguro a mão dela com tanta força desde que era uma criancinha.

– Ele está esperando por ela? – pergunta ela ao guarda.

– Ele foi informado do que vai acontecer um pouco antes de vocês chegarem. A gente não queria dar tempo para ele planejar algo.

Planejar algo? O que poderia ter planejado? Uma banda de mariachis? Uma faixa de boas-vindas?

O guarda destranca a porta e nos deixa entrar, avançando por um corredor que tem uma luz falhando no teto. Ouço um zumbido constante, mas não sei muito bem de onde está vindo. Passamos por outra porta trancada e chegamos à ala médica. Espero encontrar algo como nos filmes – um guarda armado parado do lado de fora de cada quarto, todos os tipos de tecnologia de ponta para manter os monstros contidos.

Mas não tem nada disso. Só uma porta. Digo, tem alguns guardas por perto, mas não é nada do que eu esperaria para alguém que fez o que Jeff Lake fez.

– Se houver qualquer problema, chamem o guarda – diz para nós.

– Ele fica sedado? – pergunta minha mãe, os dedos apertando os meus com mais força.

– Depende se ele estiver tendo um dia bom ou ruim – explica o guarda. – A dor parece ir e vir. Dadas as circunstâncias, a gente achou que seria melhor dar uma dose extra de sedativos pra deixá-lo mais calmo. – O homem sorri para mim, mas isso não me ajuda a ficar mais relaxada.

A porta é grossa e tem uma janelinha que permite enxergar lá dentro. Tem um homem numa cama. O corpo dele parece magro e frágil sob as cobertas. Está com o rosto encovado e coberto por uma fina barba grisalha. O cabelo está rareando na frente, e a pele parece estranhamente amarelada. Se eu tivesse que atribuir a ele uma forma monstruosa, diria que parece com um zumbi recém-transformado. Já começou a apodrecer, mas não totalmente.

Não sinto nada enquanto olho para ele, embora devesse. Devia estar com medo ou nojo, ou até mesmo um pouco ansiosa, mas em vez disso me sinto completamente atordoada quando fito Jeffrey Robert Lake, um dos mais notórios assassinos em série do século XXI. Meu pai.

– Está pronta? – pergunta minha mãe.

Olho para ela. Seu rosto parece tão pálido quanto sinto o meu. Abro um sorrisinho fraco.

– Hora de arrancar o band-aid.

Só espero não sofrer uma hemorragia.

CAPÍTULO 8

O guarda destranca a porta.

– Última chance – sussurra minha mãe, os dedos gelados escorregando nos meus, trêmulos.

Balanço a cabeça. Vamos arrancar o curativo.

– Tô pronta.

Não sei o que eu esperava. Talvez achasse que ia entrar sozinha? Mas não é o caso. O guarda entra primeiro, seguido por mim e pelo agente Logan. Tinha esquecido que ele estava com a gente; ele é muito silencioso. O homem gentil que sentou comigo no avião já era. Entrou no modo agente – intimidador e sério. Minha mãe fica do lado de fora. Sinto falta do conforto de tê-la ao meu lado, mas é melhor que ela não entre. Ninguém quer dar ao seu ex-marido a chance de me usar contra ela.

Jeffrey Robert Lake – assassinos em série gostam de usar o nome completo? – abre os olhos assim que ouve o som da fechadura. Tem o sono muito leve ou fingiu que estava dormindo.

O olhar dele parece iluminado. Iluminado demais. Talvez seja porque está magro e pálido – perto demais da morte, exceto pelos olhos cintilantes. Ele olha para o guarda, depois para Logan e, enfim, para mim.

Sinto o coração apertar. Ele arregala só um pouquinho os olhos quando os pousa no meu rosto. Será que as lágrimas que irrompem de repente são reais ou ele as invocou movido pela ideia de que é assim que um pai *deveria* reagir ao ver a filha pela primeira vez em anos? Só sei que não parece sincero.

– Britney – sussurra ele. Sua voz é baixa, grave e modulada por um sotaque forte. Como lixa e veludo ao mesmo tempo.

– Scarlet – corrijo, me forçando a endireitar a coluna. O agente Logan para ao meu lado, um lembrete de seu apoio.

– Isso – diz Lake, se corrigindo. – Me desculpe.

Espero um comentário astuto, mas ele não diz mais nada. Limpa os olhos com as costas da mão e, performático, se recompõe.

– Não quer se aproximar, lindinha? Queria te olhar mais de perto.

Avanço quarto adentro, captando o som de equipamentos médicos e o cheiro de doença misturado ao de desinfetante industrial. Lake está com um acesso intravenoso e há uma bolsa com um líquido meio amarelado pendurada numa das extremidades da cama. Urina, provavelmente. Seria fácil acreditar que não há mais nada de monstruoso nele. Fácil considerar o homem frágil e inútil… não fossem aqueles malditos olhos. Não consigo ignorar os olhos.

Paro aos pés da cama. A presença do agente Logan é sólida atrás de mim. Encorajadora. Eu me sinto ainda pior por ter sido grosseira com ele mais cedo.

Lake dá um sorrisinho, olhando para um ponto acima da minha cabeça.

– Você vai ficar pairando em volta dela o tempo todo, como a mamãe pássaro cuidando do filhote, Andrew?

– Até ela me dizer que está confortável de ficar aqui sozinha – responde o agente Logan em um tom neutro. – Como se sente, Jeff?

Lake tomba a cabeça para o lado.

– Ah, sabe como é. A dor vem e vai, mas isso não importa, agora que a minha filhinha está aqui. – Os olhos dele cintilam como safiras quando se vira para olhar para mim, me analisando da cabeça aos pés. – Olha como você é linda. É a cara da sua mãe. É tão bom te ver, lindinha. Bom demais. Isso tudo deve estar sendo bem esquisito pra você, né?

Confirmo com a cabeça, tentando ignorar o formigamento nos braços. Não tenho por que entrar em pânico. Estou em segurança. Não estou em perigo. Ele não pode me machucar.

Lake estreita os olhos.

– Eles contaram pra você por que enfim me deixaram te ver?

Confirmo de novo. Ele vai ver como estou aterrorizada se eu continuar me comportando assim. Pigarreio.

– Porque você disse que ia me dar os nomes das outras vítimas e o local onde estão enterrados os corpos.

Ele faz uma careta.

– Não gosto de como isso soa.

– Nem eu, mas é verdade, não é? – Eu me forço a encará-lo nos olhos e não desvio o rosto.

Um sorrisinho faz seus lábios se curvarem. Ele parece um falcão prestes a engolir um rato.

– Que espirituosa. É, você tem um pouco de Lake aí. A Allie não conseguiu arrancar tudo de você. Aliás, cadê ela? Achei que ia poder dar um oi.

Sinto um calafrio ao ouvir o tom esperançoso dele.

– Ela está por perto, Jeff – responde Logan. – Mas encontrar com ela não era parte do acordo, lembra? Se quiser isso também, a gente vai ter que negociar.

Tão frio. Tão calculista. Como se minha mãe e eu fôssemos parte de uma transação de negócios em vez de pessoas. Sei que é como ele precisa falar com esse homem, mas parece tão desapegado… Isso me lembra de que eu e minha mãe não importamos de verdade. Somos só peças num tabuleiro para que Lake e o FBI nos usem um contra o outro. Peões. O agente Logan só é mais direto e gentil nesse jogo.

Lake estala a língua.

– É, a Allie nunca ia topar me ver.

– Talvez ela tope se eu pedir – digo, antes mesmo de me dar conta. Nosso primeiro encontro começou há poucos minutos e já preciso relembrar Jeff de que estou aqui.

E de que sou eu que dito como as coisas vão andar. Não ele. Para ser sincera, sinto uma coisa boa quando ele olha para mim e vejo sua expressão mudar. Quando percebe que posso conseguir o que ele quer.

Ele deve achar que sou idiota e inocente. Será que realmente acha que eu entregaria minha mãe para que ele terminasse de destruí-la?

– Sim – concorda ele. – Ela faria qualquer coisa por você, não faria?

Ele tem inveja de mim, acho. Talvez me culpe por ela tê-lo abandonado. Preciso me lembrar disso.

– Faria – respondo.

– Você é uma surpresa agradável, Bri… Scarlet. – Lake sorri.

Ele sabe o que estou fazendo. Meu maior erro é achar que sou mais esperta do que ele.

– Devo considerar isso um elogio?

– Deve. – Ele assente. – Deve, sim. Você está cabulando aula para estar aqui?

– Posso correr atrás do prejuízo depois.

O sorriso dele fica mais amplo. Seus dentes parecem grandes demais para a boca.

– Aposto que você é uma das mais inteligentes, não é? Está entre os primeiros da classe?

Dou de ombros.

– Até que me saio bem.

Na verdade, me saio bem pra caralho. Principalmente porque sei que minha mãe vai pegar mais leve se eu for bem na escola.

Lake dá uma risadinha.

– Sim, você é uma garota esperta. O que quer fazer da vida? Direito, talvez?

Ele gostaria disso, não gostaria? Foi o que ele estudou.

– Na verdade, quero ser cineasta.

Ele se apruma um pouco na cama.

– Sério? Pra fazer que tipo de filme? Espero que não daquele lixo que fizeram sobre mim.

– Pois é, minha mãe disse que tem vários erros nele.

Lake ergue uma das sobrancelhas.

– Você assistiu?

Eu provavelmente não devia ter dito nada. Ou fiz a coisa certa? Não tenho ideia de como falar com ele, apesar das dicas que o agente Logan me deu no avião. Não sei o que vai agradá-lo ou aumentar sua cooperação e o que talvez o faça ficar irritado. Sou eu que estou falando mais, e acho que devia estar ouvindo.

– Assisti.

– Antes ou depois de saber que eu era seu velho?

– Os dois.

Ele parece satisfeito com isso.

– Aposto que saber da verdade deu uma dimensão extra à experiência de assistir ao filme, não?

– Sim.

Ele se inclina um pouquinho para a frente. Dá para ver as clavículas logo abaixo da gola da camisola de hospital.

– Fez você enxergar sua mãe de uma forma diferente?

Minha pulsação acelera de repente. Respiro fundo para me acalmar.

– Me fez sentir muito por ela.

– Imagino. Com certeza a fez parecer a pessoa prejudicada da história, né?

– Uma delas – respondo, olhando bem nos olhos dele.

Ele ri. Por um instante acho que está zombando da minha cara.

– Que espirituosa! Ah, Logan. Muito obrigado por ter trazido a garota até aqui. – Ele se apoia nos travesseiros, olhando para mim com uma expressão que parece carinhosa, mas me deixa com a sensação de ser uma presa diante de um predador. Ele pousa a mão comprida sobre o coração. – Nunca tinha sentido esse orgulho paternal.

Jake está tentando me manipular, não está? Mentir é o que ele faz, mas as palavras me atingem em cheio, pegando bem a parte de mim que sempre quis ter um pai. A parte que sempre se perguntou se o pai fantasma que criei na cabeça se orgulharia de mim.

Não preciso do orgulho desse homem.

Não quero o orgulho desse homem.

Ele provavelmente nem sente de verdade o que está dizendo. Sou só um reflexo dele. Um espelho.

Jeff me encara. Esperando. Sorrio. Era o que ele queria. Sinto o estômago revirar, mas estou bem.

De repente, a expressão de Lake fica mais sombria. Ele volta aquela porcaria de olhar fixo para o agente Logan.

– Sai da cola dela, seu gorila. Você não é o pai dela, eu que sou. Quero falar com ela a sós.

– Scarlet? – pergunta o agente Logan num cuidadoso tom neutro.

Meu coração esmurra minhas costelas. A ansiedade me faz sentir um frio na barriga. Mas ele vai estar logo do outro lado da porta. Só quero que isso acabe logo.

– Tá tudo bem – digo. – Ele é meu pai.

Foi a coisa certa a dizer, acho. Devo brincar o máximo possível com o ego dele. Fazer com que se mantenha disposto a cooperar, com que continue falando.

O agente Logan encosta no meu ombro, um toque quente e firme. Depois tira a mão, deixando a sensação de frio nas minhas costas. Não me viro para olhar, mas ouço a porta abrir e fechar conforme ele sai. Ele pode assistir à conversa pela janela com minha mãe, se quiser. E sei que dá para ouvir tudo o que é dito nesta sala, mas não tenho ideia de onde está o microfone. Tem uma câmera no canto do teto. Cada momento, expressão e palavra está sendo gravado e documentado.

Estamos sozinhos, eu e Lake. Não sei quando o guarda foi embora, mas agora somos só nós dois. Toco a grade ao pé da cama. Sinto o metal frio contra a palma suada da minha mão. A sensação é boa. Está muito quente aqui. Sinto as axilas transpirando.

– Você tem medo de mim? – pergunta Lake, me olhando da pilha de travesseiros. Não consigo ler a expressão dele.

– Um pouco – admito. – Você quer que eu tenha medo de você?

Ele parece surpreso – como se não fosse algo educado de perguntar.

– Claro que não. Eu sou seu pai.

Inclino a cabeça para o lado.

– Não acho que as duas coisas são mutuamente excludentes.

– Olha só você... Tem certeza de que não quer ser advogada?

Eu o agradei. Não gosto do quanto mexe com meu orgulho perceber isso.

– Tenho.

O silêncio cai entre nós enquanto travamos uma batalha de determinação, competindo para ver quem desvia o olhar primeiro. Esperando. Qual de nós vai desistir antes?

Lake boceja depois do que parece uma eternidade.

– Nossa! Tô acabado. Foi mal, lindinha. Será que a gente pode continuar essa conversa outra hora? Talvez amanhã?

É isso? Tento esconder a surpresa, mas aposto que faço um péssimo trabalho. Ele não me contou nem um nome. Não me contou nada.

Será que ele só queria tirar o agente Logan da sala? Será que foi tudo para ver se eu ficaria sozinha com ele? Ou será que queria que eu admitisse que estava com medo dele? Não estou entendendo.

– Acabamos aqui! – grita Lake. – Logan!

Olho ao redor, ainda confusa. A porta se abre, e o agente Logan entra. Ele não parece surpreso com a reviravolta.

– Vem, Scarlet.

– Traz ela amanhã de novo – instrui Lake.

Minha vontade é mandar ele se foder, enfiar essas brincadeirinhas na bunda moribunda dele. Porém, não faço nada disso, porque é tudo o que ele quer.

– Se ela quiser voltar, a gente volta – informa o agente Logan.

Sinto a mão dele se acomodar nas minhas costas.

– Você quer voltar, não quer, Scarlet? – O peso do olhar de Lake me faz paralisar. O branco dos olhos dele está com um tom meio amarelado. É o câncer, imagino. Como será que é ver sua data de validade se aproximar e ainda sentir que precisa exercer o controle fazendo joguinhos com todas as pessoas ao seu redor? Me parece uma atitude bem desesperada.

Dou de ombros.

– Acho que sim. Se você estiver a fim. – Também sou capaz de fazer joguinhos, seu babaca.

– Vou estar – responde ele num tom direto.

– A gente fala com a enfermeira amanhã de manhã – informa o agente Logan.

– Cuida da minha menininha, Logan. – Soa como um aviso.

– Ah, ela está em ótimas mãos, Jeff. As duas. – Não há como negar a intenção de um sorriso do policial. Lake contrai a mandíbula. Os músculos tensos se destacam visivelmente no rosto magro. – Vamos, Scarlet.

– Até amanhã, *Scarlet* – diz Lake.

Abro um sorriso.

– Tchau, *papai*. – A palavra tem gosto de merda, mas a expressão de Lake de quem tomou um soco na cara faz tudo valer a pena.

Quando a porta se fecha atrás de nós, o agente Logan me empurra gentilmente na direção da minha mãe, que está esperando no corredor, roendo a unha do dedão.

Ela corre na minha direção, os braços abertos. Eu me jogo em seu abraço. Estou tremendo.

– Você está bem? – pergunta ela, alisando meus cabelos.

– Mais do que bem – responde o agente Logan; sua voz soa tão cheia de orgulho que olho para ele, surpresa. Ele sorri para mim. – Você foi brilhante, querida.

● ● ●

Psychology Today

Polidez e raiva: uma análise dos crimes de Jeffrey Robert Lake

3 de abril de 2020

Poucos assassinos em série provocam tanto a imaginação dos norte-americanos quanto Jeffrey Robert Lake. Apesar de ser relativamente "novo" no rol de assassinos notórios que fascinam a mídia, Lake já atingiu o patamar de outros, como Bundy e Dahmer, ao longo dos últimos catorze anos, desde sua prisão em abril de 2006 – um feito que merece destaque, uma vez que assassinos em série foram quase banalizados em nossa sociedade. Talvez parte da popularidade se deva a *O cavalheiro*, filme biográfico vencedor do Oscar sobre a vida e os crimes de Lake, ou talvez a culpa seja da aparência de modelo de revista e do charme sulista do homem. De uma forma ou de outra, não há como negar que a história dele é muito interessante.

Na época da prisão, Lake tinha trinta e poucos anos. Era um advogado com uma esposa adorável e uma filhinha pequena. Todos que o conheciam o descreviam como um "homem de bem". Era tido em alta conta pelos colegas. Ainda mais do que com Bundy, a verdade sobre a natureza de Lake pareceu chocar e devastar pessoas próximas, que viam Lake apenas como ele queria que elas o vissem.

Na verdade, Lake era um psicopata astuto e encantador que sequestrou, estuprou e assassinou pelo menos 14 mulheres na Carolina do Norte de 1992 a 2006. Lake encantava as vítimas e depois as convencia a ir com ele até um lugar mais reservado, ou as forçava a entrar em seu veículo. Depois as levava até uma área isolada, onde as estuprava – várias vezes, em alguns casos – e matava. Com frequência, voltava ao local do crime para realizar atos sexuais com os cadáveres. Todos os catorze corpos foram encontrados na propriedade que pertencia à família de Lake, mas as autoridades acreditam que, com base na época das mortes conhecidas e nos meses que Lake passou vivendo em outro lugar, haja mais vítimas.

A frieza e a falta de empatia de Lake o ajudaram a evitar sua captura e fizeram com que fosse um predador eficiente. Ele não sentia remorso. Na verdade, negou ter feito algo errado por anos após sua prisão, até enfim admitir ter cometido os crimes. Ainda hoje, não revelou para a polícia informações sobre as demais vítimas, tudo como forma de manter sua posição de poder.

Em termos de classificação, Lake é um assassino que preza o poder e o controle, que precisa dominar as vítimas. Por causa de tal necessidade, os assassinatos não tinham a ver com prazer ou atração, e sim com o desejo de estar em completo controle da situação. Isso era o que o fazia estuprar e algumas vezes torturar as vítimas e dava a ele o poder de decidir quando e como morreriam. Também explica sua necrofilia, ato que lhe permitia ter controle absoluto da vítima.

Lake nunca discutiu abertamente seus desejos ou o que sentia depois que cedia a eles. Ele vem tomando muito cuidado com o que permite que outras pessoas saibam – o que, de novo, garante que mantenha o controle, mesmo estando na prisão e incapacitado de matar há quase uma década e meia.

O assassino dava troféus das vítimas para pessoas com as quais se importava – mais notavelmente para sua esposa, Allison Michaels. Ver o troféu em sua companheira permitia que ele revivesse o momento, retomasse a sensação de fantasia e estendesse o prazer causado pelo assassinato.

Se por um lado sua aparência, seu charme e sua completa falta de remorso e empatia o tornaram um assassino eficiente, por outro, sua necessidade de controle e de revisitar as vítimas fez com que fosse preso. Afinal de contas, se os corpos não tivessem sido encontrados na propriedade da família e ele não desse os bens das vítimas de presente para outras pessoas, seria extremamente improvável que alguém acreditasse na possibilidade de seu envolvimento em tais atrocidades. Em geral, ele se preocupava em não deixar evidências de DNA para trás, mas material genético suficiente acabou sendo encontrado em várias vítimas, o que reforçou seu envolvimento no caso.

Da mesma forma, a necessidade de controle e poder foi o que manteve Lake vivo. Ele foi condenado à morte, mas, ao admitir às autoridades a existência de outras vítimas, ele efetivamente se manteve vivo e relevante. As habilidades que fazem dele um ótimo advogado agora estão sendo usadas contra aqueles que devem aplicar a lei. Há quem acredite que ele não matou outras mulheres, que tudo é um truque de Lake para evitar a execução. No entanto, muitos investigadores creem que haja outras vítimas e estão determinados a encontrá-las. Enquanto isso, Jeffrey Lake continua a exercer seu controle em todas as oportunidades possíveis. Seu transtorno de personalidade antissocial, combinado com sua aparência e seu charme, faz dele uma máquina de matar quase perfeita – uma que continua a nos fascinar e a nos fazer questionar a nós mesmos até hoje. A dúvida persiste: será que Lake acabará enfim informando os nomes das demais vítimas? Ou seu desejo por controle e poder o fará levar essa informação para o túmulo?

CAPÍTULO 9

Minha mãe tem um milhão de perguntas depois que saímos da prisão. Felizmente, o agente Logan responde a quase todas. Também é ele que conta que vamos voltar amanhã.

— Eu sabia que não seria fácil — diz ela, suspirando. — Nunca é quando se trata dele, mas odeio a ideia de que agora ele vai arrastar isso pelo tempo que quiser.

— Não — digo, desviando o olhar da janela. — Pelo tempo que *eu* quiser. Se eu disser não, ele não tem nada.

O agente Logan sorri para mim, mas a expressão da minha mãe é de preocupação.

— Ai, querida… Nunca entre numa disputa com um gambá pra ver quem mija mais fedido.

Olho para ela. Primeiro, porque, com essa expressão, ela realmente entrou no modo sulista. Segundo, porque não sei muito bem o que ela quer dizer.

— Você não pode vencê-lo — diz ela. — Nem tente. Para o seu próprio bem. Andy, fala pra ela.

— Sua mãe está certa, Scarlet, mas você também. — O agente Logan dá de ombros. — Não é uma questão de não ser capaz ou esperta: você

100

arrebentou hoje, e quero que saiba disso. Mas você não é uma psicopata. Ele é, e o cérebro dele simplesmente não funciona como o de alguém normal. Sem o treinamento apropriado, não dá pra bater de frente e ganhar no jogo que ele conhece melhor.

– Eu sei – digo a ele. A eles, na verdade. – Mas ele ainda quer alguma coisa, certo? Se achar que não vai conseguir o quer, não vai acabar desistindo?

– Talvez. Ou talvez decida levar os nomes para o túmulo como uma última demonstração de poder. – O agente Logan olha para mim com uma expressão de quem sente muito. – Não tenho esperança de conseguir todos os nomes, mas acredito que ele vai te dar o bastante.

– Quanto é o bastante? – pergunto.

– A essa altura, eu ficaria feliz com dois. – Ele balança a cabeça. – Mas, falando sério, você realmente mandou bem. Foi esperta a ponto de ser cautelosa, mas forte pra não se deixar intimidar. Atraiu o interesse dele.

O interesse dele. Uau. Meu pai não me vê desde que eu era um bebezinho. Ele nem me conhece, e eu "atraí o interesse dele". Por outro lado, sei exatamente que tipo de monstro ele é, e ainda assim quis sua aprovação.

Porra.

– O que você falou pra ele? – pergunta minha mãe.

Balanço a cabeça.

– Nada importante.

Vejo o agente Logan olhando para mim, mas ele não comenta nada sobre eu ter dito que poderia fazer minha mãe ir falar com Lake, ou mesmo que o chamei de "papai". Isso me faz gostar um pouco mais do policial. Me faz confiar nele.

– Espero que vocês duas gostem de carne de panela – comenta o agente Logan, mudando completamente de assunto. – A Moira me disse que é o que ela está fazendo para o jantar.

Eu não como nada desde os biscoitinhos no avião, não me deu vontade, mas meu estômago ronca quando penso numa comidinha feita em casa. Minha mãe e eu não somos muito de cozinhar. Geralmente pedimos alguma coisa. Às vezes uma de nós até cozinha, mas não é nada de mais.

Agora que vi Lake – e sobrevivi –, estou começando a me sentir eu mesma de novo. E estou morrendo de fome.

O agente Logan olha para mim pelo retrovisor.

– Querem parar para tomar um café ou coisa assim? O jantar ainda vai demorar um pouco.

Ele entra com o SUV num drive-thru. Peço um chai latte e um pãozinho doce de massa folhada que é quase maior do que a minha cabeça. Provavelmente vou estragar o jantar, mas não dou a mínima. Está uma delícia.

Estou acabando de comer quando chegamos à casa do agente Logan. A vizinhança é agradável, com várias casas antigas. Paramos diante de uma bem grande, no estilo Rainha Anne, pintada de amarelo-clarinho com detalhes em creme.

– Vocês trocaram a cor – observa minha mãe.

– Ideia da Moira. Uns amigos do Luke abriram um negócio de pintura de casa alguns verões atrás. Nós fomos um dos primeiros clientes.

– Eles fizeram um ótimo trabalho.

– Depois que eu consertei os erros, sim. Fizeram. – Ele abre um sorrisinho antes de sair do carro.

Pegamos as bolsas no porta-malas do SUV. Trouxe uma mala de mão e a mochila com o laptop. Não tinha como deixá-lo em casa.

Minha mãe olha ao redor, semicerrando os olhos no restinho do sol vespertino. Aposto que está conferindo se alguém percebeu nossa chegada. Porém, ninguém parece estar prestando atenção em nós.

Seguindo o agente Logan, subimos os degraus até a varanda que dá a volta na casa toda. A porta de tela é aberta por dentro por uma mulher mais baixa e alguns anos mais velha que a minha mãe. Mas ela é bem bonita, ruiva de olhos castanhos.

– Vocês chegaram! – Ela nos recebe com um sorriso brilhante.

O agente Logan se inclina e a beija de um jeito um pouco mais apaixonado do que eu gostaria de testemunhar. Depois ela abre os braços para abraçar minha mãe.

– Querida… – diz ela. – Que bom ver você.

– É bom ver você também, Moira – responde minha mãe, retribuindo o abraço. Entramos na casa, fechando a porta atrás de nós.

– Scarlet, essa é Moira Logan.

– Olha só você – murmura Moira, me analisando da cabeça aos pés.

É estranho ver esse monte de desconhecidos me olhando como se soubessem algo sobre mim. Digo, ah, qual é? Bebês têm pouquíssima personalidade. Eu tinha o quê? Uns dois anos quando minha mãe fugiu? Não tem como eles saberem quem eu sou ou como sou.

– Você está linda – continua ela. – Vou te abraçar. Espero que não se importe.

– Não me importo. – E é verdade.

Até que é legal, na verdade. Ela é macia e quentinha e tem cheiro de baunilha e noz-moscada. Como não gostar?

– Entrem, entrem! Luke! Vem dar oi e ajudar com as malas! – Ela revira os olhos. – Garotos…

– Ah, a gente pode carregar as bolsas lá pra cima, Moira – diz minha mãe. – Não incomode o menino.

– Olá. – A voz desconhecida é grave.

Viro a cabeça; minha mãe também. Parado diante do batente da portal – do qual teve que abaixar a cabeça para passar – está um garoto que só posso descrever como deslumbrante. Tipo, tão deslumbrante que olhar para ele é como ter trombado de cara numa porta de vidro. *Pimba!*

Ele tem o corpo de um jogador de futebol americano, com ombros largos e quadril estreito. As pernas longas estão cobertas por uma calça jeans clarinha, e os bíceps avantajados aparecem sob a camisa cinza de mangas longas e gola portuguesa. Seu cabelo castanho tem um toque avermelhado, e os olhos são só um tom mais claros. Queixo forte. Ele ficaria ótimo em frente às câmeras, aposto.

– Oi – consigo dizer.

Minha mãe sorri.

– Lucas. Não acredito, olha como você cresceu!

Ele estende a mão.

– Prazer em conhecê-la, senhora Murphy. – A voz dele parece manteiga derretida com açúcar.

Minha mãe aceita o aperto de mão.

– Esta é a minha filha, Scarlet.

Ele estende a mão para mim também. Acho que nunca apertei a mão de alguém – com certeza não de alguém da minha idade. Os dedos dele são quentes e fortes.

– Oi, Scarlet.

Antes que eu possa responder, Moira empurra a mala da minha mãe para ele, junto com a minha bolsa.

– Leva a Scarlet para o quarto dela, querido. Vou subir com a Gina. É estranho chamar você assim depois de todos esses anos, mas acho que vou acabar me acostumando. Gina. Combina com você.

Paro de ouvir quando Luke se vira para sair da sala. Tenho uma queda enorme por gente com costas malhadas, e, bom… ele tem as costas bem malhadas. Uau. Nem me sinto mal apreciando Luke, porque não é como se Neal e eu fôssemos oficialmente um casal ou algo do gênero. Só fico olhando o garoto se mover enquanto o sigo pela casa – que parece saída de uma revista. Tem várias antiguidades, móveis clássicos e paredes de cores claras.

Luke segue na direção de uma escada curva que leva ao segundo andar. Depois, viramos à direita num corredor. Ele abre a primeira porta à esquerda, revelando um quarto de visitas claro e ensolarado, com cortinas de tecido levinho e uma colcha cor de marfim. Coloca as malas da minha mãe no chão no mesmo instante em que ela entra no quarto, ainda falando com Moira.

– Vem – diz ele para mim. – Quando minha mãe começa a falar, não para mais.

Ele me conduz até o fim do corredor e entra num quarto à direita. As paredes são azul-ardósia, e as cortinas e as roupas de cama são de um tom profundo de lilás e vinho com detalhes em cinza. Gostei. Parece um lugar calmo. Seguro. Como se eu pudesse deixar o quarto tão escuro quanto quisesse.

Luke coloca minha mala ao lado da mesa e se vira para mim.

– Você já encontrou com ele? – pergunta.

Nem preciso perguntar quem é "ele". Confirmo com a cabeça.

– Deve ter sido muito esquisito.

Dou uma risada.

– É uma boa forma de definir.

Ele me observa por um momento, depois diz:

– Eu tô indo buscar minha irmã daqui a meia hora. A gente geralmente vai até um parque e fica de bobeira por lá um tempinho. Pra tirar uma onda e tal. Quer ir junto?

Há alguma coisa não dita aqui. Demoro um minuto pra entender. *Tirar uma onda*. Ele está mesmo perguntando se eu quero ir fumar um com ele e a irmã?

– Ou você pode ficar aqui – continua ele. – Com a minha mãe. E a sua. – Ele abre um sorriso.

E é o sorriso que me ganha. Já que tenho que lidar com um pai psicopata, que pelo menos seja aproveitando a companhia desse cara gostosão o máximo que puder.

– Não – digo. – Eu vou com você.

– Beleza. A gente se encontra lá embaixo em vinte minutos, então.

– E, com isso, ele vai embora.

Vinte minutos. É tempo mais do que suficiente para lavar o rosto, passar um desodorante e retocar o gloss. Sinto que derreti desde a aterrissagem. Acabei de colocar uma blusa limpa e pentear o cabelo quando minha mãe bate na porta. Ela me vê ajeitando a maquiagem e ergue uma das sobrancelhas.

– Você vai sair com o Luke, é?

– E com a irmã dele – reforço. Fico tensa, esperando ela me proibir de ir.

– Divirtam-se – diz. – A gente se vê na hora do jantar.

E ela sai, me deixando parada ali, com o gloss aberto na mão, tentando entender o que raios acabou de acontecer.

* * *

O carro do Luke é um RAV4 vermelho que parece bem rodado. Mas ao menos está limpo. Quer dizer, não tem um monte de embalagem de fast-food ou lixo no chão. Sento no banco do passageiro e fico com os joelhos apertados contra o porta-luvas.

— A alavanca pra ajustar o assento fica ali — diz ele, apontando.

Afasto o banco do painel, para ficar mais confortável.

— Quem é pequenininha assim? Sua irmã?

— Não.

Alguma coisa em sua voz me leva a fazer uma careta.

— Desculpa. Sua ex?

— Sim. — Ele dá a partida e sai da garagem.

— Viu… Valeu por me deixar andar com vocês. Se foi coisa do seu pai ou da sua mãe, foi mal.

Ele me olha com surpresa.

— Não foi coisa de ninguém. Só achei que talvez você quisesse se afastar disso tudo por um tempinho.

— Achou certo… Valeu.

— Sem problema. Meu pai é um cara legal, mas esse caso… Jeff Lake. — Ele balança a cabeça. — Ele é obcecado pelo cara há anos. Nem imagino como deve ser pra você.

— Só fiquei sabendo que sou filha dele esta semana.

Luke olha para mim de novo.

— Tá zoando!

— Não tô — digo, negando com a cabeça e abrindo um sorrisinho. — Seu pai surgiu na nossa porta, e … bum! Jogou a bomba no meu colo.

— Foda.

— Ainda não acredito. Eu literalmente olhei o Jeff Lake nos olhos e ainda não consigo acreditar que é real.

Paramos num semáforo antes de virar à esquerda.

— Tudo bem se eu perguntar como foi? Ficar no mesmo cômodo que ele?

— No momento, a melhor definição que posso dar é "esquisito". Sinistro também, acho. Não sei o que eu estava esperando, mas não é assim que eu imaginava que seria conhecer um pai.

Luke bufa.

– Pode crer. Você ficou com medo?

– Sim, claro. Meio brava também. Cheia de rancor talvez seja a forma melhor de explicar. Sei lá. Preciso processar tudo o que tá rolando, mas realmente não quero pensar nisso agora. É coisa demais. – Já falei muito, a ponto de estar me perguntando se devia ter me aberto tanto.

– Te entendo total. Quer fazer um tour pela vizinhança, então? Aí você pergunta o que quiser.

Sorrio.

– Tipo como o filho de um agente do FBI faz pra fumar maconha sem se meter em confusão?

Ele ri.

– Ele não se mete em confusão porque é cuidadoso e não volta pra casa superchapado.

Luke cumpre sua palavra e realmente dá uma de guia turístico. Me leva para ver a escola onde cursou o Fundamental e a biblioteca local.

– Aquela casa ali é onde minha primeira namorada, Emmaline Beatty, morava. Ela partiu meu coração.

É uma coisa bem vulnerável para se admitir assim.

– Quantos anos você tinha?

Ele me dá uma piscadela. Faz ele parecer fofo em vez de brega.

– Sete. Ainda não sei se superei.

– Bom, então que bom que seu último namoro não deu certo – brinco. Assim que as palavras saem da minha boca, me arrependo. – Foi mal, eu…

– Não – diz ele, abrindo um sorriso frágil. – Era brincadeira sobre a Emmaline, mas acho que você tá certa. Sabe, todo mundo vive me dizendo como ficou triste quando a gente terminou, e cada vez que dizem isso me sinto um escroto porque nem tô me sentindo tão mal assim. Ninguém nunca tinha me dito que terminar podia ser o melhor pra mim.

Hum. Acho que minha inabilidade de me censurar foi útil pela primeira vez na vida.

– Bom, as coisas podem ser para o nosso bem e ainda assim doer, acho. Sei lá. Não tenho muita experiência em relacionamentos. Minha mãe é bem superprotetora.

– Casar com um assassino em série tem esse efeito, imagino.

Ele diz isso de forma tão natural que não consigo segurar a risada. Rio mais do que deveria. Com certeza por mais tempo do que deveria. É a coisa mais engraçada que ouvi em muito tempo.

– Você tá bem? – pergunta ele enquanto limpo o rímel manchado.

– Achei que tinha magoado você.

– Tô bem. Mas valeu por isso. Estava precisando rir.

– Bom, como quase sempre na minha vida, eu não estava tentando ser engraçado, mas fico com os créditos se você quiser me dar.

Entramos no estacionamento de uma grande construção de tijolinhos vermelhos – obviamente uma escola – e paramos em uma das vagas perto da porta da frente. Tem um grupo de alunos de bobeira ali perto, todos combinando com seus uniformes.

Levo a mão à trava do cinto de segurança.

– Aonde você vai? – pergunta ele.

Ergo o olhar.

– Vou pular para o banco de trás, pra sua irmã sentar aqui.

– Legal da sua parte, mas se acha que prefiro dirigir ao lado da minha irmã em vez de ao lado de uma menina bonita, você tá redondamente enganada.

– A gente se conhece há meia hora e você já tá elogiando minha aparência?

Falar com ele desse jeito – de forma leve e bobinha – parece confortável e adequado.

– Eu teria dito alguma coisa assim logo que a gente se viu, mas tudo o que consegui foi um olá. – Ele dá aquela piscadinha de novo.

Como ele flerta! Rio, porque nada disso é sério. Nada é esquisito ou desagradável. Ele só está sendo gente boa. Não é uma ameaça. Obviamente, o charme dele é maior que o do pai.

Será que era assim que *meu* pai fazia? Usava o charme até as vítimas não verem o perigo que estavam correndo? Afasto o pensamento com um chacoalhar da cabeça.

– Beleza, então – digo, deixando o cinto afivelado. – Se fere seu orgulho andar com sua irmã no banco da frente, vou ficar bem aqui.

Eu odiaria que as pessoas tirassem conclusões precipitadas. Afinal de contas, sei bem como, aqui no sul, vocês às vezes gostam de manter as coisas em família. – Seguro o fôlego.

– Puta merda – diz ele olhando para mim.

Devagar, um sorriso enorme se abre em seu rosto, e ele começa a gargalhar. Solto a respiração e rio com ele. Depois dos últimos dias – caramba, depois dos últimos anos –, é bom só poder ser tonta e não me preocupar com isso. O que Luke pode fazer? Dizer para Neal que sou esquisita? Fofocar sobre mim na escola?

Ainda estamos rindo quando vejo um grupinho de meninas sair pela porta da frente. Identifico Darcy imediatamente. Ela é a mais alta do grupo, com o mesmo cabelo e olhos escuros de Luke.

– Sério, vocês tomaram fermento quando eram crianças?

Luke ri.

– Meu pai é o mais baixinho da família. A gente puxou o lado dele.

Se o agente Logan é o mais baixo, não quero nem ver os gigantes que formam o resto da família. Nunca.

Uma das garotas joga o cabelo para o lado quando vê o carro. Tenho quase certeza de que é para impressionar Luke. Ela diz alguma coisa para as outras meninas, que também olham para nós.

Para mim.

Merda.

Darcy diz alguma coisa para elas, depois se despede e começa a vir na direção do veículo. Entra no banco atrás do irmão e imediatamente enfia o corpo entre nossos assentos.

– Oi, eu sou a Darcy. Você é a Scarlet, né? Meu pai falou que você vinha. Eu menti descaradamente e disse pra Nichelle que você é a nova namorada do Luke, da faculdade.

Luke e eu olhamos para ela de queixo caído.

– Por que você fez isso? – questiona o irmão.

Ela sorri para ele, revelando dentes perfeitos.

– Porque a irmã dela é amiga daquela-que-não-deve-ser-nomeada, e aquela idiota vai ficar sabendo disso hoje à noite. Espero que ela surte.

Luke balança a cabeça, mas não reclama com a irmã. Abro um sorriso.

– Não tenho objeções a ser usada em nome de uma causa tão boa.

Darcy dirige o sorrisão para mim.

– Eu sabia que a gente ia se dar bem. Beleza, bora para o parque. Não quero estar fedendo erva quando a gente chegar em casa.

Não é esquisito estar me sentindo tão à vontade com esses estranhos? Provavelmente. Ou talvez não. Eles sabem quem eu sou, e não parecem se importar. Acho que crescer tendo um pai que é agente do FBI deve fazer as pessoas se acostumarem com isso. Não sou nada especial para eles. Só mais uma filhote de um lelé da cuca. É reconfortante, na verdade.

Acabamos no que eu chamaria mais de trilha do que de parque. Fica claro que os irmãos têm um lugar específico em mente, porque estacionamos numa área determinada e Luke adentra o caminho demarcado. É um lugar bonito, e o sol está quentinho, mesmo que já esteja se pondo.

É uma caminhada de talvez cinco ou dez minutos – mas, como não estou familiarizada com ela, parece mais longa. Eles poderiam estar me trazendo aqui para me matar ou armar contra mim, mas não acho que seja o caso. Quem pensa desse jeito é a minha mãe. Ela sempre quis que eu pensasse assim, mas descobri há muito tempo que não era como eu queria levar a vida. Não vou me transformar em alguém que confia menos nas pessoas só porque meu pai é quem é. Não vou. Tenho instintos e boto fé neles. Quase sempre.

Desviamos da trilha principal e pegamos uma que segue sinuosa para dentro da mata. Alguns instantes depois, viramos em outra senda sem qualquer sinalização. Ela termina numa pequena clareira circular, com várias rochas grandes. Tem outras quatro pessoas lá – dois caras e duas garotas.

– Opa – dizem eles ao mesmo tempo, me olhando com curiosidade.

– Opa – responde Luke, e aperta a mão de um dos garotos.

Fico olhando enquanto Darcy abraça todos eles.

– Não vão apresentar sua amiga? – pergunta um dos rapazes.

Ele é alto e negro, com cabelo cortado bem curto e olhos verde-claros. Conheço o olhar que ele lança para mim. É legal quando as pessoas me acham atraente, mas sei reconhecer um brilho predatório quando vejo um. Esse cara gosta de brincar com garotas. E provavelmente é bom nisso.

— Essa é nossa amiga Scarlet, lá do norte — responde Luke. — Scarlet, esse é o Rhett, nosso Don Juan local. Ou pelo menos ele acha que é.

Rhett ri e faz uma mesura.

— Prefiro quando me chamam de conquistador, mas Don Juan já serve. É um prazer te conhecer, Scarlet. — Ele arregala os olhos. — Olha, Rhett e Scarlet! Nossos nomes são iguais aos dos protagonistas de *E o vento levou*.

Darcy revira os olhos.

— Quanto anos você tem? Oitenta? Esse filme é uma velharia.

Nem falo que antes de ser filme era um livro. Só sorrio para Rhett.

— É um prazer conhecer você também.

Os outros dão um passo à frente. São todos bem bonitos, mas de um jeito quase despojado, como se não ligassem para isso. O outro rapaz se chama Ramon. É quietinho, mas tem um sorriso bonito. As meninas se chamam Jessica e Mazy. Jessica é branquinha com o cabelo dourado como trigo, já Mazy é negra e usa longas tranças, algumas com pedrinhas coloridas entrelaçadas aos fios.

— A gente se conhece desde sempre — explica Darcy. — Crescemos na mesma rua. A gente se encontra aqui uma vez por semana pra contar as novidades.

Então eles têm entre a minha idade e a do Luke. O agente Logan disse que o filho tinha dezenove, não foi? Está no primeiro ano da faculdade.

Mazy, que está sentada de pernas cruzadas em cima de uma das pedras, tira da bolsa um bolinho de papel de seda e um saquinho com maconha.

— Vocês nunca tinham falado de uma amiga chamada Scarlet.

— A gente não se vê há muito tempo — digo antes de conseguir me conter.

Capto o olhar de Luke. Ele abre um sorrisinho conspiratório.

Dividimos alguns baseados entre nós sete, nada insano. Tenho a sensação de que para eles fumar é mais uma questão de relaxar do que de ficar chapado. Todos parecem adolescentes exemplares – estudantes muito bem-sucedidos com futuro ambicioso.

E cá estou eu, perdida no meio deles. A que quer contar histórias fazendo filmes. Mas não ligo. Não falo muito, só fico sentada ali, fumando e ouvindo eles falarem sobre como colocam pressão neles mesmos para alcançar a vida que querem. Parte de mim tem vontade de dizer que a vida não está nem aí com o que a gente quer, mas por que me dar ao trabalho? Talvez eles quebrem a cara, talvez não. Talvez todos consigam exatamente o que desejam.

Ou talvez um deles descubra que tudo em que acreditava era uma mentira. Talvez descubra que o pai não o abandonou, e sim que é um monstro num presídio de segurança máxima. Que seja, acho que estou chapada demais para que isso importe. Só preciso lidar com essa situação toda. Não posso ficar toda preocupada. Não vai mudar nada.

É quase noite quando vamos embora. Cruzamos a mata juntos e descemos pela trilha – uma caminhada mais rápida dessa vez – até o estacionamento.

Darcy me deixa sentar no banco da frente de novo.

– Mandou bem na hora de inventar a história lá – diz ela. – Quantos anos faz que a gente não se vê?

– Dez – respondo. – Fácil de lembrar.

– Isso – concorda Luke. – Talvez você devesse ser advogada.

Rio, embora seja um eco do que Lake disse. Sinto a boca seca e amarga, mas estou soltinha e à vontade. Luke me oferece um chiclete, que aceito enquanto Darcy borrifa um eliminador de odores em nós dois. Faço uma careta e abro a janela.

– Que raios é isso?

– Ajuda com o cheiro – explica ela.

Tusso, balançando a cabeça.

– Claro, porque ninguém vai sacar que você estava fazendo o que não devia se chegar em casa cheirando a lavanderia.

Luke ri e dá a partida no carro.

– Ela tá certa, Darcy. – Ele abre as janelas. – Vamos ver quanto do cheiro a gente consegue dispersar até chegar em casa.

Quando chegamos, já está quase escuro. Todas as casas da rua parecem quentinhas e convidativas. Do lado de dentro, o lar dos Logan está com um cheiro delicioso. Sinto o aroma de molho de carne, tenho certeza. Meu estômago ronca, mas o de Luke é mais alto, e a gente ri. Vou tirar a barriga da miséria.

Quando entramos na cozinha, minha mãe está parada diante da bancada, enxugando os olhos. Estava chorando. Meu bom humor desaparece na hora. Vou até ela, sem me importar se estou com cheiro de maconha – ou da porcaria do desodorizador de roupa.

– O que aconteceu? – pergunto. – Você tá bem?

Ela fareja o ar, depois abre um sorriso.

– Ah, meu bem. Está tudo ótimo. Você vai conhecer seus avós amanhã. O Andy já acertou tudo.

Meus avós. Uma sensação de maravilhamento brota dentro de mim. Família. Por toda a minha vida, fomos só eu e minha mãe, e agora…

Nem sinto vergonha quando começo a chorar também. Essas emoções… são demais. Não consigo explicar. Tenho uma família.

Minha mãe e eu não precisamos mais estar sozinhas.

CAPÍTULO 10

Na manhã seguinte, acordo tomada por uma mistura de empolgação e medo. Não consegui pegar no sono de jeito nenhum, então passei a madrugada revendo cenas dos meus filmes favoritos na cabeça – só que do jeito que eu as teria gravado. Apaguei em algum momento, mas as olheiras pretas embaixo dos meus olhos reforçam como estou exausta.

Obviamente estou animada por enfim encontrar minha família – antes disso, porém, preciso ir ver o Lake. O agente Logan descobriu que seria melhor assim; caso contrário, a responsabilidade ia ficar pairando sobre nós enquanto estivéssemos com meus avós. Assim podemos passar o tempo que quisermos com eles depois.

Não vou mentir: quando sento na mesa do café na bonita casa dos Logan, com o sol entrando pelas janelas, o que realmente quero fazer é mandar um dos comprimidos de ansiedade para dentro ou fumar um baseadinho. Qualquer uma das alternativas ia me tranquilizar, mas não vou tomar remédio, a menos que seja necessário.

Minha mãe sempre disse que ansiedade não é muito diferente de ter asma ou outra condição que precisa ser tratada com remédio, e sei que ela está certa. Digo, ela estudou o efeito dos medicamentos no corpo humano. Só não quero depender de comprimidos ou maconha para viver, a menos que seja clinicamente necessário.

A sra. Logan – Moira – preparou um baita café da manhã. Nunca vi nada assim sem ser em um restaurante.

– Ai, meu Deus – diz minha mãe, a voz tomada pelo sotaque sulista. – Você fez *grits*!

Ela imediatamente bota uma colherada de sei-lá-o-quê no meu prato. Fico olhando para a comida. Que troço é esse? O cheiro de café e de coisas fritas provoca meu nariz, e meu estômago ronca. É linguiça? Ah, ela fez waffles também.

Luke entra todo feliz no cômodo, passando as mãos no cabelo já bagunçado. Está usando calça de moletom e uma camiseta meio apertadinha no peito e nos braços. Sério, ele é muito malhado. Com essa carinha de sono, fica quase irresistível.

– Bom dia – diz. O sorriso pousa em mim por último. – Você já tinha comido *grits* antes?

Nego com a cabeça.

– E parece meio nojento, se quer saber – digo.

Ele dá uma risadinha.

– Coloca um pouco de xarope de bordo por cima. Confia em mim.

Luke puxa a cadeira ao meu lado e se larga nela. De repente a mesa não parece mais tão grande.

Talvez seja patético estar tão vidrada em um cara que acabei de conhecer, mas decidi que vou aproveitar. Ele é gostoso e gente boa; não me importo com o porquê de estar sendo legal comigo, só estou adorando. Quando ele me oferece o prato de linguiça e bacon, pego um pouco de cada, depois o observo montar uma pilha de ambos no próprio prato.

– Sério? – pergunto.

– Vou fazer uma longa corrida mais tarde.

– É claro que vai. Meu Deus, não me admira que você esteja solteiro.

Todo mundo no cômodo se vira para mim. Darcy começa a rir antes do irmão. Fico corada, o rosto tomado por um rubor terrível e envergonhado.

– Scarlet! – Minha mãe me olha com uma expressão mortificada.

Mas Luke ri como se eu tivesse dito a coisa mais engraçada do mundo.

– Foi mal – digo. – Eu não quis…

Sorrindo, Moira coloca uma caneca de café diante de mim.

– Não ligue pra isso, querida. A gente está falando a mesma coisa pra ele há anos. Ele passa muito tempo na escola e praticando esportes, e depois não sabe por que as garotas se cansam dele.

– É porque ele gosta de meninas *dramáticas* – intromete-se Darcy antes de dar um gole no suco de laranja.

– Ei! – Luke levanta as mãos. – O que é isso agora? Festival de Esculhambação do Luke? Eu só tô tentando me alimentar, cara.

– Desculpa – murmuro.

Ele se vira pra mim.

– Por quê? Você não disse nada errado. Tá mais do que certa. – Ele pega o vidro de xarope de bordo e toma a liberdade de regar com abundância meus waffles, meu *grits* e minhas linguiças. – Se quiser fazer eu me sentir melhor, vai ter que limpar o prato.

– Talvez isso seja impossível.

Luke dá uma piscadinha.

– Então acho que você vai ter que compensar de outro jeito.

E agora estou corando por uma razão completamente diferente. Que maravilha.

Depois do café da manhã, o agente Logan, minha mãe e eu entramos no SUV dele.

– Você não precisa ir se não quiser – digo à minha mãe pela segunda vez enquanto ela põe o cinto de segurança.

– Não vou deixar você fazer isso sozinha.

– Mas…

Ela vira a cabeça e olha para mim.

– Não.

E nem ouso discutir quando ela usa esse tom.

– Beleza. Mas não deve ser nada divertido ficar perambulando por uma prisão hospitalar enquanto o homem que destruiu sua vida faz jogos mentais com a sua filha.

Minha mãe fica ainda mais pálida.

– Não é, mas vou fazer isso. – Ela se vira para a frente de novo e eu me acomodo no banco de trás, me sentindo uma escrota. Fico olhando para ela através dos óculos escuros.

Será que ela perdeu mais peso? Não gosto de vê-la assim, tão magra. Comeu mais do que eu no café da manhã, então espero que dê uma engordada. Está quase tão esquelética quanto Lake.

Sinto o café rolar no estômago. Será que minha mãe me avisaria se estivesse doente? E se eu nunca viesse a saber da existência da família dela e ela adoecesse e morresse? Para onde eu iria? O que faria sem ela?

Ah, claro. Lá vem o pânico, meu velho amigo. Vasculho a bolsa até achar meus comprimidos e engulo dois a seco. Minha mãe olha para mim com a testa franzida.

– Tudo bem aí, piolhinha?

Ela não me chama assim há anos. Faço que sim com a cabeça.

– Tudo em cima.

Minha mãe me passa uma garrafa de água que tirou da bolsa. Ela parece sempre ter exatamente o que preciso lá dentro, como se a bolsa fosse uma espécie de portal mágico. Abro a tampinha e dou um golão. Os comprimidos, que tinham grudado na lateral da minha garganta, escorregam fácil até o estômago. Apoio a cabeça no encosto e espero o remédio fazer efeito.

– Algum problema? – pergunta o agente Logan para minha mãe.

Ela murmura alguma coisa que não consigo ouvir direito, mas alguns segundos depois o carro sai da garagem e segue pela rua, então sei que ela não pediu para cancelar a visita de hoje. Sendo sincera, eu estava quase torcendo para que ela fizesse isso.

Quando chegamos à porta do quarto de Lake no hospital, já estou me sentindo mais centrada e tranquila. Eu consigo fazer isso. Ele é só um homem. Um monstro, mas ainda assim só um homem.

Lake ergue os olhos quando entramos. Ele parece melhor hoje. A cama está inclinada e ele, sentado. Parece que deram um banho nele e lavaram seu cabelo, porque o ar está cheirando a sabão e xampu baratos em vez de doença. A bolsa pendurada no pé da cama contém só um pouco de líquido, e sua camisola parece recém-passada.

Ele sorri, e me surpreendo. Não é um sorriso presunçoso, nem mesmo predatório. Acho que talvez ele esteja feliz de verdade por me ver. Não estava preparada para isso.

– Lindinha! – exclama o homem. – Você parece uma florzinha desabrochando no sol da manhã.

Será que ele está tentando ser educado?

– Valeu. Você também tá ótimo.

Ele se apruma como se eu tivesse feito o maior dos elogios.

– Eu costumava ser mais bonito. O câncer tem um jeito de destruir nosso ego, assim como faz com o corpo. Mas não quero falar sobre isso. Sente.

Tem uma cadeira a alguns metros da cama dele. Acho que ele quer que eu sente para nossos olhos ficarem no mesmo nível. Não sei muito bem se quero estar no mesmo nível que ele, mas é meio esquisito ficar parada ali de pé, então obedeço.

– Foi mal, Logan – diz Lake sem nenhuma sinceridade. – Não tem cadeira pra você.

O agente Logan abre um sorriso sarcástico.

– Tudo bem, Jeff. Não vou ficar. Vocês têm uma hora.

O rosto de Lake se contorce numa careta.

– É assim, então? Não vejo minha filhinha há anos e tudo o que vocês me dão é uma hora com ela?

– Seu médico não quer que você se esforce muito – responde o agente Logan. – Mas não se preocupe. Se cumprir sua parte do acordo, a Scarlet pode voltar outro dia.

Outro dia. Acho que não parei para pensar muito sobre isso, mesmo já sabendo que as coisas não seriam simples. Não é exatamente realista a ideia de que um mestre da manipulação como Lake aceitaria que eu olhasse para ele por alguns minutos e depois me entregaria uma lista de nomes.

Lake está processando o que ouviu; é quase como se eu pudesse ver a informação revirando em sua cabeça enquanto ele procura o melhor jeito de usar isso em benefício próprio. Ele vira aquele olhar enervante – hoje não tão brilhante nem maníaco – na minha direção.

118

– Você quer vir de novo, *Scarlet*? – pergunta ele.

– Depende de como for a visita hoje – respondo.

É o mais perto que posso chegar da verdade sem admitir que preferiria arrancar meus olhos em vez de me encontrar com ele mais uma vez.

Seus lábios se curvam um pouquinho para cima.

– Se eu der o que o FBI quer, você quer dizer.

– Se você vai me tratar com respeito ou se vai ser um babaca, é o que quero dizer.

Ele parece gostar. Dá uma risadinha. Não tenho nada a perder falando assim com ele, e Lake gosta quando demonstro que sou durona. Acha que herdei isso dele, então vou deixar que pense assim. Qualquer coisa para acabar logo com isso, da forma mais tranquila possível. Não quero dar a esse homem nem uma partezinha a mais da minha vida do que o necessário.

– Garota, você é ótima – diz para mim. Depois se vira para o agente Logan. – Certo, pode sair. Já que a gente só tem uma hora, não quero gastar nem um minuto com você rodeando feito um urubu.

O agente Logan só inclina a cabeça antes de pousar a mão no meu ombro.

– Vou estar lá fora, Scarlet.

De novo, vejo Lake reagir ao tom quase paternal que Logan usa comigo. Lake odeia isso, e o agente sabe. Os dois parecem duas meninas que gostam do mesmo cara. Aff.

Quando a porta é fechada, Lake e eu nos encaramos, sustentando o olhar um do outro num silêncio avaliador.

– O que você sabe a meu respeito, garota? – pergunta Lake.

– Só o que vi na mídia – respondo. – Sei que você deu o colar de uma menina morta pra minha mãe.

Ele dá de ombros.

– Todo mundo sabe disso.

– Posso perguntar por quê? – Ashley vai morrer quando eu contar que perguntei isso a ele. Será que vou poder contar essas coisas pra ela?

– O que a *mídia* diz? – pergunta ele com uma fungada de desdém.

– Que isso te dava tesão. Mas assim fica parecendo algo sexual, e não era. Ou era?

Ele fica me olhando por um instante. Eu mesma já mantive a cabeça erguida assim. Já olhei para pessoas com esse mesmo olhar enquanto tentava descobrir se elas estavam ou não sendo sinceras.

– Não – responde ele. – Nunca foi algo sexual. Não de verdade. Tipo, sexo é parte disso tudo, mas não a parte *principal*.

– Dizem que é porque é algo que te dá poder, o que parece ser algo perto da verdade, mas gostaria de ouvir isso da sua boca.

– Você está escrevendo um artigo ou algo assim?

– Você é meu pai, querendo ou não. Se eu não tentar entender você, nunca vou sentir nada além de repulsa.

Ele estreita os olhos enquanto se inclina um pouco na minha direção. Mesmo que dê o bote, não seria capaz de me alcançar, então nem me movo. Não demonstro medo.

– Eu queria saber se está sendo sincera ou só dizendo o que o Logan falou para dizer. Não sei se fico puto ou impressionado com o fato de você conseguir esconder isso tão bem.

Dou de ombros. Sinto certo orgulho por saber que desconcertei Lake, e acho que esse é um caminho perigoso.

– E de que importa? A gente tem um tempo finito juntos, né? Podemos gastar tudo especulando sobre os motivos, mas não faz muito sentido. Você sabe que eu tô aqui porque o FBI me pediu pra vir. E você só quis me ver porque tá morrendo e descobriu como jogar com as cartas que tinha. Talvez eu esteja curiosa sobre você como meu pai, e talvez você esteja curioso sobre mim, mas a gente não precisa desses joguinhos. Não tô nem um pouco interessada nisso, pra ser sincera.

– Verdade. – A palavra sai grave, marcada pelo sotaque arrastado. – Faz sentido. Acho que você está certa. Não interessa o que nos trouxe até este momento, o que interessa é que estamos aqui.

Concordo com a cabeça.

– Exato. Então podemos falar por um tempo se você quiser, ou pode só me dar um nome e vou embora. Você que sabe. – Não sei se essa bravata vai me deixar em vantagem ou não, mas sinto que estou no controle, e isso já é bom o bastante.

– Você acha que vou entregar minhas garotas pra você de mão beijada, é?

– Você disse que iria – relembro. – Se não é um homem de palavra, então nem tenho por que estar aqui. Posso me contentar em saber mais sobre você pela Wikipédia.

Ele franze o cenho.

– Pelo jeito você também herdou algumas coisas da sua mãe.

Dou de ombros.

– Foi você quem se casou com ela, então não vem colocar a culpa em mim.

Ele dá uma risadinha.

– Casei. Por um tempo, achei que ela ia me salvar. Meu lado sombrio dormiu por um tempo enquanto estávamos juntos. Achei que ela tinha espantado essa versão de mim.

Seu tom é tão melancólico que, por mais que eu não queira, sinto dó dele.

– Mas ela não espantou.

Lake nega com a cabeça. Dá para ver o couro cabeludo por baixo do cabelo ralo. É muito difícil enxergar esse homem como o belo predador sexual que era antes.

– Não, não espantou. – Ele pigarreia. – Você perguntou por que dei aquele colar pra ela.

Assinto.

Ele estreita os olhos enquanto dobra e desdobra o lençol.

– Quer saber mesmo? Talvez não goste da resposta.

– Nunca achei que gostaria.

– Dei o colar pra ela porque achei bonito. Dei porque ele me lembrava do que eu tinha feito, e eu gostava de lembrar. E dei porque ela ficava feliz quando eu dava presentes. Isso me fazia sentir que ela era parte desse meu lado, mesmo sabendo que ela me largaria quando descobrisse a verdade.

Foi uma explicação muito mais complicada e arrepiante do que achei que receberia. Eu lidaria bem ouvindo que ele gostava de lembrar do que tinha feito — algo que parece de fato comum a assassinos em série. Mas saber que aquilo o fazia sentir que tinha o apoio da minha mãe... Bom, isso me deixa com um gosto ruim na boca.

— E você estava certo. Ela foi embora.

Ele concorda com a cabeça.

— Demorou um tempo, graças a Deus. — Ele ri. — Não que Deus tenha algo a ver com isso, né? Coitada da Allie. Ela tentou acreditar em mim. Queria acreditar em mim, e aquela merda de colar foi o que a fez enxergar a verdade. Não importava mais quanto eu mentisse. Ela já não estava mais a fim de acreditar.

— E você mentia muito?

— Tinha que mentir, querida, sendo quem eu sou. Se eu quisesse ter uma vida minimamente normal, precisava mentir.

— Você queria ter uma vida normal?

— Eu achava que sim. Cheguei a achar. Mas aí comecei a perceber que eu não pensava como as outras pessoas. Meu cérebro faz umas conexões diferentes. Eu não sentia as coisas que devia sentir. Sentia coisas que não devia. Lutei contra isso por um bom tempo, e aí... — Ele sorri. — Bom, você sabe o que aconteceu.

Tento com todas as minhas forças disfarçar o calafrio que desce pelas minhas costas. Esse sorriso não é o de um homem que se arrepende das coisas. Ele não é capaz de se arrepender. *Preciso* lembrar disso.

— Dizem que você matou catorze garotas, mas é mais do que isso, não é?

Ele faz que sim com a cabeça, sem nunca quebrar o contato visual. Engulo em seco.

— Quantas mais?

— Estamos passando o carro na frente dos bois — responde ele, o tom suave. Como uma lâmina tão afiada que você nem percebe que se cortou até ver o sangue. — Você estava certa quando disse que a gente tem um tempo limitado, mas vou aproveitar o máximo que puder. Depois de dezesseis anos sendo impedido de ser seu pai, estou no meu direito de usar o máximo do tempo que me derem com você.

– Direito? – repito, fazendo uma careta. – O quê, como se eu pertencesse a você ou coisa do gênero?

– Você é minha – diz ele, enfático. – Isso não se discute.

– Você abriu mão de qualquer direito sobre mim antes mesmo do meu nascimento. Perdeu isso quando decidiu matar.

Os lábios dele se curvam de leve.

– Não muda o fato de que tem sangue meu correndo nas suas veias. Você é parte de mim, garota. Sempre foi. Sempre vai ser. Se isso não te faz pertencer a mim, então não sei o que faz.

Sinto as sobrancelhas se erguerem de raiva.

– Você é um babaca – digo. – Não sou obrigada a ficar aqui. – Eu me levanto.

– Se você for embora agora, nunca vai conseguir os nomes.

– Não tô nem aí – minto. – Não acho que você vai me dar nome algum. Você só quer aproveitar esse gostinho patético de controle antes de morrer. Não quero ter nada a ver com isso. – Eu me viro e ando na direção da porta.

– Michelle Gordon! – grita ele.

Congelo no lugar, o coração marretando as costelas. Me viro de novo.

– Quem? – O nome é familiar. Não tinha uma página sobre ela naquela pasta do agente Logan?

– Michelle Gordon – repete ele. – Uma ovelhinha desgarrada linda da Carolina do Sul. Tinha dezoito anos. Era um amor. Foi em 14 de julho de 1994, depois que a encontrei na beira da estrada e dei uma carona. Me diverti um bocado com ela. Tá enterrada numa vala na mata não muito longe da escola secundária de Darlington.

Engulo a saliva, sentindo a garganta seca e grudenta. Tinha mesmo uma página sobre ela no arquivo do agente Logan. É uma das garotas que ele suspeita ter sido vítima de Lake. Sobre quantas outras será que ele está certo?

O olhar de Lake encontra o meu.

– Eu gosto de você, Scarlet. Gosto mesmo. Mas não tente me foder, garota. Eu disse que ia te dar os nomes, e sou um homem de palavra. Agora não estou mais a fim de falar, então pode correr de volta para o

Logan e entregar o nome pra ele. Aviso quando quiser falar com você de novo, e você virá quando eu pedir, ou vou levar aquelas garotas para o túmulo comigo, e você terá de conviver com esse peso na consciência pelo resto da vida, que espero que seja muito longa. Acho que não quer isso, quer? Minha impressão é de que você é uma pessoa honrada.

Encaro Lake.

Ele sorri antes de continuar:

— Foi o que achei. Agora vai, queridinha. Te vejo logo menos. Te amo. Ei, Logan!

A porta se abre, e o agente Logan vem me resgatar. Preciso de toda a minha força de vontade para não sair correndo na direção dele, mas me nego a deixar Lake ver como estou surtada. Como estou morrendo de medo dele. O agente Logan me pega pelo braço e me escolta para fora da sala.

Minha mãe surge do nada, e no segundo em que me abraça começo a chorar. Não muito, nem muito alto. Não quero que Lake escute. Não estou tão assustada ou horrorizada pelo que ele disse. Estou chorando porque ele me pegou na armadilha dele. Ele me conhece muito melhor do que jamais vou conhecê-lo. Entrei com um gambá numa disputa de quem mija mais fedido e perdi.

Não quero viver com o peso da perda daquelas garotas na minha consciência. Não posso. Quando Jeff Lake pedir para me ver de novo, não vou ter escolha.

Vou encontrá-lo sempre que ele quiser.

BatesNoTellMotel.tv

Sinais precoces de que alguém é um assassino em série: como se proteger e proteger a quem você ama antes de ser tarde demais

Assassinos em série são notoriamente bons em se misturar à sociedade. Tão bons que, quando são revelados como monstros, as pessoas de seu círculo próximo são as que ficam mais surpresas. Para nossa sorte, especialistas dizem que há alguns comportamentos comuns que surgem com frequência no passado de psicopatas.

1. Estão sempre desempregados: apesar de se esconderem muito bem, a maioria dos assassinos em série tem dificuldade de se manter em um emprego. Pode ser tanto por terem características antissociais quanto por possuírem impulsos tão exagerados que manter uma rotina regular é impossível.

2. São espertos: um equívoco comum é acreditar que assassinos em série são gênios do mal. Não é necessariamente verdade. Muitos têm um QI regular. No entanto, são incrivelmente inteligentes no que tange a tópicos que os ajudem a realizar suas fantasias mais sombrias. Os que têm QI mais alto, porém, tendem a evitar sua captura por um tempo maior. Ed Kemper só estava alguns pontos abaixo do nível da genialidade.

3. Gostam de observar: muitos assassinos em série começam como voyeurs, como Ted Bundy. Ele gostava de ver as garotas da vizinhança se despindo em casa. Outra razão para manter suas cortinas fechadas.

4. Têm problemas com vício: além de serem viciados em matar, muitos têm problemas de abuso de substâncias. Talvez para amenizar a dor de suas aflições, ou ainda para facilitar o processo de dar vazão a seus impulsos. De uma forma ou de outra, intervir é uma boa ideia caso qualquer pessoa ao seu redor esteja abusando de drogas ou álcool. Só não faça disso uma luta solitária.

5. Tiveram uma infância horrível: não raro, os primeiros anos dessas pessoas são marcados por abusos e negligência. Esse tipo de tragédia sugere a criação de uma raiva que pode se tornar impossível de controlar.

6. Têm histórico familiar: muitos assassinos em série vêm de famílias com pessoas com problemas psiquiátricos ou ligação com o crime. Essa desconexão social se mistura à emocional e psicológica e faz com que seja mais fácil ver os outros como presas em vez de enxergar o mundo com empatia.

7. Começam cedo: o interesse pela crueldade e pelo assassinato pode começar na infância, com animais ou mesmo outras crianças. Muitos assassinos em série (até 70%, segundo alguns estudos) têm histórico de crueldade animal e aperfeiçoavam suas habilidades em criaturas como cães ou gatos.

8. Gostam de fogo: muitos têm histórico de incêndios criminosos, já que acreditam que fogo é poder, e poder e controle são fatores centrais para a maior parte dos assassinos em série. Muito antes de se tornar o Filho de Sam, Berkowitz era conhecido como "Piro", de piromaníaco, e, segundo rumores, foi responsável por mais de mil incêndios.

9. São solitários: o comportamento antissocial é um fator com muito peso na psicopatia de assassinos em série. Com frequência, os abusos que vivem durante a infância fazem com que se recolham – como no caso de Jeffrey Dahmer, que virou um garoto recluso depois de, ao que parece, ter sido molestado. Se uma criança extrovertida ficar tímida e retraída de repente, procure assistência profissional imediatamente.

CAPÍTULO 11

Um nome. Foi tudo o que consegui, mas parece *algo*. Talvez seja só um osso jogado para me manter aos pés de Lake, mas não posso olhar para as coisas desse jeito. O agente Logan ficou tão feliz com esse pedacinho de informação que até me abraçou. Disse que eu tinha mandado bem – que alguns agentes experientes não se portariam tão bem assim numa interação com uma pessoa como Lake. Não sei se ele estava dizendo a verdade ou não, mas foi algo legal de ouvir.

Depois, voltamos para a casa dos Logan. Minha mãe acha que devíamos dar um tempinho antes de ir ver os pais dela, e o agente Logan queria fazer algo com a informação sobre Michelle Gordon. Acho que ele vai precisar mandar uma equipe de busca para o lugar onde Lake disse que deixou o corpo.

Preciso tomar um banho. Já tomei um mais cedo, mas preciso de outro. Essa visita a Lake grudou em mim como óleo e poeira. Preciso esfregar todos os resquícios dele do meu ser.

Quando saio do quarto, vestida com uma calça jeans clara e um suéter levinho, encontro Luke saindo do quarto dele. Ele não parece nem um pouco surpreso de me ver. Será que ficou me esperando sair?

– Oi – diz ele baixinho.

– Oi. – O corredor parece bem menor com sua presença.

– Como foi lá?

Dou de ombros.

– Ele me deu um nome, então seu pai ficou felizão.

– Mas e você?

Desvio o olhar. Seus olhos escuros são coisa demais para lidar.

– Eu tô bem.

– O que significa que não quer falar sobre isso.

– Não agora. – Eu me forço a erguer o rosto. – Mas obrigada por perguntar.

Ele assente.

– Vamos sair com um pessoal hoje à noite. Quer vir junto? Não vai ser nada de mais, mas você é bem-vinda.

– Obrigada. É muita gentileza sua e da sua irmã me chamarem. Mas não precisam fazer isso.

– Eu sei.

Eu realmente queria que ele parasse de olhar para mim como se estivesse tentando enxergar a minha alma.

– Não sei quanto tempo a gente vai ficar lá na casa dos meus avós.

Ele sorri.

– Claro. Imagino que passar um tempo com eles seja a prioridade.

– Mais ou menos isso – respondo com um sorriso. – Você sabe, especialmente porque não tenho nenhuma lembrança deles. Talvez eu esteja com o emocional em frangalhos quando voltar.

Ele estende a mão na minha direção.

– Vou deixar meu número com você, só por garantia.

Desbloqueio o celular e abro a lista de contatos antes de entregar o telefone a ele. Ele digita rápido com os polegares e me devolve o aparelho.

– Aqui. Me manda uma mensagem se quiser ir com a gente e eu não estiver em casa.

– Mando, sim. Valeu. – Ficamos ambos em silêncio por um instante meio constrangedor. Realmente sou péssima em conversar com caras gatos. A única pessoa com a qual pareço falar tranquilamente é com Lake, e não quero pensar muito nisso agora. – Acho que preciso ir encontrar a minha mãe.

– Beleza. Tô indo pra um jogo também.

Descemos a escada juntos e entramos na cozinha. Nossas mães estão sentadas diante do balcão, tomando chá e conversando. Pelo olhar delas quando entro, sei qual era o assunto.

– Eu tô bem – digo, fazendo uma cara feia para minha mãe.

As sobrancelhas dela se unem numa expressão que me parece defensiva, mas tudo o que diz é:

– Eu sei. Tá pronta?

Concordo com a cabeça.

– Como a gente vai pra lá?

– A Moira me emprestou o carro. – Ela balança as chaves do veículo. – Achei que a gente podia fazer um tour rápido antes.

– Se for pra ver a casa da Emmaline Beatty, já conheci.

Luke ri.

– Ah, pronto. – Ele abre um sorriso para mim antes de se despedir da mãe com um beijo na bochecha. – Volto pra casa depois do jogo.

Minha mãe pega a bolsa e o telefone e saímos. É mais um dia ensolarado – frio, mas com certeza não tão frio quanto estaria em Connecticut. Vou sentir falta desse clima quando a gente voltar para casa amanhã. Fico me perguntando quando Lake vai estalar os dedos e exigir que o FBI me traga de volta. Talvez nem faça isso.

O carro de Moira é um Mazda azul, uma gracinha. Minha mãe precisa colocar o banco do motorista para trás.

– Mas e aí? – começa ela quando saímos para a rua. – Parece que você e o Luke estão bem amigos.

Reviro os olhos.

– Ele é gente boa. Pelo menos você não precisa puxar a ficha dele e da Darcy.

Ela sorri.

– Não estou mesmo preocupada com isso. – Ela me olha rápido, de canto de olho. – O Luke é bem bonitinho.

– Bonitinho? – É tipo dizer que uma sequoia é um graveto. Ou chamar um tsunami de onda grande. Belo eufemismo, hein, mãe?
– U-hum.
– Você só vai falar isso? – Ela balança a cabeça. – Se eu tivesse a sua idade, estaria caidinha por ele.
– Eu... o quê?

Ela nunca fala assim, não comigo. Ao longo da minha vida inteira, homens e garotos foram algo a ser evitado. Algo perigoso.

Ela dá uma risada.

– Acho que deixei você em choque, né? – A risada dela vai morrendo. – Antes do Jeff, eu era uma garota normal. Tive vários namorados. Ele arruinou isso.
– Ele arruinou várias coisas – lembro. – Pelo menos vai morrer logo.
– Sim. Estar de volta aqui... – Ela suspira. – Me faz lembrar de tudo que perdi ou de que precisei desistir. Acho que não sei como me sentir. Estou feliz e triste ao mesmo tempo, e queria por tudo que é mais sagrado que você não tivesse que ver esse cara.
– Olha, não vou mentir, ele é assustador pra cacete. Mas, se a informação que me deu for real, vai ter valido a pena. Tipo uns pontinhos a mais com o Universo, sabe?
– Sim. – Ela me olha de canto de olho. – Sei bem. Acho que eu não ia achar nada ruim ganhar uns pontinhos também... especialmente com você.
– Tá tudo bem entre a gente. – Pelo menos por agora. – Tá empolgada pra ver a sua família?
– Sim. E aterrorizada. Mas eles vão te amar. Se prepare pra ser massacrada de amor.
– Tô super de boa com isso.

Enquanto dirige, ela vai apontando locais para mim – lugares aos quais costumava ir ou pontos históricos da cidade. Nunca a vi tão animada. Percebo que ela está alegre de estar de volta. Apesar da situação, acho que nunca a vi assim. Talvez parte disso tenha a ver com não ter mais que esconder as coisas de mim, mas não acho que seja apenas isso. Ela tem saudades daqui. Só foi embora por minha causa.

Meus avós vivem num bairro tranquilo, a uns vinte minutos dos Logan. Moram numa casa grande e branca com venezianas pretas e um gramado perfeitamente aparado. Há três carros na garagem, mas não vejo nenhuma comitiva de boas-vindas. Ótimo.

– Hoje a gente vai encontrar só a minha mãe, o meu pai e o seu tio Garret. A ideia é não chamar atenção, e não queremos sobrecarregar você.

– Eu tenho um tio?

– Meu irmãozinho caçula. – Os olhos dela já estão lacrimejando um pouco. Como vai ficar depois que a gente entrar?

– Deve ter sido muito difícil pra você não falar sobre eles.

– Foi. – Ela segura minha mão e a aperta. – Mas a gente pode falar agora. Podemos conhecer todo mundo se você quiser. Só temos que ter cuidado.

Parte de mim não se importa se as pessoas descobrirem, mas entendo a posição da minha mãe. Sei apenas uma parcela das coisas pelas quais ela passou quando Lake foi preso, e já é ruim o bastante.

Saímos do carro e nos aproximamos da casa. Sigo minha mãe até a porta dos fundos. Alguém a abre assim que ela pisa nos degraus.

Não sei quais eram minhas expectativas, mas minha avó não tem nada a ver com o que eu tinha em mente. Trudi Michaels é pequena e rechonchuda, com olhos azuis brilhantes e cabelo bem preto cortado em estilo chanel bagunçado. Parece mais nova do que é. Assim que bate o olho em nós, começa a chorar.

Minha mãe dá vazão à emoção no mesmo instante. As duas se abraçam no alpendre e fico de lado esperando, meio constrangida. Sinto um nó na garganta, mas o momento não me emociona tanto quanto emociona minha mãe. Nunca conheci essa mulher, então nunca pude sentir saudades dela.

Mas… Quando ela solta minha mãe e se vira para mim, com o rímel já começando a borrar, algo dentro de mim se quebra.

– Minha garotinha – sussurra minha avó, estendendo a mão para tocar meu rosto com os dedos trêmulos. – Ah, minha menina mais, mais lindinha…

Lágrimas quentes e escaldantes escorrem pelo meu rosto. Achei que Lake tinha secado meu reservatório, mas estas são diferentes. São lágrimas felizes – algo que nunca vou derramar por ele.

– Oi – sussurro.

Ela me puxa para mais perto, num abraço que cheira açúcar e canela com um toque de jasmim. Envolvo o tronco dela com os braços, apertando tão forte quanto tenho coragem.

Estou morrendo de chorar e nem ligo. Sempre quis uma família. Pessoas que são minhas e me amam incondicionalmente. Alguém a quem pertencer além da minha mãe e do pai imaginário que me abandonou.

– Ah, olha só – diz uma suave voz masculina. – Entrem, amorecos, antes que inundem a rua.

Dou um passo para trás. Minha avó não me solta de imediato. Quando solta, enxugo os olhos e me viro na direção da voz. O homem à porta sorri, e os olhos dele estão úmidos também. Meu avô Peter. Ele é alto e magro. Minha mãe puxou o físico dele, mas o rosto da minha avó – a maior parte dos traços, pelo menos.

– Oi, pai – diz minha mãe, a voz se transformando num soluço enquanto ele a envolve com um dos braços e a guia para dentro.

Eu o sigo, e minha avó não larga de mim. Não me incomodo nem um pouco.

A casa é aconchegante, e o cheiro que senti ao abraçar minha avó é forte aqui. Ela assou alguma coisa. Minha boca saliva quase tanto quanto meus olhos marejam.

– Gatona – diz outra voz.

É o irmão da minha mãe, acho. Garret. Ele parece uma versão mais alta e masculina dela. Eles se abraçam, e de repente todo mundo está abraçando todo mundo e me perco no meio do que está acontecendo enquanto sou envolvida por uma quantidade de amor quase maior do que consigo suportar.

Enfim acabamos. Enxugo os olhos no lenço que minha mãe me dá e me forço a me recompor. Nos sentamos à mesa da cozinha com biscoitos recém-saídos do forno e chá bem docinho. Minha avó senta ao lado da minha mãe, segurando a mão dela. Meu avô se acomoda ao meu lado.

Os biscoitos estão uma delícia, assim como o chá. A única coisa que diminui um pouco da graça é o fato de que não conheço essas pessoas de verdade. Meu tom de pele é parecido com o da minha avó e do meu tio, mas não enxergo meu rosto no deles. Queria poder enxergar.

– Me conta tudo sobre você – diz minha avó, se virando para mim.

– Tudo o que perdi e preciso saber.

Olho para minha mãe, meio acanhada.

– Eu…

– Já contei a maior parte – diz minha mãe, vindo ao meu resgate.

– Mandei aquela foto dela da escola, lembra?

– Como? – pergunto.

– VPN – responde ela. – É uma coisa maravilhosa. Uso um pen drive na biblioteca… Olha, eu poderia ser uma espiã.

Todos rimos.

– É tão bom ter vocês duas aqui! – Trudi pisca para conter mais lágrimas. – No lugar ao qual pertencem.

– Acho que a gente precisa discutir como você vai chamar a gente – diz meu avô, sorrindo para mim. Tem uma migalha de biscoito no lábio inferior dele. – Você prefere vozinho ou vozão?

– Você não tem cara de vozinho.

– Vai ser vozão, então. – Ele sorri, triunfante.

– Ele sempre quis que o chamassem de "vozão" – explica o tio Garret. – Ele escutou isso num programa de TV uma vez.

– Se você me der netos, eles vão poder me chamar do que quiserem – responde meu vozão, tranquilo. – Não deixei a Scarlet escolher?

– Bom, já eu quero ser chamada de vóvis – acrescenta minha avó.

– Nada pretensioso.

Vóvis e vozão. Acho que posso lidar com isso.

– Não tenho pedidos especiais – diz meu tio. – Garret já serve.

– *Tio* Garret – corrige minha mãe.

Ele revira os olhos. Sorrio.

É muita coisa para assimilar. Tipo, muita *mesmo*. Mas é maravilhoso ver onde minha mãe cresceu. Ela me leva para o andar de cima e me mostra o quarto onde passou a adolescência. Vozão exibe algumas filmagens caseiras antigas que converteu de VHS para DVD. Vejo minha mãe quando tinha a minha idade.

– Você parece uma vampira – comentou. Pálida, com lábios escuros. Ela dá de ombros.

– Eu estava na minha fase gótica. Queria parecer uma participante dos clipes do Concrete Blonde.

Tiro sarro das filmagens dela. A fase gótica não pareceu durar muito. Vemos pedacinhos de aniversários e natais. Momentos da vida dela muito antes da minha chegada.

– Ah. A gente não precisa ver isso – diz meu vozão quando uma filmagem nova começa.

– Espera – digo. Depois me viro para minha mãe, com a tela ainda congelada, e pergunto: – Posso assistir?

Ela concorda com a cabeça, apertando os lábios.

– Tá tudo bem, pai. Deixa a Scarlet ver.

É um vídeo de Natal. Versões mais novas dessas pessoas ao meu redor estão sentadas neste mesmíssimo cômodo – só os móveis são diferentes, é claro. Há uma árvore enorme e lindamente decorada num canto da sala, com montes de presentes embaixo e ao redor dela. Minha mãe está usando um vestido vermelho bem curto, o cabelo escuro batendo quase no quadril. Tem um cara ao lado dela, o braço envolvendo sua cintura. Ele está com uma bebida na mão – gemada, provavelmente – e veste calça social e uma camisa impecável com gravata. A gravata tem um desenho do Grinch. Ele é loiro e bronzeado, com olhos azuis intensos. É bonito, e ele e minha mãe formam um casal lindo. Ele olha para ela como se fosse a coisa mais preciosa do mundo.

A mulher que ele acha que pode salvá-lo do monstro que tem dentro de si.

Não parece o Lake que conheci. Esse é Jeff Lake em sua melhor fase. É dezembro de 2000. Ele já se aperfeiçoou no que faz. Britney Mitchell morreu há anos. Aquele calafrio familiar faz meus braços arrepiarem.

– A gente estava morando em Nova York nessa época – explica minha mãe. – O Jeff insistiu pra gente vir para o Natal. Disse que era importante passar a data com a família. Me pediu em casamento mais tarde naquela mesma noite. Na frente de todo mundo.

A voz dela está pesada de arrependimento.

— Ele pediu minha bênção — acrescenta meu vozão, um toque de confusão na voz.

Se ele ainda não conseguiu compreender tudo isso, se minha mãe não conseguiu... como eu vou ser capaz de algum dia me reconciliar com o fato de que meu pai era quem era? Ou é?

— Ele colocou o anel de noivado numa caixa gigante, não foi? — pergunta o tio Garret.

Minha mãe dá uma risada sincera.

— Ele fez tipo uma daquelas bonecas russas. Eu abria uma caixa e encontrava outra. Uma delas tinha até uma batata dentro!

— Seu pai levantou e foi passar um café. Quando voltou, você ainda estava desembrulhando o presente. — Minha vóvis sorri.

— E aí cheguei na caixa do anel. — Minha mãe balança a cabeça, como se quisesse se livrar da memória.

— Foi um bom Natal — lamenta meu vozão. Vejo o sorriso dele se transformar em algo que parece mais uma expressão de culpa.

Olho para eles — todos perdidos em memórias de tempos mais felizes, quando ainda não sabiam quem Jeff Lake era, quando ainda achavam que ele era uma pessoa boa. Digno do coração da minha mãe. A memória se resume a arrependimento e confusão. Sei, sem precisar perguntar, que todos se questionam se podiam ter feito algo diferente. Algo que pudesse ter impedido meu pai de se transformar no monstro que se tornou.

— Pode adiantar o vídeo agora — digo ao meu avô. — Tá tudo bem.

E ele adianta, mas o dano já foi feito. Eu só queria ver meus pais juntos. Nunca imaginei a dor que aquilo causaria à minha família.

— Me desculpa — digo à minha mãe.

Ela balança a cabeça.

— Não, foi bom você ter visto. Não tem por que pedir desculpa, piolhinha. Você é a única inocente aqui. Nós precisamos viver com as nossas escolhas, mas você... Você não teve escolha alguma. E, por isso, *eu* peço desculpas. — Ela olha para a TV. — Pai, coloca aquele outro.

O vídeo fica mais devagar, e a cena surge. Uma criancinha que mal sabe andar filmada bem de perto, com a cara toda suja de bolo.

– Sou eu? – pergunto, estreitando os olhos.

Minha mãe ri.

– No seu aniversário de dois anos.

Minha vóvis também ri.

– Ah, olha o tanto de bolo no seu cabelo!

Todo mundo começa a falar de como eu era fofa, e fico assistindo à minha versão mais nova espalhar bolo e cobertura na cara inteira e correr por uma casa que não reconheço, abrindo presentes e balbuciando palavras de bebê.

Ninguém menciona o homem que não está ali. Estão muito felizes de não terem mais que olhar para ele. Em agosto de 2006, Jeff Lake estava preso, esperando o julgamento. Eu não sabia o que meu pai tinha feito, e minha mãe ainda acreditava que ele era inocente. Meu nome era o de uma garota morta, que tinha sido encontrada na mata junto com outros treze corpos.

Minha mãe ri de algo que faço no vídeo e abre um sorrisão na minha direção. Eu me forço a sorrir de volta. Ela não percebe quanto preciso me esforçar. Quando olho para ela na televisão, vejo.

O colar daquela menina morta pendurado em seu pescoço.

* * *

Não falo nada para minha mãe sobre o colar. Pareço incapaz de traduzir os pensamentos em palavras. Estão todos claros na minha mente, mas embolados uns nos outros. Eu não sabia como estava me sentindo – ainda não sei.

Já é tarde quando enfim vamos embora. Mando uma mensagem para Luke, dizendo que não vou conseguir sair com ele e com a Darcy. Quando chegamos em casa, vou direto para o meu quarto, deixando minha mãe no térreo com Moira e o agente Logan. Nosso voo sai amanhã logo cedo, então arrumo tudo para a viagem. Até separo a roupa que vou usar.

Só quero ir embora. Esse fim de semana foi intenso demais, e a gente chegou ontem. Quero voltar para Connecticut e para minha vida normal e fingir por tanto tempo quanto for possível que isso tudo não aconteceu.

Talvez Lake simplesmente caia morto e eu não precise olhar para a cara dele de novo. Vai ser péssimo para as famílias das garotas desaparecidas e para o agente Logan, mas pelo menos minha mãe e eu vamos estar livres.

Sou muito egoísta. Digo a mim mesma que a maior parte das pessoas também agiria assim. Digo a mim mesma que não posso assumir a responsabilidade pelas coisas horríveis que aconteceram muito antes do meu nascimento. Quase acredito nisso.

Quase.

Me largo na cama. Ver minha mãe com aquele colar, sabendo a quem ele pertencia... Uma coisa é ouvir que ela acreditava em Lake, outra é ver com meus próprios olhos. Na época do meu aniversário de dois anos, ela ainda acreditava que ele era inocente, apesar de terem encontrado catorze corpos na propriedade dele. Apesar de *tudo*.

Ela o amava. Achei que entendia isso, mas estou tendo dificuldades de aceitar, para ser sincera. Como ela conseguia? E como consegue assistir àquela filmagem de aniversário e não pensar nisso? Ela riu e sorriu enquanto assistia, igual ao meu tio e aos meus avós. Nenhum deles mencionou Lake, embora ele pudesse muito bem estar ali conosco em pessoa.

O choque sobre meu passado está passando, e começo a sentir coisas. A refletir sobre coisas. E a primeira em que sempre penso e pareço incapaz de esquecer – talvez de perdoar – é o fato de que minha mãe se casou com um assassino e acreditou que ele era inocente até não ser mais plausível.

Isso me faz questionar que tipo de pessoa ela era na época. Sei que não é mais a mesma. Ninguém tão paranoico quanto ela poderia cometer o mesmo erro de novo.

Desbloqueio o telefone e procuro vídeos com o tema "mulheres que amam assassinos". Depois de passar os olhos pelos resultados, vejo uma entrevista com a antiga noiva de Ted Bundy, Elizabeth Kloepfer, e clico nele. Preciso entender, porque me conheço – essa agitação que estou sentindo vai me fazer dizer algo idiota ou maldoso que vai magoar minha mãe ou fazer a gente brigar. E não quero isso.

Só quero ir para casa.

Na entrevista, Kloepfer fala francamente sobre o relacionamento com Bundy e como queria acreditar nele, mas também diz que, em determinado momento, começou a suspeitar que havia algo estranho. Mesmo assim ficou com ele. E, depois que o homem foi preso, ainda aceitava as ligações dele. Cartas. Ele escreveu para ela até pouco antes de ser executado, mesmo tendo se casado com outra mulher.

Como assim, porra?

Coloco meu telefone sobre o colchão, com a tela para baixo. Se minha mãe não tivesse desaparecido, será que ainda estaria recebendo cartas mensais da prisão? Será que estaria dando entrevistas sobre como acreditava nele e a culpa que carrega por causa disso? Será que as pessoas teriam pena dela como têm da coitadinha dessa mulher?

De alguma forma, tenho mais simpatia por Kloepfer. Nos anos setenta, ninguém sabia muito sobre assassinos em série. Esses monstros ainda eram incompreensíveis. Mas minha mãe não era tão ignorante assim. Ou não devia ser. Certo?

Alguém bate na porta.

– Pode entrar.

Minha mãe entra de fininho. Andou bebendo. Consigo sentir o cheiro de vinho, e as bochechas dela estão coradas. Engraçado, ela parece bem. Para ela, esta viagem foi como abrir uma janela e deixar o ar fresco entrar.

– Só queria ver se você estava bem antes de ir dormir – diz ela baixinho. – Tudo certo aí?

Eu podia contar para ela, confessar como estou me sentindo. Pedir que me explique.

– Sim. – Pigarreio. – Tudo certinho.

Ela sorri.

– Seus avós não massacraram muito você?

Meu sorriso é genuíno.

– Eles foram maravilhosos. Foi muita coisa pra absorver, sim, mas tudo bem. Foi ótimo. Obrigada por me levar pra conhecer todo mundo.

A alegria some do seu rosto.

– Scarlet… Meu amorzinho. Me perdoa. Sei que estraguei um monte de coisa pra você, mas preciso que saiba que fiz o que achei que era melhor. Só queria te proteger dos meus erros.

– E você tá com vergonha agora.

Minha mãe balança devagar a cabeça em concordância.

– Com muita vergonha. E ainda tenho dificuldade de lidar com isso. A Moira disse que talvez você também tenha dificuldade. Quero que saiba que a gente pode falar sobre isso sempre que você precisar. Vou ser completamente honesta, mesmo quando eu não quiser.

– Tá bom. – Mas não agora. – Como a Moira sabe disso?

– Ah, ela é psicóloga. Foi como ela e o Andy se conheceram… Ela trabalhou para o FBI por um tempo.

Hum. Talvez eu deva falar com a Moira. Ou talvez a Moira deva cuidar da porra da própria vida. Suspiro. Estou ficando irritada de novo, preciso muito dormir.

– Eu tô bem, mãe. Se precisar conversar sobre isso, eu aviso você.

Ela não acredita totalmente em mim – dá para ver pelo jeito como me olha. Penso que talvez me entenda melhor do que eu gostaria que entendesse. Muito mais do que eu a entendo, de toda forma.

– Combinado. – Ela assente. – Bom, vou deixar você dormir, então. Te amo.

– Também te amo. – E digo de coração, mas como posso amar alguém que não conheço de verdade?

Muito do que sei dela é uma mentira.

Ela hesita, depois se abaixa para me dar um beijo na testa.

– Por favor, não me odeie – sussurra. – Posso suportar o ódio vindo de qualquer pessoa, mas não ia aguentar vindo de você.

Ela vai embora antes que eu possa responder, a porta fechando com um estalido alto atrás dela. Enxugo com mãos desesperadas as lágrimas da minha mãe que molharam meu rosto, tentando apagar qualquer traço de sua tristeza. Não é porque eu não dou bola por ela estar chorando.

Estou brava comigo mesma porque não tenho lágrimas para chorar por ela, e sei o que isso significa. Eu a odeio.

Só um pouquinho.

CAPÍTULO 12

● ● ●

TMZ News

JEFF LAKE

A GAROTINHA DO PAPAI: a bebê Britney sai da reclusão e visita o pai doente na prisão

14/02/2022

Depois de quase dezesseis anos evitando com sucesso estar no centro das atenções, a "bebê Britney Lake", conhecida agora como Scarlet Murphy, apareceu junto com a mãe, Allison Michaels, que agora usa o nome de Gina Murphy.

As fotos a seguir mostram as duas deixando a Prisão Central na Carolina do Norte no sábado, 12 de fevereiro, depois de uma visita a Lake, que está encarcerado nas instalações desde sua prisão em 2006.

De acordo com a esposa atual de Lake, Everly Evans, esta é a primeira vez que ele vê a filha desde que foi detido pelo assassinato de 14 mulheres. Britney e a mãe desapareceram durante o julgamento de Lake em 2007 e tinham conseguido evitar a atenção da mídia até o momento.

Ele supostamente foi diagnosticado com câncer no pâncreas, e seu último desejo foi ver a filha. Evans disse ainda que Lake tem "esperanças" de que ele e Britney sejam capazes de cultivar um relacionamento no curto tempo de vida que ainda lhe resta e que quer morrer sabendo que fez "as pazes com o passado". Talvez as famílias das vítimas tenham algo a dizer sobre isso.

Essa situação, é claro, também levanta a questão sobre outras vítimas sem nome e potencialmente ignoradas. Especula-se que a contagem total de vítimas de Lake seja muito maior do que a quantidade de casos que podem ser provados pela lei, e o FBI adoraria saber o nome dessas pessoas antes do falecimento de Lake. Quando perguntada sobre outras vítimas, Evans respondeu que o marido é "um homem com muitos arrependimentos, que não quer nada além de conquistar o perdão da filha e de Deus". Aparentemente, ele nem cogita conseguir o perdão das famílias das garotas assassinadas.

Agora que Britney e Michaels estão de volta à vida de Lake, o que isso significa para Evans? Será que Michaels vai enfim admitir que sabia sobre os crimes do ex-marido? Será que Britney vai manter a tradição familiar de apoiar o pai? Será que há um livro sendo escrito por mãe e filha? Ainda resta saber tudo isso, mas Evans reforça que a visita da filha ao pai não foi um evento isolado, e que Lake espera que Britney retorne para vê-lo em breve. "Ele não sabe quanto tempo ainda tem", diz Evans, "e quer gastar o máximo possível dele com a família". Ela ainda disse que não conheceu Britney, mas pretende conhecer.

E onde Britney e Michaels se esconderam por todos esses anos? Em uma cidadezinha em Connecticut chamada Watertown, onde Britney frequenta uma escola de elite e Michaels trabalha como farmacêutica – trabalho relacionado ao PhD que obteve enquanto estava casada com Lake. Há quem especule que ela pode ter fornecido substâncias para que Lake drogasse as vítimas, mas isso nunca foi provado.

Quanto à bebê Britney, sempre se sustentou que ela é inocente dos crimes do pai – mas, agora que visitou Lake, será que é só questão de tempo até ser contaminada por associação? E as famílias das vítimas de Lake? Como vão reagir ao fato de que ele teve a oportunidade de ver a filha depois de tirar a vida das filhas de outras pessoas de forma tão horrenda?

– Que porra é essa? – Ashley enfia o celular na minha cara.

É segunda-feira, Dia dos Namorados. Estou sozinha almoçando, e não faço ideia do que ela está falando. Olho para baixo.

Ai.

Ai, puta merda.

Uma foto da minha mãe e de mim saindo da prisão me encara de volta. Não é uma boa foto. Nós duas parecemos tensas e chateadas, segurando a mão uma da outra com tanta força que dá para ver os tendões dos braços.

– *Você* é a bebê Britney?

Ergo a cabeça. Encaro-a nos olhos. Ela está possessa.

– Não me chama assim.

– Mas é seu nome, não?

– Não, não é. – Empurro o telefone dela para longe. – Meu nome é Scarlet Murphy há muito tempo. Em que site tá isso?

– TMZ.

Puta merda ao quadrado.

– Você entende como tô me sentindo idiota de descobrir as coisas assim?

– Sim – intromete-se Sofie, atrás de Ash. – A gente tá se sentindo bem idiota, Scar.

Não gosto de me sentir encurralada desse jeito. Não estou nem aí com quanto elas estão chateadas.

– Bom, eu descobri quando o FBI apareceu na minha casa semana passada, então entra na fila pra reclamar. Enquanto isso, me deem um tempo. Minha vida não gira ao redor do umbigo de vocês.

Sofie abre a boca para falar alguma coisa, mas Ashley a interrompe e senta numa cadeira do outro lado da mesa, de frente para mim.

– Semana passada? Sério? Você não sabia de nada antes?

Nego com a cabeça.

– Minha mãe nunca me contou. Eu talvez nem ficasse sabendo se Lake não estivesse morrendo.

– Puta. Merda. – Ashley apoia os antebraços na mesa e se inclina para a frente. – É por isso que você me perguntou aquele monte de coisa sobre ele?

– Isso. Parabéns, Ash. Você sabe mais sobre meu pai do que eu.

Ela parece atordoada. Será que realmente achou que eu conseguiria manter isso escondido dela desde que nos conhecemos? Não sou tão boa mentirosa assim. Teria dado com a língua nos dentes cedo ou tarde – me conheço o bastante para ter certeza disso. Minha mãe fez certo em não me contar, se o que queria era manter segredo.

– Não acredito que você é a beb… – Ela se detém quando olho para ela de cara feia. – …ela. Você encontrou mesmo com ele?

– Sim. – Empurro a bandeja para longe. Não estou mais com fome.

Minha mãe vai surtar. Foi sair *justo* no TMZ. Achei que teríamos mais tempo.

Taylor aparece e senta ao meu lado.

– Você mostrou pra ela?

Ash confirma com a cabeça.

– Ela tá se *explicando* – acrescenta Sofie, venenosa.

Encaro-a com os olhos semicerrados.

– Qual é o seu problema?

– Você ser filha de um monstro. Esse é o meu problema.

Essa doeu.

– Vai sentar em outro lugar, então – respondo.

Ela parece surpresa.

– Não.

– Então cala essa boca. – Viro para Ashley e tamborilo os dedos na capinha do celular dela. – Como descobriram? Fala na reportagem?

– Não, mas mencionam terem conversado com Everly Evans.

Conheço o nome.

– A esposa do Lake? – pergunto. Quando ela assente, as peças se encaixam. Escroto. – Ele armou pra gente. Esse era o plano o tempo todo.

– Ele quer que isso seja o canto do cisne dele – comenta Ashley, claramente entendendo meu raciocínio. – Quer mais quinze minutos de fama antes de morrer.

Olho nos olhos dela.

– E também quer se vingar da minha mãe.

Sofie dá uma risadinha sarcástica.

Ignoro. Para ser sincera, não sei por que ainda sou amiga dela. Depois que fico um tempo sem falar nada, ela se levanta e sai da mesa. Já vai tarde.

– Por que você foi se encontrar com ele? – pergunta Ashley. – Porque ele tá pra morrer?

– Não. Ele disse que, se eu fosse até lá, ia dar para o FBI os nomes das outras vítimas e onde escondeu os corpos.

Ela fica de queixo caído.

– Scar, isso parece um episódio de *Criminal Minds* ou qualquer merda assim.

– Parece, né? – Apoio a cabeça nas mãos. – Que zona.

– Tenho tanta coisa pra te perguntar…

Olho para cima com um meio sorriso no rosto.

– Agora não, por favor. Prometo que mais tarde eu respondo.

– Lá vai a Sof fofocar por aí… – diz Taylor em voz baixa.

Acompanho o olhar dela. É claro que Sofie foi até a mesa onde Neal e Mark estão sentados com os amigos. Todos estão olhando para mim.

– Por que ela começou a me odiar do nada? – pergunto para Ashley.

– Nunca fiz nada pra ela.

– Neal – explica minha amiga, como se fosse óbvio. – Ela tem uma quedinha por ele desde o Ensino Fundamental.

Eles ficaram numa festa quando a gente tinha catorze anos. Nunca mais ouvi a Sofie falar dele. É bem óbvio que ele não está tão a fim de mim, já que está lá e não aqui, então… *Vai com fé, vadia.*

Ashley se remexe na cadeira.

– Como ele é?

– Ash… – A voz de Taylor tem um tom de alerta.

– Um monstro – respondo. – E ele adorou me contar como se divertiu com uma das vítimas. É isso que você quer ouvir?

Os olhos dela se acendem.

– Ele te contou sobre uma das vítimas desconhecidas? Quem?

Empurro minha cadeira para trás com tanta força que o guincho ecoa pelo refeitório.

– Tô indo pra casa. – Pego a bolsa e sigo na direção da saída.

– Scarlet, espera! Foi mal.

Continuo andando. Meu celular apita com uma notificação quando chego ao corredor. Ninguém parece prestar atenção em mim enquanto sigo na direção da saída mais próxima, e fico grata por isso.

É uma mensagem do Luke. Você tá bem? Acabei de ver a matéria.

Um som entre uma risada e um grunhido sai da minha garganta. Um cara que conheci alguns dias atrás está demonstrando mais consideração por mim do que uma das minhas melhores amigas e o cara com quem eu quase transei na semana passada *juntos*. Sério isso? O Neal nem veio falar oi.

Empurro a porta com tanta força que ela bate na parede. Depois de mais uma porta, saio para o dia nevado. O ar gelado me acerta como um tapa. Esqueci o casaco. Puta que pariu. Fico parada na calçada, tremendo, analisando minhas opções.

– Scar!

Ouço passos atrás de mim. Eu me viro e vejo Taylor correndo na minha direção, os pés escorregando no gelo, segurando meu casaco.

Pego o casaco – e minha amiga – antes que caia. Eu a mantenho de pé segurando seu cotovelo.

– Valeu – solta ela. – Você vai matar o resto das aulas mesmo?

– Vou. – Prendo a bolsa entre os joelhos para conseguir colocar o casaco. – Quer vir comigo? Você deixou seu cigarro eletrônico lá em casa.

– Caramba, sim.

Ela enlaça um braço no meu, e juntas continuamos pelo estacionamento até a saída. Quando chegamos na rua, um carro com o logo de um jornal local se aproxima.

Minha casa não é tão longe da escola – fica a uns vinte minutos de caminhada, talvez. A neve e os pedacinhos de gelo tornam nosso avanço um pouco mais lento. Nem todo mundo limpou a neve que caiu na noite passada.

– Vai ficar tudo bem – diz Taylor. – Você sabe disso, né?

– A Sofie me entregou pra imprensa porque tá com ciúme, e a Ashley me vê como uma fonte primária de pesquisa pra futura tese dela. Mas claro! Vai ficar tudo ótimo!

– Bom, eu ainda te amo.

Paro por tempo o bastante para abraçar minha amiga, fungando para não deixar o nariz escorrer em nós duas.

– Também te amo. Valeu. – Eu me recuso a ficar chorando aqui, então a gente continua andando.

Quando chegamos na minha rua, percebo que tem algo errado.

Há vans de notícias do lado de fora da minha casa. Mais carros do que o normal estacionados nas proximidades. Estranhos parados na nossa garagem e no nosso gramado coberto de neve. Tem uma fila se formando na calçada. Ouço vozes altas, ecoando pelo ar frio.

– Ai, meu Deus – diz Taylor.

Eles vieram atrás da minha mãe. Vieram atrás de *mim*. Por quê? Não porque estão preocupados, mas porque querem saber sobre *ele*. Se eu queria meus quinze minutos de fama, chegou a hora.

Sinto vontade de sair correndo.

– Olha ela ali! – grita alguém.

Como uma horda de zumbis num filme, todos viram a cabeça para mim ao mesmo tempo. Congelo no lugar.

– Britney! – grita alguém.

– Scarlet! – exclama outra pessoa.

Eles também se movem como zumbis – uma mente coletiva os impelindo na minha direção como se fossem um.

– Fodeu – sussurra Taylor. Ela agarra minha mão, me puxando para trás. – Corre, Scar.

Para onde vou correr? Não tenho ideia, mas a parte animal do meu cérebro não hesita em obedecer ao comando. Girando nos calcanhares, disparo pela rua com Taylor na minha cola. Ouço a multidão se apressar atrás de mim, as vozes ecoando e os pés batendo no asfalto.

– Britney! – gritam desarticulados.

Quero berrar que meu nome não é Britney, mas não faço isso. Preciso correr, e já estou respirando com dificuldade. Devia ter me esforçado mais na aula de Educação Física. Devia ter me inscrito em algum tipo de esporte.

Ouço uma buzina atrás de mim. Olho por sobre o ombro. Um carro familiar acelera na nossa direção, freando de súbito quando se aproxima de nós. Não espero convite – abro de supetão a porta e me jogo dentro do carro de Ashley. Taylor entra no banco da frente. Eu, no de trás. As travas soltam um estalido ao serem trancadas.

– Vai! – grito quando mãos começam a se espalmar no vidro. Alguém tenta abrir a porta.

Ashley pisa fundo no acelerador, e o carro entra em movimento. Quase caio no assoalho. Minha bochecha bate com tudo na parte de trás do banco de Ashley. Nem ligo.

– Vocês estão bem? – pergunta ela, olhando de soslaio para nós. – Eu teria chegado mais rápido, mas o Neal tentou me parar.

149

Nem me dou ao trabalho de perguntar o que ele queria. Se estivesse interessado em mim, teria mandado uma mensagem ou ligado antes. Não faço joguinhos e não estou interessada em caras que façam. Claro, eu poderia ter falado com ele hoje, mas mandei uma mensagem ontem à noite avisando que tinha voltado. Não vou ficar me jogando em cima dele.

Sento direito no banco, afivelo o cinto e fecho os olhos. Meu coração parece esmurrar o peito.

– Que droga foi aquilo? – pergunta Taylor. – Jornalistas?

– E pessoas obcecadas pelo Lake, provavelmente – acrescenta Ashley. – Alguns pirados também... Sabe, gente que quer rezar pela sua alma, dizer que você vai para o inferno e coisa do gênero.

– Que maravilha – resmungo.

Vou precisar ir para casa em algum momento. Quantos estranhos será que vão estar lá ainda? Mais? Menos?

Mando uma mensagem para avisar minha mãe. Eu ligaria, mas não quero que Ashley escute. Não é que não confio na Ash, mas ela já expressou seu interesse em Lake e não quero alimentar a curiosidade.

– Valeu por ter vindo – digo enquanto digito. – Nossa única outra opção seria ir até os fundos e nos escondermos em casa.

Ash olha para mim pelo retrovisor.

– Talvez seja uma boa você e sua mãe ficarem num hotel por alguns dias. Esse povo não vai embora tão cedo.

Cerro os dentes. Era exatamente o medo da minha mãe. Ela vai começar a se culpar por isso – se é que já não começou. A gente nunca discutiu o que faria se Lake vazasse nossa visita para a imprensa. Para ser honesta, nunca me ocorreu que meu pai me machucaria dessa forma.

Eu devia ter lembrado que ele não é um bom pai. Não se importa comigo. Como poderia? Sou só um meio para chegar a um fim.

E esse fim vai chegar muito em breve. Quanto tempo até um câncer pancreático matar uma pessoa? Tem algum jeito de acelerar o processo? Se ele acha que vou voltar para outra visita...

Meu celular toca. É minha mãe. Merda.

– Alô? – digo.

– Cadê você?

– No carro da Ash, com ela e com a Taylor.

– Ótimo. Vai pra casa de uma delas e fica lá até eu conseguir ir te buscar. Já liguei para o Andy pra ver se ele pode dar algum tipo de proteção pra gente.

Proteção?

– Você acha que a gente vai precisar disso?

Um instante de silêncio.

– Talvez. O Jeff é adorado e odiado por pessoas com, digamos, uma estabilidade mental meio questionável, então, sim, podem chegar a fazer coisas extremas.

Os tais "pirados" que Ashley mencionou.

– A gente vai pra casa da Taylor – decido, olhando para Ash pelo retrovisor, para o caso de ela estar planejando ir para a casa dela. – Me liga antes de sair do trabalho.

– Eu te pego lá. Não sai sob nenhuma hipótese, tá? Não sem mim.

– Combinado. – Eu me despeço e desligo.

Ashley vira na próxima rua, seguindo na direção da casa da Taylor.

– Era sua mãe? – pergunta ela.

– Sim. Tay, você se importa de eu ficar escondida na sua casa até ela vir me buscar?

– Claro que não. Pode passar a noite aqui se quiser. – Ela se vira para Ashley. – Você não vai contar pra ninguém onde ela tá, entendeu?

Ash parece ofendida.

– Eu jamais faria isso.

– Talvez não de propósito, mas você poderia acabar mencionando isso pra Sof, e ela está sendo tão filha da mãe que é capaz de contar pra alguém que não hesitaria em vender a Scar pros repórteres.

– Eu não vou falar nada. – Nossos olhares se encontram mais uma vez no retrovisor. – Juro.

Balanço a cabeça em concordância.

– Eu sei. Você só me apavorou mais cedo quando perguntou sobre ele.

– Foi mais forte do que eu. Sei que não foi nada legal. Foi mal.

151

Acredito nela. Para ser sincera, se ela tivesse me dito que encontrou com um diretor de cinema ou que descobriu que o Guillermo del Toro é pai dela, eu também teria feito perguntas. É só que... bom, até onde a gente sabe, o Del Toro nunca matou ninguém.

Os pais de Taylor não estão em casa quando chegamos, mas Ashley passa reto.

– Ahn... Ash? Pra onde a gente tá indo? – pergunta Taylor.

– Eu sou meio paranoica – responde Ashley. – Só quero garantir que não tem ninguém seguindo a gente.

Eu nunca teria pensado nisso.

– Valeu.

– Sem problemas. – Ela dá a volta no quarteirão antes de parar na frente da casa de Taylor. – Vou só deixar vocês mesmo. Caso tenham anotado a placa do meu carro ou coisa assim.

– Você é realmente paranoica – comento com um sorriso.

Ela sorri de volta.

– Eu nunca me perdoaria se fizesse alguma coisa que machucasse você, Scar. Sério, me liguem se precisarem de alguma coisa.

Aperto o ombro dela antes de sair do carro. Taylor já está com as chaves na mão, e a gente corre até a porta dos fundos.

– Foi legal da parte dela ter pegado a gente – digo assim que entramos.

Taylor dá de ombros.

– Acho que ser amiga da filha de um assassino em série vai contar uns pontos quando ela for cursar Psicologia Anormal.

Meio insensível, mas Taylor só está cuidando de mim, como de costume.

A primeira coisa que a gente faz é fumar no deque dos fundos. Estou bem ciente de como estou usando substâncias nos últimos tempos – tanto as com prescrição quanto as sem. Não estou nem aí. Estou surtada e preciso não ficar assim. Maconha é o suficiente para dar uma aliviada.

Lembro que não terminei de almoçar, então Taylor pega uns waffles congelados e a gente prepara uma caixa inteira. Não que tenha muitas unidades nela. Eu comeria tudo sozinha.

– Nunca vi nada assim – comenta ela, limpando xarope de bordo do canto da boca com as costas da mão. Ela lambe os nós dos dedos.

– Parecia coisa de filme.

– Minha vida inteira parece coisa de filme ultimamente – admito.

– Quer dizer, a essa mesma hora, na semana passada, a única coisa que me preocupava era se o Neal gostava ou não de mim.

– Pois é. Tô começando a achar que ele não é um partido lá tão bom assim.

Dou uma risada.

– Tá, é? – Enfio metade de um waffle na boca, mastigo e engulo.

– Contei pra você sobre o Luke?

– Não. O que você anda escondendo de mim?

– Ele é filho do agente Logan. Nos conhecemos em Raleigh.

Procuro uma foto dele no meu celular. Devo ter tirado ao menos uma quando ele não estava olhando. Encontro uma dele com a Darcy.

– Ai. Meu. Deus – diz Taylor quando o vê. – Ele tem sobrenome *e* jeitão de super-herói.

– E o físico. O corpo dele é, tipo, o do Chris Evans. Aff.

Ela me devolve o celular.

– Ele já é razão suficiente pra você voltar pra Carolina do Norte algum dia.

– Vou ter que voltar – confidencio. – Não quero, mas não posso deixar o Lake arruinar nossa vida de novo por nada.

– Você quer conseguir os outros nomes?

– O máximo que puder, sim. É a coisa certa a fazer. Quero dizer, é, não é?

– Você é foda – diz ela, abrindo um sorrisão. – Amo como você é foda. Mesmo sabendo que seria muito fácil falar "que se dane essa merda", você vai fazer a coisa certa.

– Você também faria.

Por que estou na defensiva por estar fazendo o que é certo?

– Depois daquele escândalo na frente da sua casa, eu estaria disposta a me mudar pra um abrigo antibombas e nunca mais sair! Caramba, eu nunca teria ido ver o cara, pra começo de conversa. Você é de arrasar, Scar. Ah, rimou.

Solto uma risada que sai meio pelo nariz.

– O waffle não foi suficiente. O que mais tem aí?

– Você sabe muito bem onde fica a comida.

A campainha toca assim que levanto.

– Deixa que eu vou – digo, vendo o caminhão dos correios pela janelinha sobre a pia.

Abro a porta da cozinha que dá para fora, esperando ver o entregador, mas ele já voltou para o caminhão e está indo embora. Em vez disso, encontro outro homem na soleira, segurando um pacote. Reconheço o carro como um dos que pararam em frente à escola quando estávamos saindo. O carro do jornal local.

– Oi, Scarlet – diz ele. – Você tem um minuto?

Sinto o coração na garganta.

– Quem é você?

– Meu nome é Ralph Autumn. Sou jornalista. Queria falar com você sobre o seu pai.

– Nem pensar – respondo. – Você pode me entregar o pacote, por favor?

Ele se afasta quando estendo a mão.

– Que tal você responder às minhas perguntas primeiro?

– Não.

Começo a fechar a porta, mas ele a segura e projeta o corpo entre a porta e o batente.

Dou um salto para trás quando ele entra, balançando o pacote na minha direção.

– Qual é, são só umas perguntas.

Pego a entrega. Os dedos dele se enrolam ao redor do meu pulso, me segurando com firmeza.

– Como foi conhecer seu pai? Quão doente ele está? Ele deu informações sobre outras vítimas? Disse alguma coisa sobre o papel da sua mãe nos crimes?

Não dá para acreditar nisso.

– Me solta.

– É só você falar alguma coisa.

O pânico toma meu peito.

– Me solta! – grito.

Dou um chute no saco dele. Ele tomba o corpo para a frente, largando meu pulso, e o empurro para fora da casa. Mal consigo bater a porta e trancar a fechadura antes que ele comece a bater com força nela. Estou tremendo tanto que mal consigo me mexer.

De repente Taylor aparece. Acho que me ouviu gritar. Está com o telefone na orelha.

– Isso, minha amiga e eu estamos sozinhas na minha casa, e um cara acabou de tentar invadir... Ele ainda tá lá fora... Tá bom, vou continuar na linha.

Ela se agacha ao meu lado. Quando foi que escorreguei até o chão? Quanto tempo vai demorar até a polícia chegar?

E, o mais importante, como esse cara me encontrou?

CAPÍTULO 13

Quando a polícia aparece, o repórter já foi embora. Não consegui fazer nada útil, mas felizmente Taylor tirou uma foto do cara e do carro. Também gravou parte do incidente em áudio, e entrega tudo isso à policial feminina que a interroga.

— Você está bem? — pergunta um policial enquanto me entrega um copo d'água.

Minhas mãos estão tremendo. Segurar o copo ajuda.

Confirmo com a cabeça.

— Acho que sim. — Estou batendo os dentes.

— Quer um cobertor? — pergunta ele.

Quando dou por mim, Taylor está entregando a ele uma das mantas que ficam no sofá da sala. É macia e fofinha, e, ah, fico bem quentinha quando o policial envolve meus ombros com ela.

— Scarlet, você pode me contar o que aconteceu aqui? — pede ele.

Ergo o olhar, segurando a água com uma das mãos e a ponta da manta com a outra.

— A T-Taylor não contou para o senhor?

A expressão e o olhar dele expressam perfeita paciência.

— Eu queria ouvir de você.

Conto tudo de que consigo me lembrar. Minha voz parece uma gravação antiga, cortada e distorcida.

– Por que esse jornalista queria falar com você?

Encaro o policial. Ele não sabe. Isso me faz soltar uma risada.

– Porque sou a bebê Britney – digo a ele. A expressão do homem não muda. – O senhor conhece o Jeff Lake, o assassino em série? – acrescento. Quando ele concorda com a cabeça, coloco o copo na mesa. Parte da água respinga no tampo. – Ele é meu pai.

Ele se recupera rápido, mas não tem como esconder o primeiro lampejo de surpresa – e repulsa.

– Pois é – continuo. – Foi assim que me senti quando descobri também.

– Vamos precisar da presença de algum maior de idade – sugere a policial feminina. – As meninas são menores. E esse caso exige um pouco de discrição.

– Britney... – começa o policial.

– Scarlet – corrige Taylor. – O nome dela é Scarlet agora. Posso passar o número da mãe dela pra vocês.

Taylor cuida de tudo enquanto me afundo ainda mais em meu casulo quentinho. A conversa ao meu redor se transforma num burburinho que lembra os adultos do desenho do Charlie Brown falando. Na minha cabeça, vejo o rosto do jornalista sem parar. Sinto o aperto dele no braço. O impacto da minha canela no saco dele. Nunca tive tanto medo na vida.

Será que foi assim que as vítimas do meu pai se sentiram antes de serem mortas por ele? Dizem que ele as drogava, mas deviam sentir alguma coisa. Nem todas as drogas do mundo podem apagar por completo a vontade de fugir para se salvar, não é?

Era isso que ele queria que acontecesse. Quando me disse para não foder com ele, estava falando sério. É o que ganho por ter sido idiota de pensar que podia bater de frente com Lake.

Nunca entre com um gambá numa disputa de quem mija mais fedido. Acho que aprendi a lição. Não consigo nem imaginar como ele vai estar se achando na próxima vez que o encontrar.

Não posso voltar para lá. Não vou conseguir. Não vai ter como entrar naquela sala sem Lake perceber o medo que tenho dele. Como o odeio. Mas não posso *não* voltar. Não sei se minha consciência vai permitir. O que seria pior: encarar Lake ou conviver com todas essas garotas desaparecidas?

Penso na minha mãe e em como ela parece cansada e frágil às vezes. Como é diferente da jovem que foi um dia. Foi o que esses fantasmas fizeram com ela. Não quero ser minha mãe. Não quero ser assombrada e solitária.

Os pais de Taylor chegam primeiro. O sr. e a sra. Li sentam à mesa comigo e Taylor enquanto ela conta para eles e para a polícia tudo o que aconteceu. Os policiais não falam comigo até a minha mãe chegar. Ela vem como uma nuvem de tempestade, cheirando a perfume e ar gelado.

– Os senhores precisam ligar para o agente Andrew Logan do FBI de Raleigh – diz ela. – Ele pode dar mais detalhes da situação.

O rosto dela surge diante do meu. Está de joelhos na minha frente, segurando minhas mãos entre as dela. Seus dedos estão quentes. O delineador está manchado. Geralmente a maquiagem dela é perfeita.

– Oi – digo.

Ela sorri.

– Oi, querida. Você está bem?

Faço que sim com a cabeça.

– Ele só me assustou.

– Eu sei. Sinto muito por isso. Vou conversar um pouquinho com os policiais e com a Taylor e depois a gente vai pra casa, tá?

– A gente não pode ir pra casa – sussurro, mas ela já está de pé falando com os outros.

Ouço-a perguntar o que aconteceu depois que fugimos com Ash. Taylor conta tudo.

Depois é a vez da polícia. Mantenho a cabeça baixa, mas meus ouvidos ficam subitamente alertas, e escuto as perguntas que fazem à minha mãe.

– Então seu nome real é Allison Michaels?

– É meu nome de batismo. Gina Murphy é meu nome legal.

– E você é a esposa de Jeff Lake?

– Eu era. Somos divorciados.

– Você foi apontada como envolvida nos crimes dele, não foi?

Vejo os lábios da minha mãe se comprimirem, o único sinal da exasperação dela.

– Fui inocentada. Escuta, não fui em quem infringiu a lei aqui. Esse jornalista tentou invadir a casa pra assediar a minha filha. O que a gente vai fazer a respeito disso?

– Exatamente – acrescenta a sra. Li, a voz gelada como aço. – Quero saber o que os senhores vão fazer a respeito do homem que invadiu nossa propriedade e assustou nossa filha.

– Vamos fazer tudo o que pudermos, senhora Li – diz a policial, tentando colocar panos quentes na situação. – Sua filha tirou fotos dele e da credencial que portava, então ele deve ser facilmente encontrado. Fica a cargo dos senhores prestar ou não queixa.

– Também quero prestar queixa – diz minha mãe. – Ele assediou a Scarlet.

– Ao que parece, ela causou mais dano do que sofreu – responde o policial.

Ergo a cabeça.

– Então eu mereci, é isso? – pergunto, a voz forte e clara de repente. – Meu pai é um monstro, então mereço ser agarrada e jogada de um lado para o outro?

A policial feminina dá ao colega um olhar que claramente o alerta para ficar calado.

– Ninguém disse isso, Scarlet.

– Mas é o que ele pensa. – Aponto para o homem com o queixo. – Isso é culpabilizar a vítima, sabia?

– Você quer falar sobre vítimas? – responde ele, a expressão ficando nefasta. – Então a gente pode falar do que o seu papaizinho fez com aquelas meninas.

– Fora – diz a parceira dele. – Agora. Eu cuido disso.

Ele olha para ela de cara feia, mas vai embora com o rosto corado. Minha mãe parece resignada e ainda mais cansada que antes. Por isso mentiu para mim. Ela sabia que haveria pessoas – estranhos – que me tratariam como se eu tivesse alguma coisa a ver com o que Lake fez. Sou culpada por associação, assim como ela.

– Eu queria pedir desculpas pelo meu colega – diz a mulher. – Vou cuidar para que o comportamento dele seja informado aos nossos superiores.

Ah, vai, sim, penso. Mas só prendo a respiração.

– Scarlet – continua ela. – Eu queria ouvir o seu lado da história, se você não se importar em repetir mais uma vez.

– Claro – murmuro, puxando a manta ao redor dos ombros. – Por onde você quer que eu comece?

Ela sorri.

– Por onde você quiser.

Tenho certeza de que ela acha que está me fazendo um favor me deixando acreditar que o que eu quero é o que importa, mas nós duas sabemos que não. O que eu quero não importa porra nenhuma.

* * *

Os pais de Taylor pedem que a gente não se veja por um tempo. Estão surtando com o fato de que um cara tentou invadir a casa deles e a gente precisou chamar a polícia. Estão surtando por descobrir que minha mãe e eu não somos quem eles achavam que éramos. Estão surtando, ponto-final.

– Precisamos pensar na nossa filha – diz a sra. Li. – Scarlet, quero que saiba que adoramos você, mas estar perto da Taylor agora a coloca em perigo, e não podemos permitir isso. – Ela olha para minha mãe. – Eu sinto muito.

– Isso não é justo! – exclama Taylor.

Intervenho.

– Ela tá certa. Não quero colocar você em risco também. Eu nunca ia me perdoar se você se machucasse.

– Não vou parar de ser sua amiga – declara ela, enfática. – Não tô nem aí com o que vai acontecer. Se precisar de mim, pode contar comigo.

Ela vai me fazer chorar.

– Eu sei.

Vamos embora logo depois disso. Nem minha mãe nem eu queremos incomodar mais, e, para ser sincera, preciso ir para algum outro lugar. Não consigo suportar os pais da minha melhor amiga olhando para nós com uma mistura de pena e preocupação, e parece que estou sempre à espera de outra pessoa tentando arrombar a porta. Mas ninguém faz isso.

Será que os Hernandez vão ser os próximos? É o que me pergunto. Será que os pais da Ashley vão me querer longe da filha deles também?

Minha mãe dirige até um hotel – um muito bom –, distante algumas cidades da nossa, e estaciona.

– A gente vai passar pelo menos esta noite aqui – diz ela, abrindo a porta. – Vamos nos acomodar e pedir comida. Você parece exausta.

Pego a bolsa e saio do carro.

– E nossas roupas?

Ela abre o porta-malas e me entrega uma bolsa de viagem cheia de itens que nunca vi na vida.

– Isso é uma bolsa de fuga?

Minha mãe concorda com a cabeça e pendura outra no ombro.

– Preparei duas na semana passada, só por garantia.

Ela parece uma espiã ou coisa do tipo. Quanto da nossa vida confortável se deve ao planejamento dela, a estar sempre preparada?

– Mãe, como…

– A gente conversa lá dentro. Vem.

Vou atrás dela e entramos pela porta automática. A garota na recepção olha para nós com um sorriso no rosto – não demonstra qualquer sinal de ter nos reconhecido, ainda bem. Minha mãe faz o check-in com um nome que nunca ouvi antes e entrega um cartão de crédito para a garota. Nem fico espantada – essa é uma amostra de quão ferrada anda a minha vida.

– Tenham uma ótima estadia – entoa a atendente, abrindo aquele sorriso retinho e brilhante pra mim também.

Consigo dar um sorrisinho em retribuição.

Subimos de elevador até o terceiro andar em silêncio. Minha mãe me guia até um quarto quase no fim do longo corredor, pressiona o cartão da chave contra a fechadura e abre a porta.

O cômodo está quente – talvez quente demais, mas é difícil saber quanto porque estou morrendo de frio. Tiramos os sapatos antes de continuar. É um quarto grande, com duas camas e um banheiro enorme.

– Este lugar deve servir enquanto a gente resolve tudo isso – anuncia ela. – Nada de escola amanhã.

– Por que não? – Não que eu esteja achando ruim.

– Você disse à polícia que viu o carro daquele repórter parado no estacionamento da escola quando estava indo embora. Estou achando que alguém de lá contou onde ele podia encontrar você. E isso não parece coisa de um professor ou funcionário.

Sinto o coração apertar. Espero que não tenha sido a Sofie. Ela não pode me odiar tanto assim, pode? Todo mundo no refeitório me viu indo embora com a Taylor. Pode ter sido qualquer pessoa que sabe onde ela ou eu moramos. Mesmo assim, pensar que alguém possa ter dado essa informação a um estranho... Estremeço. Nenhum amigo faria isso.

– Ele te machucou? – pergunta ela.

Nego com a cabeça, mas não estou cem por cento certa.

– Ele só me fez morrer de medo.

Ela me abraça, o bolo de tecido pesado de nossos casacos de inverno espremido entre nós.

– Ele quer te deixar abalada.

Se é assim que as pessoas reagem mais de quinze anos depois dos assassinatos, como reagiram na época? Com o que minha mãe precisou lidar? E por que raios preciso lidar com isso agora?

Desfaço o abraço.

– Não sei como me sentir. – Jogando as bolsas no sofá, me viro para não ter que olhar para ela. – Tô brava, assustada e confusa.

– Eu sei disso.

Eu me forço a olhá-la nos olhos.

– Tô brava com você.

162

Há uma mudança em sua expressão – suficiente para saber que está magoada.

– Também sei disso.

– Não sei o porquê. Sei que você passou por coisas piores que isso. Sei que deve ter sido horrível, mas minha vontade é culpar você por tudo.

– Você pode, se quiser.

– Não fala isso! Me fala pra colocar a culpa nele! É ele quem eu deveria culpar, não você!

– Sim, mas não enganei Lake como ele me enganou, e acho que é isso que mais chateia você. Depois de anos tratando você como se eu soubesse o que é melhor pra minha filha, você descobriu que sou tão inocente e ingênua quanto qualquer outra pessoa. Talvez até mais. Deve dar raiva mesmo.

Agora estou brava com ela por me entender melhor do que eu mesma, mas não digo nada – por mais brava que esteja, tem algo muito mais forte abrindo caminho até a superfície. É algo com que nunca fui muito boa em lidar.

– Eu tô com medo – admito, sentando na ponta da cama mais próxima. – Com muito medo.

– Você precisa de um dos seus comprimidos?

– Não. – Não quero tomar remédio. – Quero voltar pra semana passada e não concordar em encontrar com ele.

Minha mãe abre um sorriso fraco.

– Você não faria isso. É uma pessoa boa demais.

Acho que ela talvez esteja errada, mas também não digo isso. Só fico ali sentada, largada, enquanto ela liga a TV. O noticiário local acabou de começar.

– Sério? – pergunto.

– A gente precisa saber o que vai encarar. – Ela coloca o controle remoto na cômoda e fica parada no meio do quarto acarpetado, com as mãos no quadril e a atenção fixa na tela.

Depois de apenas alguns minutos, uma filmagem da nossa casa aparece. Taylor e eu surgimos, dois pontos brilhantes e coloridos contrastando com a neve e o asfalto cinza.

– Olha ela ali! – exclama alguém fora do enquadramento.

É esquisito me ver desse ângulo, sentir a excitação das pessoas quando me veem. Eu me vejo virar e correr e acompanho a comoção da minha própria perseguição quando o câmera também dispara. É como estar jogando um videogame.

Minha mãe me abraça de novo.

Eu me vejo saltar dentro do carro de Ash como se a cena tivesse acontecido com outra pessoa. Quem está filmando consegue capturar um lampejo de mim esparramada no banco de trás – uma ótima captura do medo no meu rosto quando tentam abrir a porta.

Partimos, seguidas de grunhidos de decepção.

– Abutres – diz minha mãe, a voz sombria e amarga.

Ash estava certa em nos deixar e ir embora. Filmaram com clareza a placa do carro. Meu Deus, espero que ninguém tenha ido até a casa dela.

– Liguei pros pais da Ashley hoje de manhã – diz minha mãe, como se estivesse lendo a minha mente. – Pedi desculpas por ter envolvido a família deles nisso. Espero que não falem nada. – Ela esfrega a testa.

– O que o agente Logan falou sobre isso?

– Nos mandou ficar fora do radar. Vai ver se consegue uma proteção policial pra nossa casa, assim a gente pode se entocar no nosso próprio espaço. A polícia de Darlington encontrou restos mortais onde Jeff disse que o corpo estaria. Estão fazendo os testes pra ver se são da menina dos Gordon.

– Precisa ser.

Ela passa a mão na testa.

– Quando penso quantas mais pode haver… – Ela alonga os braços. – O Andy quer que a gente volte pra Raleigh.

Claro que quer. O nome deu resultado. Agora ele quer mais. Sinto só um pouco de amargor. Se eu fosse o agente Logan, eu também iria me querer de volta.

– Será que não vai ser pior lá?

– Talvez. Talvez não, mas lá ele vai conseguir controlar melhor as coisas. Acho que ele sente que precisa proteger a gente.

– E precisa. Não íamos precisar lidar com tudo isso se não fosse por ele. Ela olha para mim.

– Não. Estamos aqui por causa do Jeff. Nunca esqueça isso. Todas as outras pessoas só estão tentando limpar a bagunça que ele fez.

– Você não tentou. – Minhas palavras saem mais agressivas do que eu planejava, mas não tenho como voltar atrás.

Ela vira o corpo todo na minha direção, a postura rígida.

– Contratei uma pessoa pra escavar nosso quintal e ver se havia mais corpos lá. Dei pra polícia o nome e o endereço de cada um dos lugares onde a gente já tinha passado férias. Entreguei todos os presentes que ele tinha me dado, por mais pessoais que fossem. Contei pra eles detalhes íntimos da minha vida sexual, Scarlet.

Desvio o olhar. A vergonha queima na minha garganta.

– Fui quem mais tentou reparar o que Jeff, meu marido e seu pai, fez. Se eu pudesse entregar minha vida em troca da de uma daquelas garotas, teria feito isso de bom grado.

– Mas não tem como.

– Não, então dei a minha vida pra você.

As palavras dela me atingem como um tapa, dissipando minha vergonha. Eu me levanto.

– E você quer que eu agradeça? Você nunca me deixou fazer nada. Me constrangeu na frente dos meus amigos e os assustou porque é paranoica. Você nunca me deixou tomar minhas próprias decisões. Nunca tive um namorado de verdade porque você espantou todos eles! As pessoas me acham uma esquisita, mãe.

– Eu estava tentando proteger você.

– Bom, e fez um péssimo trabalho!

Ficamos nos encarando, as palavras pairando entre nós. Quero retirar o que disse. Quero pedir desculpas. Não peço.

De repente minha mãe – minha rígida e aparentemente inabalável mãe – se dissolve em lágrimas. Não em trilhas silenciosas descendo pelo rosto, e sim em soluços enormes e engasgados que a fazem cair no chão. Ela puxa os joelhos até o peito e enterra o rosto neles, fazendo ruídos que nunca ouvi de nenhum outro humano.

É assim que uma pessoa em pedaços se parece. E é culpa *minha*. Se eu fosse uma pessoa melhor, talvez chorasse também. Mas só consigo ficar parada ali como uma idiota, olhando para ela. Ouvindo. Enfim, o som é o que me faz ajoelhar ao lado dela. Meu coração não suporta mais. – Mãe – sussurro. Ela não responde. – *Mãe*. – Envolvo o corpo dela com os braços, puxando-a para o meu ombro. – Tá tudo bem, mãe. Tá tudo bem. Só... Só respira.

Só para, por favor. Não sei quanto mais disso consigo ver antes de desabar. E a gente não pode desabar ao mesmo tempo. Quem vai recolher os pedaços?

Meu toque parece melhorar as coisas. A rigidez deixa seus músculos, e ela se apoia em mim. Talvez abraçá-la com mais força ajude.

– Tá tudo bem – repito num sussurro, caso ela não tenha me escutado da primeira vez. – Você não fez um péssimo trabalho. Eu é que sou péssima. Desculpa.

Os braços dela envolvem minha cintura, com tanta força que mal consigo respirar, mas não ligo. Tudo o que importa é o laço que nos mantém juntas – e esse laço é tênue, na melhor das hipóteses.

CAPÍTULO 14

Tenho dificuldade de me acalmar, mais tarde naquela noite. Minha mãe ficou um tempão na banheira depois do surto e pediu serviço de quarto. Vinho para ela. Sobremesa para nós duas. Depois, fomos para a cama e assistimos a um filme. Não falamos muito, mas não precisamos. Eu já tinha pedido perdão, e havíamos conversado. Não tinha mais nada a dizer, e, depois de falar tanto com a polícia mais cedo, foi agradável ficar quietinha.

Minha mãe caiu no sono antes do fim do filme. Chorar tanto deve tê-la exaurido. Eu devia estar cansada também, mas não estou. Quando os créditos começam a subir pela tela, pego o celular. Tem um monte de mensagens não visualizadas, de texto e áudio. Ignoro tudo.

> Eu
> tá aí?

Conto silenciosamente na cabeça. Se ele não me responder em um minuto, vou para a cama. Vou tomar um comprimido para dormir se for preciso.

Luke
To sim. Como vc ta? Pergunta idiota?

Eu
hahaha eu... não faço ideia de como to. É surreal.

Luke
Não consigo nem imaginar.
Ah meu pai passou o dia no telefone
tentando ver o que pode fazer
pra ajudar

Eu
Sim, acho que minha mãe falou com ele

Luke
Tem algo que eu possa fazer?

Eu
Posso te ligar?

Ele demora um pouco para responder.

Luke
Sim. Me dá 2 min

Sou tomada pelo alívio. Em vez de dois minutos, espero três. Deixo a TV ligada, saio da cama e vou até o banheiro. Tem uma luz fraquinha vindo de algum ponto acima da pia, então fecho a porta e sento no chão, ao lado da banheira. Digito o número dele.

– Oi – diz ele, atendendo no primeiro toque.

– Desculpa ligar a essa hora – digo, falando baixinho.

– Tudo bem. Eu estava lendo umas coisas da facul. Vim aqui para o quintal pra não acordar ninguém.

– Valeu por me deixar ligar. Não é todo mundo que ia querer conversar com uma estranha meio surtada.

– Você não é uma estranha. A gente é amigo de infância, lembra? Há dez anos já.

Sorrio com o tom engraçadinho dele.

– Verdade. A gente sabe os segredos um do outro. – Me ocorre que ele provavelmente soube da verdade sobre mim antes que eu descobrisse. Que esquisito.

– E aparentemente você é minha nova namorada, então tenho que estar aqui sempre que você precisar.

Mesmo sabendo que é uma brincadeira, sinto um friozinho na barriga quando ele diz isso.

– Verdade. Então não preciso agradecer, você não tá fazendo mais que a sua obrigação.

– E aí… Dia difícil?

– Nossa. As pessoas olham pra mim como se eu fosse uma assassina. Uma das minhas melhores amigas resolveu virar uma escrota do nada. A outra não para de fazer perguntas. O cara que achei que gostava de mim nem falou comigo, e uns jornalistas foram me esperar na frente da minha casa. Depois perseguiram minha amiga e eu.

– Eu vi na internet. Sua amiga devia ter vergonha. E quanto a esse cara… Bom, quem tá perdendo é ele.

– Diz o cara que *gosta* de meninas dramáticas.

Luke ri.

– Foi a Darcy que disse isso, não eu. Olha, pode soar banal, mas vai ficar tudo bem. A imprensa vai largar do seu pé depois de um tempo.

– Acho que essa é a questão. Depois de um tempo. Mas durante esse tempo minha vida vai ser a merda de um circo.

– Sinto muito.

Meus olhos lacrimejam. Acredito nele. Ele não ofereceu soluções ou conselhos. Tudo o que disse foi que sente muito, e eu não tinha percebido como precisava de simpatia pura e simples, sem nenhum "mas" associado.

– Valeu. O que você tava lendo pra facul?

– Um artigo sobre Hamurabi e as leis da Babilônia antiga.

– Quem?

Ouço um sorriso na voz dele.

– Quer que eu fale sobre isso? Provavelmente vai fazer você dormir.

Dou uma risadinha.

– Ótimo. Fala sobre isso, então.

E ele fala. Mais do que eu jamais teria desejado saber sobre Hamurabi e seu código, mas pelo menos agora sei de onde o "olho por olho, dente por dente" vem.

A voz de Luke – especialmente com seu leve sotaque – me embala até eu alcançar um estado de relaxamento que só consegui com comprimidos ou maconha. Chego a bocejar enquanto ele está falando.

– Já é quase uma da manhã – diz ele. – Acho que você devia ir pra cama.

– Você também – acrescento. – Valeu por isso. Foi muito bom.

– Quando precisar, é só avisar. Boa noite, Scarlet.

– Boa noite.

Desligo com outro bocejo e fico de pé. No quarto, minha mãe está roncando baixinho. Desligo a TV e vou para a cama. Achei que demoraria para cair no sono, mas a voz de Luke se infiltra nos meus pensamentos, me puxando para o sono.

O cheiro de pão e café é o que me acorda na manhã seguinte. Já passa das nove; minha mãe está de pé e mandou trazerem serviço de quarto.

– Pedi rabanada pra você – diz ela. – E umas frutas.

– E bacon? – pergunto, jogando a coberta para o lado. – Quero comer tudo.

Ela dá uma risadinha.

– Ah, meu bem. Eu pedi tudo pra gente. Vamos comer pra aliviar o estresse.

É o que fazemos. E que delícia! Ela realmente pediu um pouco de tudo. Cubro a rabanada com manteiga e xarope de bordo, depois coloco um pouco de linguiça e bacon no prato. Como melão, uva e morango. Também tem batata suíça e pãezinhos. Pelo menos ela só pediu uma porção de cada coisa. Não comemos tudo, mas quase.

– Nossa, estou cheia – diz ela.

– Você tá precisando ganhar um pouco de peso mesmo – digo. – Sinto que não tá comendo direito com tudo isso acontecendo.

Ela ergue uma das sobrancelhas, mas não discute.

– Recebi uma mensagem do Logan. Ele conseguiu proteção policial pra nossa casa.

– Ele ainda quer que a gente volte lá, para aquele lugar?

Minha mãe confirma com a cabeça.

– Mas eu disse pra ele que vai depender.

– De quê?

– De você querer ir ou não.

Ergo uma das sobrancelhas.

– Não tenho escolha.

– Tem, tem, sim. Só que você não quer fazer essa escolha porque é uma pessoa boa demais.

Solto uma risada sarcástica.

– Não tão boa assim. Preferia estar em praticamente qualquer outro lugar do mundo em vez de aqui, agora. Até em Raleigh. – Suspiro, e fico brincando com a folhinha de um dos morangos. – O que você acha que o Lake quer que a gente faça?

– Imagino que queira ver a gente morrendo de medo e sob assédio.

– Ele vai amar aquela filmagem de mim me escondendo no carro da Ash.

– Não acho que ele vai ver a gravação. Não pode assistir ao noticiário.

– Mas a esposa dele vai. E ele tem acesso a ela.

Minha mãe suspira.

– Isso é verdade. Ele provavelmente vai forçar você a voltar. Ele gosta de estar no controle.

Deixo a ideia se revirar um pouco no cérebro.

– Então, se a gente for antes de ele pedir… mas não tão cedo assim… ele não estaria esperando, certo?

– Não faço ideia do que ele espera ou não, querida. Pra ser bem sincera, nunca soube.

– É, acho que isso é meio impossível. – Minha vez de suspirar. – Resolvi que vou pra escola amanhã.

– Tem certeza de que é uma boa ideia?

– Não, mas esse é um dos band-aids que precisam ser arrancados, como diria o agente Logan.

Isso a faz sorrir.

– Então... Ir pra Raleigh seriam umas miniférias pra você... Da escola, pelo menos. É uma razão válida pra ir.

– Faz sentido. – Meus lábios se curvam para cima. Eu não tinha pensado nisso. É um jeito de fugir da escola sem parecer covarde!

– Vou ligar para o senhor Schott hoje e pedir uma reunião com ele e seus professores – decide ela. – A gente pode pedir para passarem as atividades principais, assim você não atrasa o conteúdo.

Tento não deixar a decepção ficar nítida no rosto. Claro que ela ia querer que eu continuasse estudando mesmo não estando aqui. Que saco.

– Você quer voltar, não quer? – pergunto, percebendo o tom de esperança em sua voz. – Pra Raleigh.

– Sim – admite ela sem hesitação. – Minha família está lá, e, mesmo sabendo que tudo isso vai ser difícil pra eles, quero ver todo mundo de novo. Quero o apoio deles. Já fugi antes, achando que estava protegendo quem eu amo, mas não fez diferença. Quero meus amigos, minha família. Não quero mais que o Jeff tenha controle da minha vida.

– E você quer estar lá quando ele morrer.

Ela parece surpresa ao ver que pensei nisso – ou talvez que disse isso em voz alta.

– Sim, quero estar lá quando ele enfim me libertar.

– Eu também – admito, embora tenha acabado de descobrir isso.

– E também quero arrancar aqueles nomes dele, se puder.

– Ele vai fazer você se esforçar por isso. Não vai ser fácil.

Dou de ombros, me sentindo corajosa, agora que o choque de ontem passou.

– É meio que meu legado, né? Você e eu podemos passar o resto da vida nos sentindo culpadas por algo que não fizemos... ou a gente pode lutar contra isso.

Ela estende a mão por cima do carrinho de café da manhã e aperta a minha.

– Quando você ficou tão esperta e crescida?

– Quando a vida deu um chute na minha bunda – respondo, abrindo um meio sorriso. – É incrível o que descobrir que o pai é um psicopata faz com a perspectiva de alguém.

Isso a faz rir – nós duas rimos, na verdade. Quando a ficha cai, porém, ela fixa o olhar no meu.

– Tá, então vamos voltar pra onde tudo começou e botar um ponto-final nisso, independentemente do que acontecer. Chega de fugir. Chega de se esconder.

Concordo com a cabeça.

– A próxima vez que eu vir jornalistas, vou falar com eles. E você também. Não quero que o Jeff escute que a gente tá fugindo. Tenho mais vergonha disso do que de ser filha dele.

– Chega de fugir – sussurra ela. – Estou tão orgulhosa de você...

– Claro que tá – disparo. – Eu sou maravilhosa mesmo.

E uma bela de uma convencida, mas e daí? Se eu repetir isso para mim mesma várias vezes, talvez acredite. É um simples caso de fingir até parecer verdade. Então, até parecer verdade, vou precisar fingir bravamente e ter a impressão de que sei o que estou fazendo. Posso não ter controle algum sobre a situação que me trouxe até aqui, mas posso controlar o que vou fazer em seguida. Não posso mudar o fato de que Jeff Lake é o meu pai. Não posso escolher ser ou não a filha dele.

Mas posso escolher não ser sua marionete.

Pessoas viram assassinos em série ou já nascem assim?

*por Ashley Hernandez, para o teste de colocação na
faculdade de Psicologia entregue à sra. Zenelli*

Desde que a humanidade tomou consciência sobre si, há uma preocupação crescente sobre o embate entre Natureza e Criação. Nos anos 1800, havia pessoas que acreditavam que era possível determinar a propensão de alguém à criminalidade mapeando as irregularidades e a estrutura de seu crânio, uma prática conhecida como frenologia.

Hoje sabemos que a frenologia não é uma ciência de verdade, mas persistem o interesse e a intenção de aprender o que faz algumas pessoas tenderem mais ao mal do que outras. Durante a Era Vitoriana, que nos deu Jack, o Estripador, Lizzie Borden e H. H. Holmes, tanto o mundo da medicina quanto as autoridades descobriram novas formas de determinar a propensão de alguém a cometer crimes violentos. Algumas dessas descobertas foram resultado de lobotomias malsucedidas. Walter Freeman, defensor do procedimento, chamava isso de "erros infelizes" (1). Esses estragos acidentais no cérebro lhe permitiam testemunhar os resultados subsequentes, como danos ao lobo frontal que transformam um homem antes tranquilo em uma pessoa violenta.

Hoje sabemos que muitos assassinos em série têm matéria cinzenta reduzida no sistema límbico do cérebro – a parte que controla respostas emocionais. Assim como no caso de dano ao órgão, essa redução pode resultar em falta de empatia, o que apoia a teoria de que psicopatas são simplesmente incapazes de sentir algo pelas vítimas e também têm uma tendência maior a comportamentos impulsivos.

Esse é o aspecto relacionado à parte da natureza na equação; com assassinos em série, porém, não é sempre uma questão de ter "nascido assim". Esses assassinos são um fenômeno amplamente associado aos Estados Unidos, o que suscita a questão: o que, como país, estamos fazendo de errado? Perto de 70% dos assassinos em série são estadunidenses, e uma porcentagem quase tão grande deles sofreu algum tipo de abuso na infância. Isso faz com que muitos pesquisados concluam que, de fato, há um aspecto *adquirido* na formação de um assassino em série.

A tendência à violência e à falta de empatia pode ser revertida? Obviamente, não é todo mundo com transtorno de personalidade antissocial nem todas as pessoas que já foram abusadas que saem por aí cometendo assassinatos – o que causa tal ponto de virada, então? E, se formos capazes de detectar esse elemento, será que algum dia seremos capazes de tratar essa questão?

Neste artigo, vou usar dois assassinos dos Estados Unidos como exemplos para testar minhas teorias. É claro que, sem objetos de estudo reais, toda a discussão será subjetiva. A primeira assassina é Aileen Wuornos, conhecida como uma das poucas assassinas em série mulheres de que se tem notícia. O segundo é Jeffrey Robert Lake, um dos mais prolíficos assassinos em série do país, e que ainda está vivo. [...]

Neal
Quer dizer que você não tava com outro cara fds passado? Vc tava visitando seu pai na cadeia?

Eu
Isso. Quem te falou que eu tava com outro cara?

Neal
A Sofie.

Eu
E você acreditou nela?

Neal
Não achei que ela ia mentir.

Eu
Bom, agora vc sabe.

Jogo o telefone na cama e continuo fazendo minhas malas. Se Neal é burro assim, é melhor mesmo que o lance entre a gente não tenha dado certo. De qualquer forma, tenho coisas mais importantes com que me preocupar. Engraçado como, depois de meses querendo que ele prestasse atenção em mim, é fácil me desapegar.

A gente não era um casal, nunca achei isso, mas, quando realmente precisei de apoio, Luke veio antes de Neal perguntar como eu estava. Neal não está a fim de mim, e, agora que tenho uma noção melhor de quem ele é, também não estou mais a fim dele.

Nem me dou ao trabalho de dizer que estou indo embora. Não posso correr o risco de alguém contar tudo para os jornalistas de novo.

Minha mãe e eu passamos a última noite no hotel e voltamos para nossa casa, agora protegida por policiais. A imprensa ainda está lá, mas em menor número, e conseguimos passar por ela sem problemas. A presença da polícia facilitou as coisas. Eles evitaram que os repórteres chegassem muito perto até entrarmos.

O agente Logan agiu rápido depois que minha mãe o avisou que queríamos voltar à Carolina do Norte. Ele disse que já tinha uma casa – protegida – onde poderíamos ficar. Ele e minha mãe decidiram que provavelmente seria mais seguro ir de carro, evitando interações e a possibilidade de sermos vistas nos aeroportos.

E realmente não sei se gostaria de me ver presa num avião com alguém que descobrisse quem somos.

Coloco meu suéter mais largo na mala, recém-lavado, e a calça jeans que mais uso. Não sabemos quanto tempo vamos ficar por lá, mas vai ser pelo menos por algumas semanas – então quero levar as coisas mais importantes.

Olho para o celular de novo enquanto dobro uma calça legging. Ainda não acredito que Neal deu ouvidos à Sofie. Ou... talvez eu acredite. Sofie sabe como contar histórias de forma convincente, e a maioria dos caras nem percebe que está sendo enganada.

E, pelo jeito, a maioria das garotas também, porque eu realmente achava que Sof era minha amiga. Não fosse toda a merda que está acontecendo, eu estaria muito machucada com isso. Mas no momento só consigo ficar puta. Será que ela contou para aquele jornalista onde me encontrar? Não quero pensar que ela agiria de forma tão odiosa por causa de um cara. Não vale a pena arruinar uma amizade por causa dele, mas talvez ela ache que valha. Com um suspiro, espanto os pensamentos.

Confiro a bolsa onde está a câmera para me certificar de que todo o equipamento está lá. Não tenho tanta coisa, mas é tudo de que preciso agora. Estou guardando dinheiro para comprar materiais melhores quando for para a faculdade. Andei fazendo alguns curtas com Ashley, Taylor e Sof, mas a maior parte do meu trabalho é documental. Escrever roteiro não é muito minha praia, e minhas amigas não são as melhores atrizes do mundo – a gente acabava caindo no riso. Depois que confirmo que peguei tudo de que preciso, afundo na manta quente e fofinha e deixo o sono me levar.

Meu alarme toca à meia-noite. Minha mãe já está de pé e passou café para a viagem. Levo as malas até a garagem e coloco quase tudo no Subaru. As bolsas com a minha câmera e o meu laptop vão no banco de trás. Enquanto isso, minha mãe monta sanduíches e joga fora as coisas que estragariam na geladeira. Acho que vamos ficar longe por um tempinho.

– Tá pronta? – pergunta ela depois de encher nossas garrafas térmicas e lavar o bule.

Fecho o zíper das minhas botas preferidas – são estilo motociclista, com tiras e fivelas. Também são de um tom vibrante de vinho que combina com a cor do meu cabelo tingido. Não as uso no inverno porque não quero que o sal jogado nas calçadas pra derreter a neve as estrague, mas geralmente esse não é um problema na Carolina do Norte. Às vezes os humilhados são exaltados.

– Vamos nessa – respondo. – Você ligou para o trabalho pra avisar que não vai, né?

Ela suspira.

– Depois do circo de ontem, eles vão achar ótimo eu passar um tempinho fora.

Aparentemente, alguns jornalistas – e até alguns clientes – foram até a farmácia para perguntar sobre o Lake. Mas ela não me contou.

Acabei meio que ouvindo enquanto ela conversava sobre isso com o agente Logan pelo telefone. Não teve ninguém muito agressivo, ainda bem, mas os chefes dela ficaram um pouco incomodados com a situação. Foi um inconveniente para todos.

– As coisas não vão ser piores com a gente em Raleigh? – pergunto, provavelmente tarde demais. Tudo já está planejado. – Digo, já perseguiram a gente antes.

– Iam fazer isso aqui também – responde ela, me entregando uma caneca. – E em Raleigh a gente tem apoio. Aqui? Não temos ninguém.

Dói, mas é verdade. Não tenho nem Taylor mais, não como tinha antes, ao menos. Talvez tenha Ash, mas não vejo como ela ia se conter para não me fazer perguntas.

– Talvez Darcy e Luke se compadeçam de mim e me deixem andar com eles. – Demoro alguns segundos para perceber que disse isso em voz alta.

Minha mãe pigarreia.

– Queria falar com você sobre uma coisa.

Merda.

– O quê?

– Sua tia Catrina entrou em contato com o Andy. Ela quer nos ver.

Pisco. Meu cérebro ainda está tentando acordar.

– Minha tia?

Ela assente.

– A irmã do Jeff.

– Ah. – Deixo a mente absorver a informação. Tento lembrar quem a interpretou no filme, mas o nome da atriz não me vem. – A gente precisa falar com ela?

– Eu sempre gostei da Cat. Ela desistiu do seu pai antes de mim. Não falo com ela há anos, mas queria encontrá-la.

– Então você não acha que ela quer espionar a gente ou coisa do gênero?

Minha mãe solta uma risadinha.

– Acho difícil. Ela tem uma filha da sua idade. Talvez vocês duas se deem bem.

E é assim que é ter a própria mãe sentindo pena de você. *Ei, talvez a família do seu pai assassino te aceite, já que todo mundo te rejeitou.* Sei que não é isso que ela está falando, mas... é o que ela está falando.

– A gente pode falar sobre isso durante a viagem – desvio do assunto. – Vamos?

É uma jornada de dez horas, sem contar o trânsito e eventuais paradas. Ela quer dirigir o percurso todo e sob nenhuma hipótese vai me deixar pegar no volante. Vamos ter que parar algumas vezes para ir ao banheiro e esticar as pernas. Vai demorar mais ainda se ela ficar cansada e precisar tirar um cochilo ou comer algo. A gente ainda tem pelo menos algumas horas de vantagem em relação à imprensa, mas, quanto menos pararmos durante o dia, melhores são as chances de não sermos vistas.

Saímos da garagem às quinze para a uma da manhã. Nossa rua está escura e em completo silêncio. Os policiais devem ter espantado os repórteres que sobraram algumas horas atrás. Nossa vizinhança é bem intolerante com incômodo e barulho.

Minha mãe para um pouco e abaixa o vidro quando um dos policiais à paisana se aproxima.

– Passei um pente fino na área – informa ele. – Sem sinal de intrusos, mas este é o meu cartão, só por desencargo de consciência. Me liga se achar que estão sendo seguidas.

Minha mãe agradece e sai para a rua escura. É estranho estar fora de casa tão tarde num dia de semana – e com a minha mãe. Fico conferindo o retrovisor obsessivamente a cada poucos minutos até cruzarmos a fronteira do estado de Nova York. Só então eu relaxo, como se jornalistas não tivessem permissão de transitar de um estado para o outro ou coisa do gênero.

Minha mãe encontra uma estação de rádio que está tocando várias coisas da década de noventa. É o único tipo de música que gostamos em comum.

Em determinada altura de New Jersey a gente faz uma parada para o xixi. Minha mãe sai da loja de conveniência com uma sacola cheia de porcarias para comer e me entrega um pacote de alcaçuz vermelho.

– Abre isso pra mim, por favor?

Ergo uma das sobrancelhas.

– Tá precisando de um açúcar?

– Comida de viagem, ué – diz ela com um sorriso. – Pode pegar.

Comemos o alcaçuz e salgadinhos e bebo Dr Pepper Diet até achar que vou vomitar. Minha mãe não parece nem um pouco incomodada, pelo menos. Na verdade, está se comportando como nunca antes. Não está assustadiça, só ligada no 220V e alerta. Essa bagunça a libertou, e estou vendo como minha mãe é de verdade pela primeira vez.

Caio no sono assim que passamos por Baltimore. Não consigo evitar. Acordo quando paramos para ir ao banheiro de novo – não faço ideia de onde estamos. Nem pergunto. Volto a dormir no instante em que voltamos para o carro, e não acordo até minha mãe me cutucar.

Abro os olhos. Estamos num estacionamento, e o dia está brilhante e ensolarado. Ainda é de manhã, pouco depois do amanhecer.

– Onde a gente tá?

– Na Virgínia. – Ela pega a bolsa. – Estou com fome. Vamos tomar café da manhã.

Saio meio cambaleando do carro, os olhos embaçados e a bexiga cheia.

– Waffle House?

Ela abre um sorriso.

– Não como numa dessas faz anos.

– E se alguém vir a gente?

– Ninguém vai prestar atenção em nós aqui. Vem logo.

Noto aquele sotaque – o que raramente se mostra em Connecticut, mas que parece se destacar sempre que passamos para o sul de Maryland.

Ela está certa. Ninguém presta atenção em nós enquanto comemos.

– Você vai entrar em coma diabético – aviso quando ela inunda o waffle de xarope.

– Xiu. – É como se ela estivesse tentando compensar refeições que pulou ou algo assim.

Quando voltamos ao carro, pego a câmera e filmo parte do cenário conforme vamos chegando perto da Carolina do Norte. Também filmo minha mãe, cantando junto com o rádio – rindo, meio tímida, quando erra a letra de uma música da Courtney Love.

– Como você era antes de se encontrar com ele? – pergunto, ainda filmando.

A expressão dela fica séria.

– Divertida... acho. Esperançosa. Eu era uma daquelas jovens que gostam de enxergar o melhor nas pessoas. A imprensa me chamava de ingênua.

– E seus amigos chamavam você de quê?

– Doce, acho. Alegre. Isso quando eu tinha amigos. A maioria sumiu quando o julgamento começou. – Pela expressão dela, está pensando em mim e nas minhas amigas agora.

– Ninguém ficou do seu lado?

– Uma ficou. Minha amiga Kim. Ela ia para o tribunal comigo, olhava você quando eu precisava. Às vezes só vinha e ficava cuidando de mim.

– Quero conhecer a Kim – anuncio. – E quero conhecer minha tia também. Quero conhecer todo mundo que convivia com você naquela época.

Ela sorri.

– Está bem.

Sinto vontade de dizer que vou estar sempre do lado dela. Que não vou abandoná-la, independentemente do que aconteça, mas não digo. Ela vai chorar, eu vou chorar, e a gente não quer isso. Então apenas ofereço um pedaço de alcaçuz para ela e pego um para mim.

– Ué, eu não ia entrar em coma diabético? – provoca ela.

Dou de ombros.

– Vamos juntas.

Algo lampeja no olhar da minha mãe. Algo gostoso e cálido. Ela sabe que não estou falando sobre açúcar ou diabetes.

– Juntas – repete ela.

CAPÍTULO 15

—Você voltou. – É o que Lake diz quando vou vê-lo de novo.

Fico grata por minha mãe me ter feito aguardar alguns dias antes da próxima visita. Além de forçar Lake a esperar, tive tempo de me ajeitar na nossa casa temporária e ficar confortável com o fato de estar na Carolina do Norte.

A casa é protegida pelo FBI, então é cheia de medidas de segurança. Eu me sinto protegida lá, e, embora não seja meu lar, é bem confortável. Minha mãe foi até o shopping e comprou lençóis novos, o que dá a sensação de termos algo nosso, além de algumas toalhas. O agente Logan e a esposa fizeram questão de encher a geladeira e a despensa antes da nossa chegada. Coloquei minhas roupas no armário e na cômoda do quarto. Também colei alguns pôsteres e fotos nas paredes. Eu me sinto mais estabilizada do que da primeira vez.

Apoio as costas no encosto da cadeira colocada ao lado da cama do hospital.

— Era isso que você queria, não era? Você exigiu. Na verdade, armou isso. Ou sua esposa armou.

Ele estreita os olhos. Igualzinho a quando o vi da última vez, mas não se passou nem uma semana.

182

– Não sei bem se gosto do seu tom de voz.

– E eu não gosto de ser assediada pela imprensa, então acho que é melhor nós dois nos acostumarmos com a decepção, não é?

– Acho justo. – Ele não pede desculpas, e não espero uma. – As fotos que minha querida Everly tirou de você não te favorecem?

– Ficaram uma merda, mas essa não é a questão, né? Você curtiu ver minha mãe e eu em maus lençóis? – Sorrio. – Ajudou a doer menos quando você se olha no espelho?

– Ai. – Ele faz uma careta zombeteira de dor. – Ora, ora, realmente existe bem mais do que apenas um pouquinho do Lake em você. Sinto muito que você tenha saído disso com o ego ferido, filhinha, mas homens ficam desesperados quando estão pra morrer. Aliás, mulheres também podem ficar bem carentes quando estão pra morrer.

Não consigo reprimir um calafrio. Ele dá uma risadinha.

– Ah, estou só brincando com você. – Ele ajeita as cobertas. – Pra falar a verdade, estou feliz de te ver. Parece que tenho mais sentimentos de pai por você do que achei que teria. Fiquei meio surpreso de perceber isso.

Certo, toda a minha pesquisa indica que ele não é capaz de sentir esse tipo de coisa – então ou está mentindo, ou relaciona sentimentos de posse a alguma emoção carinhosa.

– Não posso dizer a mesma coisa – confesso.

– Não. Até imagino o que sua mãe te contou a meu respeito.

– Minha mãe nunca me contou merda nenhuma sobre você. Nada de nada. Mas a imprensa, por outro lado, já me contou mais do que o suficiente.

– Ela nunca falou de mim? Nunquinha? – pergunta ele. Quando balanço a cabeça, ele parece genuinamente ferido. – E o que você achou que tinha acontecido com o seu papai?

– Que ele tinha ido embora quando eu era bebê e que era melhor eu esquecê-lo.

Ele inclina a cabeça.

– Bom, acho que não é nada muito longe da verdade. Fui pra cadeia antes do seu aniversário de dois anos, e crescer com a minha… *fama* pairando acima de você não teria facilitado a vida de uma garotinha.

– Isso é eufemismo.

Um sorriso suave e quase afetuoso faz os lábios dele se curvarem.

– Bom, você está aqui agora. Não ligo se é só pra arrancar alguma informação de mim. Ver você é tipo ver o sol brilhar depois de uma noite longa demais.

Não compro o comentário, mas também não o questiono.

– Valeu. Sobre o que você quer falar hoje?

A expressão dele fica quase tímida.

– Você quer dizer sobre *quem*?

Dou de ombros.

– Você já deixou claro que só vai me contar os nomes quando estiver a fim. Eu tentar passar a carroça na frente dos bois não vai mudar isso, vai?

– Sua mãe costumava ter problemas de ansiedade quando era mais nova. Me conta, você tem também? É difícil lutar contra essas vozes assustadoras na sua cabeça, não é?

Como se para provar um ponto, sinto um peso familiar no peito, me deixando com a sensação de que não consigo respirar tão fundo quanto necessário.

– Sim – confesso. – Às vezes.

Espero zombaria. Aquele sorriso de deboche. Em vez disso, ele tomba a cabeça para o lado.

– Sei como é ter que lutar contra você mesmo. É como tentar agarrar um porco besuntado de sebo, como meu velho avô costumava dizer. Às vezes parece inútil. No meu caso, era mesmo.

Fico encarando Lake. Ele realmente está tentando comparar meus ataques de pânico com a compulsão dele por matar mulheres?

– Você tá dizendo que não conseguia se controlar?

– Cansei de lutar. As vozes ficaram fortes demais, e, quando cedi... – Ele abre um sorriso de autodepreciação. É de arrepiar. – Bom, você sabe o que aconteceu. Provavelmente entende isso melhor do que eu. Tentaram me explicar meu *transtorno de personalidade antissocial*. Não sou burro, nem de longe, mas podem me explicar o porquê de eu ser assim quanto quiserem que não vai mudar nada, vai? Ninguém consegue acabar com isso.

– Não.

– Então explica pra mim. Se você fosse contar pra alguém por que seu pai fez as coisas que fez, qual seria a resposta mais simples que poderia dar?

Ele quer que eu o chame de monstro, consigo sentir. Está desesperado por isso.

– Eu ia falar que seu cérebro é defeituoso – respondo.

Lake olha para mim como se eu o tivesse acertado com um soco. Antes que eu possa desfrutar da vitória, porém, ele começa a rir.

– Ah, meu Deus! Menina, você é mais perversa do que eu imaginava! Isso foi maldoso, garota! – Ele ainda está rindo.

Sinto uma onda gelada tomar meu corpo. Ele quer que eu seja como ele. Gosta quando sou cruel, especialmente quando o comportamento me vem naturalmente.

Ele enxuga as lágrimas dos olhos com as costas da mão longa e magra. A que não está algemada à cama. A que tem o acesso intravenoso.

– Achei que ia dizer que sou um monstro ou coisa assim... Alguma coisa que também soa maldosa, mas que não é nada para um cara como eu. Mas cérebro defeituoso? – Ele ri mais um pouco. – Bom, essa doeu, mesmo sendo verdade. Lobo frontal mal desenvolvido, e por aí vai. Eu não deveria ter nascido gente, deveria ter nascido outra coisa. Sabe o quê?

Nego com a cabeça. Não ouso falar nada, porque minha vontade é dizer que acho que ele não deveria ter nascido e ponto-final.

– Um gato de guarda. Um gato preto e branco, grandão e robusto. Pra comer o que quisesse. Foder com quem quisesse. Matar o que quisesse. Nunca deveria ter nascido humano. A humanidade não tem mais respeito por superpredadores.

Sinto a boca seca. É a forma descontraída com a qual ele fala tudo isso que me deixa mais perturbada.

– Então, pra você, matar é tipo aliviar uma comichão?

O humor dele some.

– Não acho que você prestou atenção, ou então não é tão inteligente quanto achei que fosse. É mais que comichão. É meu chamado. Minha *raison d'être*. Sabe o que isso significa?

– Sua razão de viver – respondo. – Eu faço aula de francês.

– Faz? Sempre quis ir pra Paris, mas nunca consegui. Sua mãe e eu estávamos planejando ir no nosso aniversário de dez anos de casamento. – Ele suspira, perdido em pensamentos por um momento. Quando volta a olhar para mim, sei que seu cérebro mudou de marcha. – Se eu nunca tivesse sido pego, acha que você ficaria triste de me ver morrer assim?

– Se você nunca tivesse sido pego, teria sido o tipo de pai que merece tristeza?

– Não sei. O Rader lá fez tudo certo, não fez?

– Quem?

– O Dennis Rader.

Balanço a cabeça.

– Ele era conhecido como BTK. Era como eu. Não foi capturado por um bom tempo. Sério, nunca ouviu falar?

– Não sabia que esse era o nome real dele.

Mas Ash saberia. Meu Deus, ela bem que podia estar aqui. Ela saberia o que perguntar.

– Então, ele tinha uma filha. Acho que era um bom pai pra ela.

– Contanto que ela não ficasse no caminho dele quando a comichão começava – comento, sem conseguir me conter.

– Isso. – Ele franze a testa. – Sua mãe provavelmente já teria se divorciado de mim a essa altura. Ou talvez alguma outra coisa teria feito com que eu fosse pego. Difícil saber. Pra ser bem honesto, nunca fui muito de pensar no dia seguinte. Meu estilo de vida nunca foi muito compatível com a longevidade.

– Estilo de vida? – repito. – Você vai mesmo enfiar assassinato e necrofilia no mesmo balaio de piercings e modificações corporais?

Lake suspira.

– Eu já estava me perguntando quando a gente ia chegar nisso. Francamente, achei que ia demorar mais. Não pensei que você teria coragem de levantar o assunto. Parece que um subestimou o outro.

Não falo nada. Eu me concentro em não desviar o olhar. Os olhos dele são brilhantes demais. É como se houvesse um holofote aceso atrás de cada um.

Ele vira as palmas da mão para cima, a corrente da algema que prende sua direita tilinta contra a estrutura da cama.

– O quê? Quer que eu explique de um jeito que você entenda? Como faço você entender que seu papai gosta de foder garotas mortas? Uma coisinha fofinha assim não é capaz de compreender isso.

Ele faz a afirmação soar como um elogio, mas não é. Não para ele. Acima de tudo, acho que o que ele realmente quer é que eu *tente* entendê-lo. Essa é a vitória dele. E também me fazer ficar chocada, chateada. Ele gosta disso.

– Você tá certo. Eu não entendo. Quer dizer, até sei que é sobre ter controle completo das vítimas, não precisar se preocupar com consentimento ou se elas vão lutar. O que não entendo é como você fazia coisas tão violentas e depois... – Eu me detenho. Não consigo nem terminar o pensamento.

– Se eu não tivesse a sua mãe, provavelmente teria comprado uma daquelas bonecas sexuais caras. Sabe do que eu estou falando? Aquelas que parecem de verdade? – pergunta ele. Afirmo com a cabeça. Eu me nego a deixar transparecer quanto estou perturbada por isso. – Talvez, se eu tivesse uma daquelas, poderia ter mantido minhas fantasias só pra mim. Mantido tudo no privado, e ninguém precisaria se machucar.

Ele dá de ombros. É o máximo de remorso que consegue expressar – um dar de ombros. Não me convence.

– Mas qual seria a diversão? – pergunto, amarga. Ele só inclina a cabeça, olhando para mim com interesse. Meu estômago se revira em reação. Engulo em seco. – Posso te fazer uma pergunta?

E mudar de assunto?

– Claro, lindinha. Faz anos que não falo tanto assim com outro ser humano. É com certeza a conversa mais honesta que tenho em muito tempo.

– Por que você quis que meu nome fosse Britney?

O rosto dele fica mais sombrio. Nem cogito a possibilidade de ser vergonha, porque duvido muito que seja. Talvez seja raiva pela menção a ela, ou talvez ele pense que eu já saiba a resposta. Ou talvez esteja um pouco empolgado, mas não vou entrar nessa.

– Está perguntando isso pra você mesma ou pra sua mamãe?

– Pra mim. Não acho que minha mãe ainda se importe com isso. Ela me deu outro nome e pronto.

Ele estala os lábios. Percebo que estão rachados. Deve ser difícil pra ele – um cara que sempre dependeu fortemente da aparência e do charme – estar assim. Detonado. Nojento. Como se os dentes fossem grandes demais para caber na boca.

– O que você quer, menina? A versão honesta ou a perfumada?

– Vamos com a honesta – sugiro.

– Talvez você se arrependa.

– Será só mais um arrependimento na nossa lista.

Ele dá uma risadinha.

– Justo. – Ele se ajeita no travesseiro, se acomodando antes de continuar: – Britney Mitchell foi a primeira garota que eu quis possuir. Foi antes de eu saber o que era, então no começo confundi isso com amor. Sabe, aquele fascínio quando você acha que alguém é especial? Geralmente é destruído quando você descobre o que ele realmente é.

Não consigo não pensar em Neal, mas fico quieta. Só concordo com a cabeça.

Lake solta uma risada pelo nariz.

– Ah, queridinha. Você está só começando na vida. Mas, enfim, a Britney foi a primeira garota por quem senti mais que desejo. Acho que eu a idolatrava. Claro, quanto mais ela me conhecia, mas percebia que eu também não era o que ela imaginava. Ela partiu meu coração. Tanto quanto ele pode ser partido.

– Aí você a matou por vingança?

O queixo dele se ergue de súbito, o olhar fixo no meu.

– Vingança? Nada tão prosaico. Não, fiz isso para guardá-la comigo. Para sempre. Essa é a teoria que os médicos criaram, ao menos… Também é a que me parece mais autêntica, pra ser bem sincero… coisa que é difícil às vezes. Será que você pode empurrar aquele copo d'água mais pra perto, querida?

Hesito por um instante, confusa. Água, certo. Empurro o copo de papel com um canudo do mesmo material na direção da borda da mesinha de cabeceira para que ele possa alcançar.

De repente, dedos longos e quase esqueléticos se fecham ao redor do meu pulso, me puxando para perto. Tento me desvencilhar, mas ele é forte – muito mais forte do que um homem frágil assim deveria ser. É como se tivesse juntado todas as forças para este momento.

Congelo como um coelho, o coração pulsando na garganta quando ele se apoia no cotovelo e aproxima o rosto do meu até ficarmos a centímetros de distância. Ele exala cheiro de pasta de dente e doença.

– Eu não vou machucar você. Só quero ter certeza de que está ouvindo – diz ele num tom estranhamente tranquilizador. Meu coração dói de tão forte que está batendo. – As pessoas vão dizer que eu quis que você se chamasse Britney para que fosse um tipo de troféu vivo. Que queria que você fosse uma lembrança do meu primeiro assassinato. E não vou negar que seja verdade, em parte. Mas o que precisa saber, acima de tudo, é que te dei o nome de Britney como um lembrete de quão especial aquela garota era pra mim. De como você era especial pra mim. Dar esse nome pra você foi uma mensagem pra escuridão dentro de mim, avisando que você estava segura, fora dos limites. Não quero nunca machucar você como machuquei a Britney. Você é meu troféu. E também minha penitência. Quão irônico é um homem como eu receber uma filha para criar? E vou falar uma coisa, querida. Se eu estivesse lá durante o seu crescimento, você saberia reconhecer um homem como eu de longe. Não teria crescido como uma presa.

Ele me solta. O sangue volta a fluir para os meus dedos, fazendo a pele formigar. Meu punho dói. Hesito apenas uma fração de segundo antes de me levantar da cadeira. Quero sair correndo.

Só presas fogem, sussurra uma voz na minha cabeça. Meu coração fica mais devagar – não muito, mas o suficiente. Lake me observa com interesse, esperando para ver o que faço. Esperando para me julgar.

Devagar, com as pernas trêmulas, me forço a voltar para a cadeira. De qualquer forma, não sei dizer se conseguiria chegar até a porta. Provavelmente cairia de cara no chão. Lake olha por cima do meu ombro. O agente Logan provavelmente está espiando. Esperando por um sinal para vir me resgatar. A sala tem escutas e câmeras, afinal de contas – tem gente ouvindo e vendo tudo o que fazemos e falamos.

– Minha mãe me ensinou a ter cautela – informo. Minha voz está aguda e esganiçada, mas forço as palavras a saírem. – Ela me ensinou a não ser uma vítima.

Ele bufa com desprezo.

– Não quero ser mal-educado, querida, mas sua mamãe é a última pessoa que deveria te aconselhar. Ela precisou descobrir que eu tinha dado o colar de uma menina morta pra ela pra enfim ver quem eu realmente era.

– Isso significa que ela queria acreditar em você. Não que era fraca.

– Ela viu o que queria ver. Você precisa ver o que eu *sou* de verdade.

Umedeço os lábios secos com a língua, áspera como uma lixa.

– O que eu vejo é um homem moribundo desesperado por uma última dose de relevância.

Não sinto orgulho. Toda vez que o ataco, sinto que estou mais próxima de ser como ele, que o estou agradando.

Ele aquiesce, o sorrisinho de volta ao rosto.

– É exatamente o que sou. Passei dezesseis anos numa cela, reduzido a um personagem de um filme de sessão da tarde e manchetes sensacionalistas. Quero morrer com o mundo me olhando. Quero que gritem do lado de fora da prisão como fizeram com o Bundy. Quero camisetas e celebrações da minha odiosa despedida. Quero que todo mundo saiba meu nome e o que fiz. Pode me chamar de fútil, não estou nem aí.

Fútil. Monstruoso. Malvado.

Patético.

– Você vai chorar por mim, filhinha? – continua ele.

– Não – respondo, a voz mais forte. – Espero que não.

Ele concorda com a cabeça.

– Mas talvez chore. Sua mamãe vai, mas vão ser lágrimas de alívio, e não de pesar. A única pessoa que vai sentir falta de mim vai ser minha querida Everly, mas só porque ela é burra o bastante pra isso.

– Você é um escroto, sabia?

O olhar cintilante dele se fixa no meu.

– Sim, sabia. Amo seu jeito, garota. Mesmo estando aqui nesse programa de índio.

Reviro os olhos, balançando a cabeça.

– Será que você não é capaz de deixar de lado por um instante esse jeito sulista e racista de falar? Essa expressão é velha e nem faz sentido.

– Você tá certa. Programa de índio… Se eu fosse transar com uma índia, não ia pagar programa nenhum. Depois ele sorri, revelando os dentes protuberantes.

Suspiro.

– Beleza. Agora chega.

Ele ergue uma sobrancelha.

– Vai embora sem um nome?

Fico de pé.

– Já paguei de cachorrinho amestrado o suficiente por hoje. Não ligo se você vai me dar ou não um nome. – Me viro na direção da porta.

– Você durou mais do que achei que ia durar – fala Lake. – Admito que você merece uma recompensa. Jackie Ford.

Eu paro, me viro e o encaro. Engulo em seco.

– Jackie Ford.

– Uma gatinha de Waynesboro, Virgínia. Ela estava indo pra casa a pé depois de uma festa na noite de 1º de agosto de 1996, quando parei e ofereci carona. Eu tinha ficado observando a festa, uma bem grande por sinal, então ela achou que eu também tinha saído de lá quando comentei. Acho que isso a fez pensar que eu era confiável. Ela estava usando um shortinho jeans de cintura bem baixa e uma blusinha vermelha mostrando a barriga. Sexy pra caramba. Cabelos castanhos e olhos verdes e brilhantes.

Lake fecha os olhos como se tivesse perdido a memória. Outro calafrio desce pelas minhas costas. Estou começando a me acostumar com eles.

– Ela chorou muito – continua Lake. – Precisei matá-la antes do que queria. Mas fiquei com ela por alguns dias. Fingi que fazia a trilha dos Apalaches e a mantive dentro da minha barraca. Sabia que não podia enrolar muito por ali, então limpei o corpo, queimei as roupas dela e a barraca e a enterrei na mata. Se o agente Logan fizer a gentileza de me trazer um mapa, posso mostrar pra ele o lugar exato. Sua mãe e eu acampamos não muito longe de lá uma vez.

Ele diz que queria me proteger de si mesmo, mas depois faz isso. Não acho que ele entenda o que está fazendo mais do que eu mesma consigo entender. O humor dele muda mais rápido do que o de qualquer pessoa que já conheci, mas a única coisa em que estou aprendendo a confiar é nesse cintilar malicioso de seus olhos. Quando relembra detalhes das vítimas, não está mentindo. Ele precisa que eu escute, e não sei se é porque quer me machucar, se é porque quer que eu o entenda, ou se é porque quer se refestelar com a sensação de poder quando eu for embora.

– Nenhuma descrição de como ela resistiu? – pergunto. – Nenhum detalhe de como ela estava desesperada e *carente* enquanto implorava pela vida?

Ele nega com a cabeça, um sorrisinho torto curvando os lábios. Não importa. Consegui outro nome. É outra família para a qual, se tudo der certo, o agente Logan vai poder trazer paz.

– Obrigada – digo num tom neutro antes de bater na porta para sair.

– Quando você volta? – pergunta Lake.

A porta se abre e vejo o agente Logan e a minha mãe, e isso imediatamente me dá forças. Olho por cima do ombro para o monstro que está definhando preso à cama.

– Quando a alegria de ver você morrendo aos poucos for maior do que o meu nojo – respondo com honestidade e saio do cômodo.

– Você está bem? – pergunta o agente Logan, e a porta se fecha com um estalo.

A tranca escorrega para o lugar, selando Lake em seu túmulo mais uma vez.

Ergo o olhar.

– Quando encontrarem o corpo, quero saber mais sobre Jackie Ford. E sobre Michelle Gordon também, por favor.

Ele franze a testa.

– OK. Pode deixar.

Vou até minha mãe e a abraço, deixando que ela tire de mim a película de vergonha e repulsa que parece envolver essas visitas.

Estou ficando melhor nisso, e não sei como me sentir, agora que estou ciente.

Mas sei que as vítimas do meu pai merecem mais do que serem chamadas de carentes. Não eram burras só porque não reconheceram um predador antes que ele botasse as garras para fora. Preciso conhecer essas mulheres. Preciso garantir que elas não pertençam apenas a ele.

Agora elas também pertencem a mim.

CAPÍTULO 16

• • •

CBSNews.com

9 de abril de 2018

Aquela que fugiu: a mulher que escapou do assassino em série Jeff Lake

[LINK DE VÍDEO]

[APRESENTADORA] O assassino em série Jeffrey Robert Lake era conhecido como um "cavalheiro" sulista, mas por vários anos morou em Nova York com a ex-esposa, Allison Michaels. Na verdade, as autoridades acreditam que ele pode ter várias vítimas ainda não descobertas que moravam na área. E agora uma mulher veio a público dizer que acredita que escapou por um triz de ser uma das presas de Lake. Lauren Robinson tinha vinte e dois anos e, na época, dançava num clube de entretenimento adulto em Manhattan. Naquela noite específica, o clube recebeu a visita de um grande grupo de empresários que estavam na cidade por causa de uma convenção. Mas foi outro rapaz que chamou a atenção dela.

[LAUREN] Tinha um cara me olhando. Ele era mais na dele, comparado com os da convenção. Pagou um drinque pra mim e perguntou se estava tudo bem quando um dos homens começou com uma mão boba pra cima de mim. Ele foi bem gentil. Odeio dizer isso agora, mas ele foi um cavalheiro de verdade.

[APRESENTADORA] Àquela altura, Lake vinha cuidadosamente apagando seus rastros e estava bem longe do radar do FBI em relação à onda de mulheres desaparecidas no seu estado natal, Carolina do Norte. Mulheres como Lauren eram bem o perfil dele: jovens vulneráveis que trabalhavam à noite e não tinham um grande círculo de amigos e parentes que pudessem ficar preocupados de imediato se sumissem.

[LAUREN] Quando terminei meu turno naquela noite, meu carro não queria dar a partida por nada. Antes que eu pudesse voltar para o clube, o cara que tinha sido gentil comigo veio e me perguntou se eu precisava de ajuda. Não percebi nada de estranho nele. Ele se ofereceu pra me dar uma carona até uma oficina ou esperar comigo se eu quisesse ligar pra alguém. Eu devia ter ligado pra alguém, mas o dinheiro que eu tinha acabado de ganhar ia para o financiamento da faculdade e para o mercado, e ele parecia tão gente boa... [suspiro] Burra. Eu fui muito burra.

Então ele me levou até o carro dele, abriu a porta e depois me segurou pelo cabelo e bateu meu rosto contra a lataria. Quebrei o nariz. Conseguia sentir o sangue escorrendo pela garganta. Achei que ele ia me estuprar. Comecei a gritar. Um dos seguranças que estava indo embora ouviu e veio correndo na nossa direção. Foi quando o cara pulou pra dentro do carro e fugiu.

[APRESENTADORA] Lauren escolheu não ligar para a polícia, pois os pais não sabiam que ela estava se apresentando em clubes de entretenimento adulto para ajudar a pagar a faculdade. Quando foi ao pronto-socorro para tratar do nariz quebrado, disse à equipe do hospital que tinha tropeçado e caído.

[LAUREN] Eu tive sorte. Não tem como dizer que não tive. Agradeço a Deus todos os dias desde então. Quando Jeff Lake foi preso alguns anos depois e vi o sujeito na TV, senti calafrios. Era ele.

Minha tia Catrina não mora muito longe dos Logan. Na verdade, minha prima Maxine e Darcy frequentam a mesma escola. Mundo pequeno, acho. Foi como minha tia conseguiu entrar em contato com a gente tão rápido – falou com a Moira numa reunião de pais e mestres ou algo assim.

Eu me guio pelo comportamento da minha mãe. Ela não está nervosa com a perspectiva de se encontrar com essa mulher, então também não vou ficar. Na verdade está empolgada, o que ajuda muito a acalmar minha ansiedade. Talvez nem todas as pessoas conectadas a Jeff Lake sejam babacas de primeira. Conhecer a família da minha mãe foi maravilhoso, e, quanto mais aprendo sobre de onde vim, sinto que menos de mim pertence a Lake.

Dirigimos até lá no fim da tarde de segunda, depois que minha prima e minha tia chegaram em casa. A casa na frente da qual encostamos é mais moderna do que a dos Logan, mas tem um estilo meio antigo. É de tijolos escuros com uma varanda e detalhes creme. Cercada por árvores de copa volumosa, parece saída de um programa de TV.

– A Cat é alguns anos mais nova que eu – diz minha mãe. – O Jeff tinha nove anos quando ela nasceu. Eles são meios-irmãos.

– Tá. – Franzo a testa. – É verdade que o pai dele era um abusador?

Minha mãe revira os olhos.

– De acordo com a mãe dele, o pai era um rapaz com o qual ela saiu e que foi embora quando descobriu que ela estava grávida. Mas de fato ela foi abusada numa festa, então Jeff gosta de dizer que foi concebido assim. É mais dramático.

– Imbecil – murmuro.

Minha mãe sorri. Saímos do carro e nos aproximamos da porta da frente.

– Acho que você vai gostar da Cat. Você sempre me lembrou um pouco ela. E isso é um elogio, só pra constar.

Vejo o porquê quando ela abre a porta. Meu queixo cai – e o da minha tia também. Se meu cabelo fosse mais curto e loiro, daria para jurar que ela é uma versão mais velha de mim. Tipo, é até um pouco perturbador como somos parecidas, ainda mais considerando que é a irmã de Lake.

– Ai, meu Deus – sussurra Catrina, ainda olhando para mim. – Já usei o cabelo assim. – Depois, piscando para espantar as lágrimas, abre os braços para minha mãe. – É tão bom ver você, querida.

Olho por cima do ombro para ver se estamos sendo observadas. Estamos. Tem um cara com uma câmera num carro do outro lado da rua. Ele nem sequer tenta esconder o que está fazendo. Como se tivesse o direito de invadir a nossa vida. Eu costumava adorar essas coisas de revista de fofoca quando o foco eram as celebridades, mas agora que sou eu... Bom, vamos dizer que mudei de ideia.

– A gente devia entrar – digo, tentada a mostrar o dedo do meio para o cara.

A única coisa que me detém é que Lake provavelmente acharia isso hilário.

– Ah, aquele abutre ainda não foi embora? – pergunta Catrina, tombando o pescoço para olhar atrás de mim. – Ele está ali desde cedo. Quase mostrei os peitos pra ele, mas ele não merece esse presente.

Morro de rir, e ela abre um sorriso carinhoso. Talvez parecer com ela não seja mesmo algo ruim.

Minha tia nos convida para entrar. A casa é gostosa. Não muito arrumada, mas também não completamente caótica. Tem um monte de coisa por ali, muitas cores e artes nas paredes. Gosto. É um lugar acolhedor e vívido. Cálido.

Uma garota mais ou menos da minha idade está sentada com as pernas para cima em uma poltrona fofa na sala de estar, digitando no celular. Ela ergue o rosto quando entramos. Uau. Nós definitivamente somos parentes. Ela é loira, claro, e parece muito com a mãe.

— Maxi, essa é sua tia Al... Gina, e essa é sua prima Scarlet. Desculpa, Gi.

Minha mãe balança a cabeça.

— Não foi nada. Imagino como deve ser estranho pra você. Oi, Maxine. É muito bom te ver. Você era um bebezinho da última vez que nos encontramos.

Minha prima nos olha de cima a baixo.

— Vocês viram o jornalista lá fora?

Fico tensa, mas não falo nada. Eu também estaria irritada se fosse ela. Maxine teve que conviver com essa merda a vida toda, e agora os holofotes retornaram. Não gosto disso, mas preciso entender. Certo?

— Sim. Mas não se preocupe, eu impedi sua mãe de mostrar os peitos pra ele — digo num tom seco. — Foi mal se você sente que a gente ferrou a sua vida.

Ela se levanta e vem na minha direção. Até nossa altura é similar. Ela deve ser uns dois centímetros mais baixa do que eu, se muito.

— Tô acostumada com isso e tenho certeza de que não é culpa sua. — Não há nada além de resignação na voz dela. — Quer uma coca?

— Coca. — Aprendi que, por aqui, coca não necessariamente significa Coca-Cola. — O que vocês têm?

Ela inclina a cabeça na direção da cozinha, e entendo que é para ir atrás dela. Minha mãe e Catrina seguem para a sala de estar.

— É Scarlet, né? — pergunta ela enquanto abre a geladeira. — Eu prefiro Maxi ou Max. Você gosta de refri diet ou normal? A gente tem uns Dr Pepper adoçados com açúcar de cana.

— Pode ser Dr Pepper. — Taylor tira sarro de mim por gostar de Dr Pepper. Diz que tem gosto de xarope para tosse.

Ela me entrega uma garrafa. Está agradável e geladinha ao toque.

— Quer ficar sentada aqui ou lá com elas?

198

– Não sei – respondo com honestidade. – Sinto muito mesmo por qualquer confusão que isso tenha causado.

– Não é culpa sua – diz ela, se apoiando na bancada. – A gente sabe quem culpar. Ele tá *amando* a atenção. – Maxi dá um gole no refrigerante e abafa um arroto. – Você foi vê-lo?

Confirmo com a cabeça.

– Três vezes já.

Ela estremece.

– Eu não visito meu tio. Nem falo dele a menos que minha... nossa avó esteja por perto.

Fico surpresa.

– Ela ainda tá viva?

– Se é que dá pra chamar assim... Ela teve um AVC alguns anos atrás. Minha mãe e os outros irmãos dela, Will e Mike, a colocaram numa casa de repouso. Ela só fica lá sentada, piscando.

– Puta merda – sussurro.

Minha prima ergue uma sobrancelha.

– Pois é. Mas é melhor do que ouvir ela se culpar pelo que Jeff virou. Do jeito que ela fala, parece que todo o sangue tá nas mãos dela, e não nas dele. – Ela empalidece um pouco. – Foi mal. Isso foi insensível da minha parte.

Balanço a cabeça.

– Não, por favor. Ele não significa nada pra mim. Eu nem teria me dado ao trabalho de encontrar com ele se o FBI não tivesse pedido.

– E agora você tá enfiada até o pescoço nesse circo. – Ela sorri. – Eles vão parar. Só pra você saber. De vez em quando alguma coisa acontece e eles voltam, mas sempre vão embora. É tipo herpes.

Dou uma risada que faz um pouco de refrigerante sair pelo nariz.

– Ai, merda! Cacete. – Eu me sinto uma idiota.

Às gargalhadas, Maxi me entrega um bolo de guardanapos.

– Foi mal.

Ela não parece arrependida, mas tudo bem. Fora as cavidades nasais ardendo, eu estou bem. Gosto dela. Gosto da mãe dela. Com elas não tem frescura, só honestidade. A gente acabou de se conhecer, mas sinto que conheço minha prima a vida toda. Eu me sinto aceita aqui, mais até do que na casa dos meus avós. Sinto como se... estivesse em família. Não sei se consigo articular a sensação de viver isso depois de dezessete anos achando que éramos só eu e minha mãe. O fato de que isso aconteceu duas vezes em algumas semanas é meio avassalador.

Pisco para reprimir as lágrimas e assoo o nariz nos guardanapos que Maxi me deu para disfarçar. Fungando e com o rosto formigando, jogo a bolinha de papel no lixo.

— Você tá bem? — pergunta Maxi, olhando preocupada para mim. Assinto.

— É que é meio estranho, sabe? Passei a vida inteira achando que éramos só eu e minha mãe, e agora tenho toda essa família...

— Deve ser muita coisa pra absorver mesmo — concorda ela. — Mas não fique toda emotiva ainda. Dá um tempinho, que você vai ver como a gente vai encher seu saco mais do que qualquer coisa. — Ela abre um sorriso, e eu o retribuo, me sentindo melhor.

Conheço meu outro primo, Joey, e meu tio, Steve, quando ele volta do trabalho. Ambos são robustos, morenos e sorridentes. Joey tem doze anos, e fica evidente que não quer nada com a irmã ou comigo.

Ficamos para o jantar — pizza — e continuamos por lá até tarde da noite. Antes de irmos embora, minha tia Catrina me entrega uma grande caixa de papelão. Está pesada.

— Falei com a sua mãe, e ela disse que tudo bem eu te dar isso.

— O que é? — pergunto, sentindo o peso puxar meus braços para baixo. Seguro a caixa como um bebê.

— É minha caixa do Jeff — responde ela, dando de ombros. — Não sei que outro nome dar. Achei que podia te ajudar a entender o que ele fez e o que as atitudes dele fizeram com a gente. Não é só coisa ruim. Tem alguns itens de quando eu era criança... Bom, pode ficar com o que quiser, se quiser algo. Não precisa me devolver. Fiz pra você.

Não sei o que dizer. Fico ao mesmo tempo emocionada e tomada por um medo mórbido.

— Obrigada.

– Amanhã te mando mensagem sobre a festa – diz Maxi. – Posso ir te buscar, se você quiser.

Confirmo com a cabeça.

– Fechado.

Minha mãe provavelmente vai vetar essa ideia assim que botarmos o pé na rua.

Quando saímos, percebo que o jornalista – ou seja lá o que for – foi embora. Pode ter alguém de tocaia, mas não vejo ninguém suspeito. Colocamos a caixa no banco de trás. Tenho vontade de prendê-la com o cinto de segurança, como se o seu conteúdo fosse algo volátil.

– Você e a Maxi parecem ter se dado bem.

Abro a porta do passageiro e entro.

– Eu gostei bastante dela.

– A Cat disse que ela estava ansiosa pra conhecer você. – Minha mãe suspira e balança a cabeça, se ajeitando atrás do volante. – Meu Deus, foi bom ver a Cat. Scarlet, eu... sinto que um peso saiu dos meus ombros. Não é ridículo? Nossa vida virou de cabeça pra baixo, e na verdade eu me sinto melhor do que me sentia em anos. Você me odeia por isso?

– Não. Não mesmo. Deve ser um alívio. Quero dizer, pra mim, essas pessoas são novas, mas pra você... são família. Elas te amam.

– Elas também te amam. E tudo o que quero é que você as ame também. Me sinto muito culpada não só por ter negado a presença delas na sua vida, mas também por ter negado a sua presença na vida de todo mundo. Estou radiante de poder mostrar pra elas como você é uma filha maravilhosa.

Sinto a garganta apertar.

– Obrigada. – Engulo a saliva, tentando me recompor. – A tia Cat realmente teria mostrado os peitos para aquele cara? – pergunto quando saímos com o carro.

Minha mãe ri.

– Ela queria mesmo, mas sabia que só ia deixar as coisas piores. Então se contentou em mostrar o dedo do meio pra ele.

Abro um sorriso.

CAPÍTULO 17

Na minha escola, cada aluno tem um e-mail para manter contato com os professores e colegas de sala. É assim que supostamente devo pegar cópias de anotações, palestras e orientações de trabalhos para não ficar para trás enquanto estivermos na Carolina do Norte, o que é ótimo. O que não é tão ótimo é que, quando o abro na segunda, minha caixa de entrada está abarrotada de mensagens de "amigos" querendo saber como estou. Tem até uma do Neal. Como se ele tivesse perdido meu número de telefone ou coisa do tipo.

Fico tentada a apagar tudo. Em vez disso, coloco todos os e-mails como destinatários de uma mensagem padrão:

> Oi, aqui é a Scarlet. Valeu por se preocupar comigo. Tá tudo
> ótimo por aqui. Vejo vocês em breve!

Aperto "enviar" sem pensar muito. Que se danem eles. Sofie não mandou mensagem, e eu meio que a respeito por isso. Pelo menos não tá fingindo. Não devo nada pra esse povo. Falo isso para Taylor e Ashley quando nós três fazemos uma ligação pelo FaceTime.

— É uma loucura — confessa Taylor. — Um monte de gente veio me perguntar de você. Só disse que eu não posso falar nada a respeito.

– Já eu mando o pessoal à merda – acrescenta Ashley, franzindo a testa. – Espero que você não ache que sou como eles, Scar.

– Não. Você é minha amiga primeiro. Ser uma curiosa mórbida vem depois. – Além disso, ela resgatou a gente da imprensa naquele dia, e sempre vou amá-la por isso.

Ela ri, felizmente.

– Não vou mentir, tenho *tantas* perguntas…

– E algum dia vou te contar tudo o que puder – prometo. – É que, no momento, é coisa demais pra absorver. *Ele* é coisa demais pra absorver. Sou eu que provavelmente deveria perguntar pra você coisas sobre ele.

– Como tá indo? – pergunta Taylor. – Você já o viu?

Conto a elas sobre a última visita e digo que temos mais um encontro agendado para amanhã.

– Não sei quanto tempo isso vai levar, mas, nesse ritmo, vai demorar um pouquinho.

– E tudo bem pra você? – pergunta Ash.

Dou de ombros.

– Tirando o fato de que ele provavelmente vai morrer na minha frente? Isso vai ter um efeito sobre mim, né? Digo, como poderia não ter? Tô tentando não pensar muito na doença dele. Toda vez que ele fala meu nome, parece que tá tirando sarro de mim.

– O seu nome é o seu nome – insiste ela. – Ele só tá tentando mexer com a sua cabeça. Provavelmente ficou puto porque sua mãe te deu outro.

– Ah, ficou mesmo. Não bastou matar Britney Mitchell, ele ainda roubou o nome dela. É como se quisesse que absolutamente tudo dela pertencesse a ele.

Nós três ficamos em silêncio por um instante. É quase como se eu pudesse ouvir o cérebro de Ash funcionando. Ela quer dizer alguma coisa, mas está se contendo. Enfim solta:

– Talvez você possa devolver o nome pra Britney.

Franzo as sobrancelhas.

– Como assim?

Ela olha para mim como se fosse óbvio.

– Scar, você tá onde tudo começou. Onde ela foi morta e enterrada. Você levou sua câmera. Transforma essa merda em algo positivo e benéfico. Filma tudo.

O queixo de Taylor cai, e ela olha para a câmera como se quisesse que a ideia tivesse sido dela.

– Ai, meu Deus. Isso é perfeito. Vai ser tipo terapia, só que mais produtivo.

Ash continua:

– Além disso, vai ser um belo projeto pra faculdade de cinema.

Não vou mentir: o papo me faz sentir um arrepio de empolgação. Elas estão certas. Não só tenho diante de mim algo que posso usar a meu favor, como também tenho a possibilidade de fazer algo bom com tudo isso. Posso assumir o controle da situação – tanto quanto possível. E ainda por cima vai ser como mostrar um dedo do meio gigante para o meu pai.

– Não só a Britney – digo. – Talvez todas as vítimas. Posso honrar a lembrança delas. – Do mesmo jeito que minha empolgação chega, ela evapora. – Mas, espera, ninguém vai querer falar comigo. Eu sou a porcaria da filha dele. Eles vão me odiar.

Ash balança a cabeça.

– Não acho. Não se você for sincera no desejo de celebrar a lembrança das filhas deles.

– Você podia fazer uma web série – sugere Taylor. – Usar toda essa atenção para o bem. Mostrar mais das vítimas para que as pessoas possam falar sobre elas, e não sobre ele.

Caramba. Ela está certa. Isso pode ser algo incrível – mais do que isso, me faria ter a sensação de estar fazendo algo significativo. Não estou só ouvindo Lake se masturbar verbalmente sobre as vítimas, e sim cuidando que elas sejam honradas.

– Amo a ideia de devolver o nome da Britney a ela – comenta Ash. – Ela foi a primeira. Você precisa começar com ela. Sua mãe a conhecia, né?

Assinto, meu cérebro ainda tentando processar e juntar as peças para que isso possa funcionar.

– Preciso criar um plano.

Passamos a próxima meia hora falando sobre as coisas que eu poderia fazer. Escrevo tudo, rabiscando num caderno. Preciso ser cuidadosa, mas acho que minha mãe toparia falar para a câmera por mim. O agente Logan também, provavelmente. Será que ele entraria em contato com a família da Britney?

Não. *Eu* preciso fazer isso. Se for em frente com esse projeto, não posso pegar atalhos. Não é uma questão de facilitar as coisas. Vai ser difícil mesmo. Preciso que seja difícil. Não estou fazendo isso para lucrar com os crimes do meu pai. Na verdade, quero mantê-lo fora do projeto o máximo possível. Vou falar das vítimas. Só das vítimas. E isso inclui todas as pessoas que Lake machucou.

Acho que também me inclui, né? Não sei se sou capaz de falar sobre isso para a câmera, mas, se não conseguir, como posso esperar que qualquer outra pessoa confie em mim para contar as próprias histórias?

Certo, isso está me deixando ansiosa demais. Ou talvez esteja empolgada. Às vezes é difícil distinguir.

Depois de desligar, vou até a sala da nossa casa temporária para falar com minha mãe. Ela precisa estar de acordo com isso antes que eu possa começar.

Ela desvia o olhar da TV quando chego e aperta o botão de pausar do controle remoto.

– O que foi? – A voz dela sai afiada com preocupação, cortando minha pele.

– Não é nada ruim – garanto. – Pelo menos... acho que não. Queria falar com você sobre uma coisa. Tem um minutinho?

– Claro. – Ela desliga a TV e dá um tapinha no assento a seu lado no sofá. – Vem, senta aqui.

Vou e tomo um tempinho para organizar os pensamentos.

– O que você falaria se eu dissesse que quero fazer um documentário sobre as vítimas do Lake... – Não, espera. Se vou fazer isso, não posso continuar me mantendo a distância. Preciso tornar isso algo meu. Engulo em seco. – ...sobre as vítimas do meu pai?

Chamar o Lake assim parece muito errado, mas é a verdade. Não posso fugir da verdade. Não sou responsável por ele, mas sou responsável pela forma como lido com isso.

Minha mãe empalidece. Quase posso ver o sangue sumindo do seu rosto.

– Um documentário?

Confirmo com a cabeça.

– Quase ninguém lembra das vítimas. As pessoas só estão interessadas nele. Quero garantir que saibam sobre as mulheres que ele machucou. Inclusive você... se quiser me ajudar.

Ela desvia o olhar, encarando a TV desligada.

– Vou fazer isso – afirmo, tanto para mim quanto para ela. – Preciso. É a coisa certa a fazer, e não vou viver à sombra dele pelo resto da vida. Você também não deveria. É hora de mudar a narrativa.

Um sorrisinho faz os lábios dela se curvarem quando olha para mim.

– Mudar a narrativa. Gosto disso. Ele esteve no comando dessa história por tempo demais. Se quiser fazer isso, tudo bem por mim, mas não vai ser fácil. Algumas pessoas vão te acusar de tentar ganhar dinheiro com isso.

Concordo.

– Vou mencioná-lo o menos possível. Acha que eu conseguiria falar com algumas das famílias?

– Ah, querida... – Ela quer me impedir de continuar, posso sentir. Quer me envolver no casulo em que me manteve ao longo dos últimos dezesseis anos. Dá para ver o instante em que ela percebe que não pode. Voltar atrás é impossível, para nós duas. – Talvez. Não sei. O Andy vai poder ajudar você melhor com isso. Pode perguntar pra ele quando a gente for jantar lá amanhã à noite.

Certo. Tinha esquecido que os Logan nos convidaram para jantar. Moira quer fazer pelo menos um encontro desses por semana enquanto minha mãe e eu estivermos em Raleigh. Mal posso esperar para ver Darcy de novo. E Luke. É. Agora que Neal se revelou um grande sem noção, posso me livrar da decepção flertando com alguém que pelo menos pensa o bastante em mim para perguntar como eu estou.

– Vou fazer isso – respondo, disposta a manter a promessa.

Não vou me acovardar. Vou assumir o controle da narrativa. Só espero poder dar um final feliz a essa trama.

* * *

– Quero te contar uma história – diz meu pai assim que me sento perto da cama dele na tarde seguinte.

Fico tensa de imediato. A expressão no rosto de Lake está tão cheia de expectativa que não pode ser nada bom.

– Sobre? – pergunto.

– Sobre minha vítima favorita.

Tento parecer relaxada, mas tenho certeza de que ele vê minha pálpebra esquerda tremendo.

– Por quê?

Ele usa a mão esquerda, que está livre, para alisar a manta que cobre seu colo.

– Porque acho que vai ajudar você a me entender melhor. – Ele olha para mim por detrás dos cílios baixos. – Você não quer me entender melhor?

– Não quero te entender de jeito nenhum.

– Claro que quer. Todo mundo quer saber mais sobre os pais. Eu cresci sem meu pai, meu pai de verdade, e tentei descobrir tudo o que podia sobre ele, mesmo consciente de que o sujeito era um estuprador.

– Fiquei sabendo que seu pai era só um ex-namorado da sua mãe. Não um estuprador.

– Ficou sabendo errado.

Franzo a testa quando vejo a expressão dele ficar mais sombria. Se ele quer mesmo insistir nessa história, o que tenho a ver? Talvez o faça se sentir melhor. É um monstro porque o pai também era um. Talvez ache que isso o transforme em alguém mais digno de simpatia.

– É a Britney? – pergunto.

Seria uma bela coincidência se fosse. Noite passada decidi saber mais sobre ela, e agora ele vai me dar a informação de bandeja?

– Não, é outra pessoa. – Ele se ajeita nos travesseiros. Sua aparência está péssima. – Você quer saber mais sobre a Britney?

– Você deu o nome dela pra mim. Ela devia ser muito importante pra você.

– Era. Antes. Mas depois ela me irritou. – Ele balança a cabeça. – Mas não é sobre ela. A Britney foi a minha primeira, mas não a minha favorita. Minha favorita é uma com quem brinquei por um bom tempo.

Engulo em seco e me forço a sustentar o olhar cintilante dele.

– Você tá fazendo isso porque quer me chatear?

Ele abre as mãos, e a corrente da algema tilinta contra a lateral da cama.

– Claro que não. Quero explicar pra você. Quero fazer você entender, se conseguir, como é ser eu.

O tom dele é tão claramente falso que hesito. Não sei se isso vai ser útil de alguma forma para o agente Logan, mas não posso perder a oportunidade caso essa garota seja uma vítima sobre a qual não sabemos. Meu pai – me encolho internamente com o termo – sabe muito bem disso.

– Eu pesquisei sobre assassinos em série – digo a ele. – Conheço a ciência envolvida. – Mais ou menos.

Ele faz uma careta.

– Pff. Essas coisas não passam de teorias e bobagens de gente que não tem a menor ideia do que é ser alguém como nós. Não vou desperdiçar o seu tempo com essa merda que você consegue fuçando na internet ou assistindo às reprises de *Criminal Minds*.

– Agora quase tudo é streaming. Ninguém mais fala "reprise".

Ele não gosta de ser corrigido; mas o olhar sombrio que dirige a mim não é surpresa, então não congelo como um coelhinho.

– Você sabe o que os especialistas têm a dizer, mas homens como eu… predadores… somos todos diferentes uns dos outros. Tentam nos encaixar numa mesma caixinha, mas nenhum de nós cabe por completo nos moldes.

– Uns verdadeiros alecrins dourados – zombo. – Sabe, tem mulheres que são assassinas em série também.

– Não é a mesma coisa.

– Tá bom. – Não vou discutir porque realmente não me importo com o que ele pensa. Essa arrogância é tediosa demais. – Então me conta sua história.

– Está com pressa?

– A enfermeira disse que você tem uma sessão de radioterapia hoje. Para ser honesta, não sei nem por que ainda estão insistindo no tratamento.

– Certo. Bom, vou tentar ser menos prolixo, então. – Não respondo nada, e ele começa: – Ela era a coisa mais linda que eu já tinha visto. Mais bonita ainda que a Britney.

Foco no ponto entre os olhos dele em vez de encarar seu olhar. Torna mais fácil fingir que estou escutando um podcast ou algo assim, e não que estou diante de uma pessoa de verdade confessando seus feitos mais sombrios.

– Eu soube na hora que precisava tê-la. Precisava passar o máximo de tempo possível com ela até, enfim, me entregar aos meus ímpetos mais sombrios. E é isso que são, sabe? Ímpetos. É como receber um copo de água depois de passar sede por dias. Se beber tudo de uma vez, você vai se arrepender. O melhor é tomar aos golinhos, mesmo que pareça que assim a sede nunca vai passar.

As sobrancelhas dele são um pouco desiguais. Os pelos são compridos e arrepiados. Eu me concentro neles.

– É de conhecimento público que você gostava de ficar com as vítimas por perto por um tempinho… antes e depois de tirar a vida delas.

– Ah. Talvez isso seja meio perturbador pra você. Mas a sensação da carne entregue ao toque é completamente deliciosa.

Meu olhar vacila e encontra com o dele.

– Entregue, não. Inerte, você quer dizer.

Os olhos dele ficam mais brilhantes.

– Exatamente. Eu poderia tentar explicar, mas não acho que você compreenderia.

Era para ser um insulto? Porque não é.

– Não. Não acho que eu iria. Mas você ia me contar sobre uma pessoa específica, não ia falar de generalizações.

– Fico feliz que a educação que sua mãe foi capaz de arcar, qualquer que tenha sido ela, foi boa o bastante pra que você adquirisse um vocabulário razoável. É chocante como este país foi ficando mais burro nos últimos cinquenta anos.

Não reviro os olhos. Fico ali sentada, olhando para ele com expectativa. Ele parece achar isso divertido. Parece *me* achar divertida. Lake me faz ter vontade de apertar um travesseiro na cara dele até ele parar de se debater. O sentimento faz meu estômago revirar. Isso não faz com que eu seja igual a ele. Não faz.

Ou faz?

– Certo, minha garota favorita. Ela fica logo atrás de você na lista, claro. Digo, você é minha favorita de verdade. Você sabe disso, né?

– Não precisa tentar me bajular – respondo. – Não tenho ilusão alguma sobre seus sentimentos paternais por mim.

Ele estala a língua contra os dentes proeminentes.

– Ai, filhinha. Essa doeu. Mandou bem. Certo, o que eu estava falando mesmo? Tá, assim que vi aquela garota, precisei tê-la. Foi ridículo como fiquei encantado, ou *cativado*, por ela. O cheiro do xampu da menina fazia minha cabeça girar. A ideia de encostar nela fazia minhas mãos tremerem. Tremerem! Não estou brincando.

Acho que nunca conheci ninguém tão apaixonado pelo som da própria voz quanto meu pai. Nem precisa mais de sentença de morte; podiam só colocar Lake numa sala com vários outros monstros e deixá-lo falar até matar os demais de tédio.

– Certo, ela era maravilhosa – digo. Não acrescento: *E aí você a matou.*

– Isso. "Maravilhosa" é uma descrição perfeita. Cabelo castanho comprido, olhar hipnotizante. Ela olhava para mim como se eu fosse o homem mais incrível que já tinha conhecido. As pessoas provocavam a gente por sermos tão caidinhos um pelo outro. Eu estava apaixonado. Bom, tão apaixonado quanto um homem como eu pode ficar com qualquer pessoa que não seja eu mesmo.

Ele abre um sorriso que é para ser encantador, mas parece mais uma careta, repuxando a pele da bochecha sobre os ossos protuberantes do rosto.

Sinto um calafrio de desconforto quando ele continua falando:

– Eu queria aproveitar cada momento em que estava acordado com ela e, quando não estava com ela, fantasiava sobre como seria matá-la. Por um tempo, não fui atrás de outras garotas. Ela era tudo de que eu precisava. Às vezes, quando eu pedia, ela fingia estar adormecida ou inconsciente enquanto a gente transava. Me deixava fazer o que eu queria. Era minha musa, alimentando minhas fantasias. Eu praticava com ela o que queria fazer com as outras garotas, e quando ela me contou que estava grávida...

A compreensão me acerta como um tapa. Ele não está falando de alguém que matou.

Eu me levanto da cadeira num salto.

– Seu maldito desgraçado. Cala a boca!

Ele sorri. Cai na risada.

– Demorou, hein? Eu estava começando a me perguntar se teria que desenhar pra você. Não é tão espertinha quanto eu achei que fosse!

Estou tremendo.

– Você é um babaca. – Olho para a porta por sobre o ombro. – Acabei! – grito.

Ela se abre. Espero ver o agente Logan, mas é minha mãe que entra como se estivesse numa cena de um filme de ação. Só faltou estar segurando uma arma, ou uma espada. O agente Logan está alguns passos atrás dela.

– Allie. – O nome dela sai como um sussurro. Uma respiração trêmula. Mas ele sorri. Ah, não tem como negar que Lake se deleita ao vê-la. Se fosse qualquer outra pessoa, eu diria que ele a ama, mas ele não é capaz disso. Ela é apenas um troféu da sua coleção. Sua favorita.

Minha mãe hesita um segundo antes de se aproximar da cama. Vejo-a pegar um dos tubos do acesso intravenoso e começar a torcê-lo nos dedos.

Meu pai parece preocupado.

– O que você está fazendo?

– A única coisa que mantém sua dor tolerável é a morfina fornecida por isso aqui – diz minha mãe, a voz tão fria que quase dá para ver o gelo no ar. – A dor que você causou a outras pessoas, Jeff... Foi demais. Tudo o que preciso fazer é interromper o fluxo desse tubo, e aí você vai sentir o que merece.

Ninguém – o enfermeiro ou o guarda, nem mesmo o agente Logan – tenta impedir minha mãe. Ninguém vai se importar se Jeff Lake sentir um pouco de dor. Na verdade, todos ali querem testemunhar isso. Provavelmente já tem morfina demais no sistema dele para chegar a isso, mas é mais uma demonstração de poder. Minha mãe enfim está colocando o ex-marido no lugar.

Ele não pede ajuda – sabe que não vai adiantar. Só olha para ela. Ela não recua, apenas o encara, o rosto transformado numa máscara contida de ódio frio. Apenas quando o pânico começa a transparecer na expressão dele, quando seu desconforto fica óbvio, é que minha mãe demonstra qualquer outra emoção. É apenas um lampejo, mas a satisfação dela é palpável.

– Já tá doendo? – A voz dela sai baixa e rouca. – É o câncer comendo você vivo. Deve ser horrível. Você tinha a fantasia de me matar? Adivinha, *querido*? Eu também tinha a de matar você. E, vou te dizer, a realidade é muito melhor.

– Allie...

Ela pressiona um dedo na boca dele. Como ainda tolera encostar nesse homem?

– Deixa eu aproveitar o momento, meu bem. Faz um tempão, né? Sabe, eu costumava torcer pra você ir para o inferno, se é que existe um, mas ultimamente... comecei a torcer pra existir um paraíso. É pra lá que quero que você vá, Jeff. Quero que você seja recebido no portão do Céu por todas as mulheres que machucou, e que os anjos façam vista grossa pra que elas possam passar a eternidade fazendo o que quiserem com você. Minha vontade é que você sofra como nenhuma outra alma jamais sofreu. Mas quer saber? É isso que você quer. Eu sei que você gosta de saber que me fez ficar assim, durona e cruel.

– Minha garota – diz meu pai, arquejando de dor enquanto ergue a mão esquerda, magra e parecida com uma garra, na direção dela. – Minha... melhor garota.

Minha mãe solta o tubo do acesso intravenoso e meu pai se larga nos travesseiros, suando e arfando por ar. Não chega a encostar nela.

– Vem, Scarlet – diz minha mãe, estendendo a mão. – Já chega por hoje.

– Mas... – Quero dizer a ela que ele não me deu um nome, mas me detenho: ele deu.

E é um lembrete do qual nenhum de nós precisa.

É isso que você quer. Vou lembrar dessa frase até o dia da minha morte.

Nem todas as vítimas do meu pai estão mortas.

CAPÍTULO 18

Nós não falamos sobre o que aconteceu. Nem quando vamos embora, nem no carro. Não falamos sobre isso na casa dos Logan, mais tarde, quando chegamos para o jantar. Não sei se minha mãe e eu algum dia falaremos sobre o assunto, ou mesmo se tem algo a ser discutido.

Não acho que minha mãe teria mesmo matado meu pai, por mais que quisesse. Mas sei que, se tivesse tempo para isso, teria ficado ali segurando o tubo até Lake implorar por alívio. Ela não sentiria nenhum remorso por fazê-lo sofrer. Não a julgo por isso.

Para ser sincera, isso me faz ter mais respeito por ela. Também me faz perceber como ele ferrou com a cabeça da minha mãe. Se ele nunca tivesse sido pego – se eles tivessem continuado juntos –, que tipo de coisa ele teria feito com ela? O que minha mãe teria se tornado?

E eu? Quanto ele teria me deturpado? A julgar pelos jogos que fez comigo durante as poucas vezes que o encontrei, provavelmente muito.

Então, sim. Não acho que vamos falar sobre isso. Não tão cedo, pelo menos.

O agente Logan dá uma taça de vinho para minha mãe assim que entramos na cozinha. Ela responde com um sorriso grato. Pelo jeito, eu é que vou ter que dirigir de volta para casa.

Ele me oferece uma "coca", o que aceito com um agradecimento enquanto Darcy entra saltitando no cômodo.

– Scarlet! – exclama ela. – E aí? Tô só acabando a lição de casa, quer subir?

Ela pega outra lata do que estou bebendo, e a sigo escada acima. Há uma pilha de roupas em cima do baú ao pé da cama, e o laptop está aberto sobre a mesa. O novo disco da Taylor Swift toca baixinho. O quarto tem cheiro de baunilha e açúcar.

– Na verdade eu já acabei, só preciso salvar. Não queria ficar preocupada com nada enquanto você estivesse aqui. Como você tá? – Ela diz tudo num fôlego só.

Sorrio, maravilhada com a energia dela.

– Tô bem. Vi meu pai hoje, e ele estava encantador como de costume.

Ela faz uma careta.

– Sinto muito. Quer falar sobre isso?

Nego com a cabeça.

– Vou deixar isso pra discutir numa futura sessão de terapia. Me conta alguma coisa boa. O que você anda fazendo?

– Aff, só escola mesmo. Nada empolgante. Ah, mas eu vi a Maxi hoje, e ela comentou que vocês se conheceram.

– Não sabia que vocês eram amigas.

– A gente não é, na verdade. Quer dizer, a gente sabia uma da outra e nossa relação era amigável, mas nunca andamos juntas. Eu a vejo de vez em quando nas festas porque temos conhecidos em comum, mas só isso. Eu devia andar mais com ela. Ela é gente boa. – Um rubor leve toma suas bochechas quando fala isso, como se a ideia a constrangesse um pouco.

– Eu gosto dela – digo, caso minha opinião tenha alguma relevância. – Quer dizer, a gente acabou de se conhecer, mas eu também gostei de você assim que nos conhecemos.

Ela sorri enquanto fecha o computador.

– Bom, então você é ótima em julgar o caráter das pessoas!

Tenho vontade de perguntar sobre o Luke, mas me seguro. Não falei muito com ele desde a noite em que conversamos pelo telefone.

– A Maxi me convidou pra uma festa esse fim de semana – digo.

Darcy parece ficar animada.

– O luau?

Dou de ombros.

– Não sei. Ela disse que era num lugar chamado de "a mina".

– Isso! – A exclamação dela quase fura meus tímpanos. – Eu também vou! Vai ser legal demais.

– O Luke vai? – Mantenho o tom de voz casual. – Ou voltou com a ex?

– Não voltou, e não foi por falta de insistência dela. Aff. – Ela revira os olhos. – Algumas garotas são meio desesperadas, né?

Uma imagem de Sofie flutua na minha cabeça.

– Acabei de perder uma amiga por causa de um cara. Por que a gente deixa eles terem tanto poder sobre nós?

Ela abre um sorrisinho de lado.

– Não faço ideia, mas a gente dá poder pra qualquer pessoa que goste, não só caras.

Algo no jeito como ela fala isso me faz querer dar um soco em mim mesma. Presumi coisas sobre ela.

– Você é queer?

Darcy concorda com a cabeça.

– Bi, para ser mais exata. Então não é só com caras que ajo de forma burra. Já paguei de trouxa com algumas garotas também. – Ela balança a cabeça.

Não me importo com quem ela sai, mas gosto dela o bastante para querer que encontre alguém que a trate como ela merece. Tomo um gole do refrigerante.

– Fiquei feliz de descobrir que você vai pra essa festa. É bom saber que conheço pelo menos duas pessoas lá.

– O Luke vai também! Foi mal, você perguntou, né? Então você conhece três pessoas. E vou te falar de quem é melhor manter distância. – Ela bate palminhas, animada. – Ai, vai ser tão legal!

– Ninguém vai se importar com o fato de que sou a filha de um assassino em série?

Parte do bom humor dela some, e me sinto culpada.

216

– Eles vão saber quem é você, mas também sabem que a Maxi é sobrinha dele. Tipo, isso vai fazer você se destacar, acho, mas ninguém vai querer botar fogo em você nem nada parecido.

Dou uma risada.

– Agora fico mais tranquila.

– E, olha, você não precisa falar sobre ele se perguntarem. As pessoas são intrometidas, mas não têm direito de falar com você só porque querem saber sobre seu pai.

Verdade. Preciso me lembrar disso.

– Mas então... – começo, mudando de assunto. – Vai ter alguém na festa por quem você tem uma quedinha?

Darcy fica corada. Demoro um segundo para entender o que significa.

– A Maxi? – pergunto. As bochechas vermelhas de alguns minutos atrás fazem sentido agora.

– Ai, me sinto *tão* idiota... – Ela se joga na cama, quicando no colchão. – Conheço ela tipo, desde sempre, e nunca me senti assim. De repente me deu o estalo. Muito esquisito?

Nego com a cabeça.

– Acho que não.

– Nem sei se ela gosta de meninas.

– Também não sei – respondo com honestidade. – Acho que você não pode só perguntar pra ela.

– Eu até poderia, mas aí, sim, ia ser esquisito. – Ela dá de ombros. – Vou só me fingir de tímida e ver o que acontece. – Ela olha para mim. – Talvez a gente possa arranjar um garoto pra você. Você merece uma diversãozinha.

– Não tô a fim de ficar com ninguém, valeu. Da última vez que fiz algo assim, o cara era um embuste. Nada do que achei que ele era.

– Mas não precisa ser nada sério. Só pra se divertir um pouco. Não quer dizer que você vai ter que ver alguém daqui de novo se não quiser.

Faz sentido. O estranho é que isso me deixa um pouco triste. Não queria que minha amizade com ela fosse temporária.

– Vamos ver. Ei, que tipo de roupa a galera usa nessas festas? Não quero parecer estranha.

– Ah, qualquer coisa casual. Vai dar bom.

Darcy me conta o que ela vai usar, o que ajuda. Não que eu quisesse impressionar alguém, mas, quanto menos me destacar na multidão, melhor. Talvez ninguém diga nada sobre meu pai. Talvez alguém queira me dar um soco na cara. Não sei, mas poder andar com pessoas que conheço faz a ansiedade diminuir.

Conto a ela sobre o documentário que estou pensando em fazer.

– Minha ideia é fazer uma série de curtas sobre cada vítima. Talvez subir no YouTube.

– Parece incrível! Posso ajudar?

– Claro, se você quiser.

– Quero. Não quero me gabar, mas as famílias de quase todas as vítimas conhecem meu pai. Talvez ajude saber que ele tá envolvido com isso. Espera, você já contou pra ele?

– Não. Minha mãe achou que eu podia falar com ele hoje.

– Boa ideia. Ele vai ajudar bastante. Tipo, não só com acesso às famílias, mas na pesquisa e coisas assim. – Ela franze a testa. – Tem certeza de que quer saber o que seu pai fez com elas?

– Ele já me contou bastante coisa. – Não tenho problema em admitir isso. – Mas acho que eu devia saber. Faz sentido? Tipo, sei que não tenho responsabilidade pelo que ele fez, mas sinto que tenho responsabilidades com as pessoas pra quem ele fez mal.

Ela sorri para mim.

– Você é uma pessoa boa. Bem boa, aliás, sabia?

Eu me encolho com o elogio.

– Valeu, mas acho que quase todo mundo se sentiria assim se estivesse no meu lugar.

– Você dá muito crédito pra humanidade. Não, você é uma pessoa muito boa, e se quiser ficar com meu irmão, tem minha bênção.

Engasgo com o refrigerante, quase cuspindo tudo em cima de nós duas. Mas consigo me controlar, e só um pouco escorre pelo queixo.

Às gargalhadas, Darcy me estende um lenço da caixa na mesinha de cabeceira.

– Foi mal – diz ela.

Dou um soluço e limpo o rosto.

– Tá, beleza. – Como se ela realmente sentisse muito. – Por que você falou isso?

– Ah, qual é. Vi como vocês olham um para o outro. Como ele quer impressionar você, mostrando o lado vulnerável dele. – Ela finge que vai vomitar. – Mas amo esse moleque mesmo assim, e gosto de você... Então, se quiser ficar com ele, vai fundo. Só não para de falar comigo se não der certo.

– Antes de mais nada, agora você e eu somos amigas. Já era, você tá presa comigo. Em segundo lugar, não quero ficar com seu irmão.

– Ai – diz uma voz familiar vinda da porta.

Fecho os olhos, humilhada. É claro que isso ia acontecer. Darcy começa a rir como se fosse a coisa mais engraçada do mundo, e tenho vontade de me esconder embaixo da cama. Eu me forço a levantar o rosto e olhar para ele. O canto da boca de Luke se curva, achando graça.

– Ai, merda – digo. – De que tamanho é a queda se eu pular aqui da janela?

Ele ri.

– Grande, e não quero ter que explicar pros socorristas que foi por eu ser tão sem graça que você se jogou. Aliás, o jantar tá pronto.

Darcy salta da cama. Vou atrás, mais devagar.

– Qual é – digo, revirando os olhos. – Tem espelho nesta casa. Você sabe quanta "graça" você tem.

– Ao que parece, não o bastante – comenta enquanto me espremo para passar por ele e seguir para o corredor. Ele fala bem baixinho, para que só eu escute.

Não sei o que fazer com isso. Normalmente eu precisaria de uma ajudinha de álcool e talvez de maconha para ter essa coragem toda, mas estaco bem embaixo do batente da porta junto com ele. Ficamos a centímetros um do outro. Olho nos olhos dele. Não tem como negar o que vejo, e gosto disso. Meu coração começa a bater um pouco mais rápido.

Sorrio. É tudo meio sedutor, doido e perigoso. Posso me machucar, mas faz parte da brincadeira, não? Ou talvez valha a pena correr alguns riscos.

Chego ainda mais perto. Minhas pernas encostam nas dele. Luke fica bem, bem imóvel. Está prendendo a respiração?

– Talvez você deva se esforçar mais – sugiro.

E depois o deixo parado ali enquanto sigo a irmã dele. Minha vontade é de correr, mas me contenho. Cada passo é lento e deliberado, e não olho para trás.

Sinto o olhar de Luke nas minhas costas o caminho inteiro.

A sensação é boa.

* * *

O agente Logan me chama de lado depois do jantar.

– Scarlet, me ajuda a ir buscar a sobremesa? – pede ele.

Olho para minha mãe, mas ela não parece preocupada.

– Ah, claro. Ajudo, sim. – Empurro a cadeira para trás e o sigo até a cozinha.

Ele aponta para o armário.

– Pega os pratinhos, querida?

Faço como ele pediu.

– Obrigado. Não precisa ficar nervosa, só queria saber se está tudo bem com você depois do que aconteceu com a sua mãe e o Lake hoje.

Olho para ele enquanto corta a torta de nozes em pedaços que parecem perfeitamente simétricos.

– Ele mereceu.

– Hum, mas o diretor não concorda. Ele não quer que a esposa do Lake processe a prisão, então decidiu que sua mãe não vai mais poder entrar.

Meu coração falha uma batida.

– E eu?

– Você ainda pode… Especialmente agora que recebemos os resultados do processo de identificação dos restos mortais de Darlington.

Nossos olhares se encontram enquanto entrego um prato a ele.

– Era ela?

A boca dele vira uma linha fina.

– Os policiais também encontraram partes de um esqueleto na trilha na Virgínia. Os resultados da análise da arcada dentária devem sair em um dia ou dois.

– Jackie Ford. – Franzo a testa. – Agente Logan...

– Andy.

– Tá. Então, eu estava pensando que gostaria de honrar a memória das vítimas do meu pai.

Ele coloca outro pedaço de torta num prato e lambe o dedão.

– Você já está fazendo isso. Está ajudando a voltarem pra casa.

– Quero fazer uns vídeos sobre elas. Tipo, uns curtas. Você acha que tudo bem?

– Não vejo por que não. Como posso ajudar? Com informações?

– Se puder, sim. Também gostaria de te entrevistar. Além das famílias, acho que não tem ninguém que se preocupa tanto com elas quanto você.

Ele abre um sorrisinho. Triste.

– Talvez não mesmo. Escuta, da próxima vez que a gente for até a Central, vamos tirar um tempinho a mais para fazer uma reunião. Você escreve o que está pensando em fazer e eu passo a proposta para os meus superiores. Enquanto isso, você vai em frente e começa a sua pesquisa. Mas não entre em contato com as famílias até eu dizer que pode.

Concordo com a cabeça, feliz que não cedi ao primeiro impulso de falar direto com elas.

– Não vou. Nem saberia o que dizer.

– Tenho certeza de que você vai mandar bem. Agora leva esses pratos até a sala de jantar enquanto passo o café. Luke, vem dar uma mão aqui.

Nem percebi que Luke tinha entrado na cozinha; estava focada demais no agente Logan e em não falar alguma merda.

Estou com dois pratos, e Luke pega os outros quatro; suas mãos grandes fazem parecer fácil carregar dois em cada. Ele tem mãos bonitas. Dedos compridos. Eu me pergunto se sabe como usá-los.

Como sou mentirosa... Falei para a irmã dele que não estava interessada em ficar com ninguém, mas ficaria com ele a qualquer minuto, em qualquer outra situação. Sinto o rosto corar quando penso nas coisas que gostaria de fazer com ele. Mas parece errado sentir esse desejo, sendo que tenho tantas outras coisas importantes a fazer.

– Você tá quietinha – diz ele enquanto seguimos para a sala de jantar. – Eu não fiquei ofendido. Você sabe disso, né?

Nem tento fingir que não entendi.

– Ainda bem. Não era exatamente aquilo que eu queria dizer.

Ele dá um sorrisinho maroto.

– Quer dizer que não preciso perder totalmente as esperanças, então?

Sinto um frio na barriga e estremeço da cabeça aos pés. Ele está só flertando, digo a mim mesma. Mas consigo abrir um sorriso tímido em resposta.

– Fique à vontade pra tentar. – E passo por ele, seguindo até a mesa.

Fique à vontade pra tentar? Que porcaria foi essa? Aff. Que coisa idiota de dizer. Nem faz sentido como resposta à pergunta dele. Sou péssima flertando. Mas Luke não parece ter se abalado. Talvez goste de gente esquisita.

Quando estamos prontas para ir embora no fim da noite, o agente Logan me entrega uma pasta grossa.

– Material de pesquisa pra você – diz ele. – Eu aviso sobre o resto em alguns dias. Acho que o projeto vai ficar incrível.

– Valeu – digo, tentando ignorar a expressão de orgulho da minha mãe.

Não estou fazendo isso para parecer uma pessoa boa, mas gosto da aprovação dela.

É só quando estamos na metade do caminho até nossa casa temporária que minha mãe fala algo:

– Então, sobre hoje cedo…

– Você foi foda – digo a ela. – Pra mim, isso já resume tudo.

Ela sorri.

– Certo. Por mim tudo bem não falar sobre isso. Sabe, posso te passar o nome de alguns lugares onde você pode filmar. Você pode ir até lá se quiser.

Pigarreio.

– Posso visitar o chalé?

Está escuro, mas um carro passa por nós e ilumina a tensão no maxilar dela.

– Não sei se quero voltar lá, Scarlet.

– Os Lake ainda são donos do lugar?

– Eles não queriam vender a propriedade pra evitar que virasse algum tipo de atração turística mórbida, então sim. Mas não sei quanto ainda usam o chalé.

– Acho que eu devia começar por lá. Né? Tipo, eu devia ir lá ver.

Ela fica em silêncio por um instante.

– Se fosse por mim, você nunca colocaria os pés naquele lugar. Mas acho que não tem como fazer um filme sobre as vítimas sem ver onde elas foram encontradas.

– Você não precisa vir comigo. Posso ir sozinha.

– Não. Sozinha, não. Leva o Luke e a Darcy, ou vai com a Cat e a Maxi. Não quero você lá sozinha, tá ouvindo? Só Deus sabe o tipo de gente maluca que pode estar espionando o lugar.

O tom dela é um com o qual nem ouso discutir.

– Tá bom. Não vou sozinha. – Olho pela janela. Está escuro demais para ver qualquer coisa além de luzes. – O agente Logan contou que encontraram ossos na Virgínia?

– Hum. Não me surpreende. Jeff sempre quer estar no controle. Ele não está a fim de se aposentar ainda. Depois que colocar o FBI pra correr por aí que nem barata tonta, vai começar a testar a tolerância deles.

– Você acha que ele sente alguma coisa por mim?

A opinião dele a meu respeito não importa – pelo menos eu não acho que importa. Ele é meu pai. Mas isso pesa mais do que eu gostaria que pesasse. Mais do que jamais admitiria.

– Tanto quanto ele é capaz de sentir, querida. Receio que, provavelmente, nem seja muito. O que posso dizer é que, quando você nasceu, ele olhou pra mim e disse que queria ser o pai que você merecia. Acho que, na época, foi sincero. Só não foi capaz de fazer isso acontecer.

– Quase parece que você tem pena dele.

– Acho que, de certa forma, tenho. Mas em outros momentos eu teria prazer em matar aquele sujeito… Como você viu hoje cedo.

– Você teria mesmo ido em frente?

Ela não olha para mim.

– Só não fui por um motivo.

– Qual?

A expressão dela fica mais séria.

– Ele adoraria ter me forçado a fazer algo assim.

● ● ●

Truecrimeconspiracies.tv

A esposa de Jeff Lake era sua cúmplice?

Acredita-se que Carole Ann Boone ajudou o amante, Ted Bundy, a escapar da prisão no Colorado e, portanto, agiu como cúmplice no abuso e assassinato das moradoras da fraternidade Chi Omega, na Flórida, em 1978.

Karla Homolka ajudou o marido, Paul Bernardo, com o estupro e o assassinato de três menores no começo da década de 1990, incluindo a irmã dela.

Enquanto muitos querem nos fazer acreditar que assassinatos em série e violência fazem parte de um setor majoritariamente masculino, não há como negar que com frequência há uma mulher, ou várias mulheres, que, de alguma forma, ajudaram os assassinos a colocar seus planos horrendos em prática. Tal cenário é muito mais provável do que aquele no qual as mulheres alegam não saber absolutamente nada sobre os feitos do marido.

Em 2006, Jeffrey Robert Lake foi preso pelo assassinato de catorze mulheres na Carolina do Norte, cujos corpos foram descobertos na casa de veraneio que dividia com a esposa, Allison Michaels. Determinou-se que ela também recebeu vários presentes que eram dessas mesmas mulheres. Michaels alegou não saber sobre a obsessão horrenda do marido. Na verdade, há uma famosa filmagem em que ela surta no tribunal quando entende que o colar de que tanto gostava tinha sido tirado do pescoço de uma garota morta.

Mas como Michaels poderia não saber? Em quase todas as ocorrências desse tipo de violência, a mulher atrás do homem tinha suas suspeitas. A ex-namorada de Ted Bundy, Liz Kendall, até chegou a chamar a polícia após ficar incomodada com algo. Ainda assim, continuou a ter um relacionamento com o assassino. Parte dela sabia quem Bundy realmente era. Como Carole Ann Boone não percebeu os mesmos sinais? Pelo menos no caso da segunda esposa de Lake, Everly Evans, sabemos que ela não passa de uma doida de porta de cadeia que sabia muito bem o que ele tinha feito e – de certa forma – não liga. Ela começou a se relacionar com Lake depois que ele já estava na prisão e, embora não pareça ter problemas com o que ele fez, não há como dizer que ela o ajudou.

Talvez, em retrospecto, seja isso que faça com que nos perguntemos tais coisas, mas como Michaels não suspeitava de *nada* em relação ao marido? Até onde se sabe, ela nunca nem questionou a fidelidade dele, embora Lake chegasse tarde do trabalho com bastante frequência. Ela diz que atribuía isso a ele ser um advogado muito ocupado. Será que nunca se perguntou de onde vinham os presentes, alguns que eram obviamente baratos se comparados àqueles com que ele podia arcar, dada sua carreira meteórica?

Talvez Michaels suspeitasse. Talvez Michaels soubesse. Talvez estivesse de acordo com isso. Talvez até o ajudasse, como no caso de Homolka, que passou um tempo na cadeia devido a seu envolvimento. Por que Michaels não passou também? Porque desapareceu durante o julgamento de Lake e não foi vista desde então. O FBI alega que não há motivos para suspeitar do envolvimento dela nos crimes, mas talvez seja porque vendeu Lake para garantir a própria liberdade. Michaels e a filha – filha de Lake também, cujo nome ele deu em homenagem à sua primeira vítima – ainda estão por aí, e sei que não sou apenas eu que quero algumas respostas.

Tem algum comentário ou teoria? Poste aqui.

CAPÍTULO 19

Não sei se é porque tenho o nome dela e há certa vergonha envolvida nisso, ou porque foi a primeira vítima dele, mas começo minha pesquisa pela Britney Mitchell. Parece certo. Ela está no centro de tudo e ocupa grande parte de minha nova vida, mesmo tendo morrido muito antes de eu nascer.

Preciso passar a quarta-feira trabalhando numa redação de história, mas logo na quinta de manhã procuro o anuário do terceiro ano do Ensino Médio da turma de Britney e tiro um print da foto dela. Está com uma resolução meio baixa, mas vai servir. Achei que o Google ia me dar mais informações do que deu. Digo, a busca retorna várias coisas, mas a maior parte dos resultados fala a mesma coisa – quase tudo sobre o meu pai, não sobre a Britney. O que encontro tem a ver com o assassinato dela, e não com sua vida – mesmo a entrevista com os pais da jovem é focada na morte dela.

Minha mãe a conhecia, e vou conversar com ela depois, mas queria fazer minha própria pesquisa antes. O agente Logan me deu muitas coisas, e tenho a caixa da tia Cat. Ela também conhecia Britney. Minha mãe vai me dar informações se eu perguntar, e sei que meu pai também. Mas não quero falar com eles ainda. Quero descobrir

Britney sozinha. Antes de olhar para ela como primeira vítima do meu pai, quero vê-la como pessoa. Quem ela era?

O livro do ano que achei on-line acabou se mostrando bem útil. Além da foto de formatura, em que ela está com o cabelo bem longo, há várias outras em que ela aparece. Britney era popular. Estava no grupo de teatro e na comissão do baile de formatura. Era uma das melhores alunas da sala e dava monitoria a outros alunos.

Ela era uma pessoa para quem eu olharia feio. Uma pessoa que me intimidaria. Uma daquelas garotas que se esforçam demais em tudo e estão em todos os rolês. Perceber isso faz eu sentir mais do que uma simples culpa. Britney Mitchell poderia ter sido o que quisesse ser. Seria mãe, talvez até avó – se quisesse filhos. Meu pai tirou essa escolha dela.

Pesquiso na internet o nome da escola em que ela cursou o Ensino Médio. Quando uma foto do local surge, sinto um baque: é o colégio da Darcy. Sei que a Britney era daqui, mas não esperava que fosse de tão perto. Mando uma mensagem para Darcy perguntando se podemos nos encontrar quando ela sair da aula e em seguida faço o login no meu e-mail para pegar a tarefa do dia que meus professores enviaram. Meia hora depois recebo uma mensagem de texto:

Mas é claro!

Sorrio e mando mensagem para minha mãe para ver se ela pode me deixar na escola da Darcy quando estiver indo para o cabeleireiro mais tarde. Sim, eu poderia descer e perguntar pessoalmente, mas sou preguiçosa nesse nível.

Já estou esperando do lado de fora da escola quando o sinal toca e os alunos começam a sair. Darcy me vê antes que eu a veja. Acho que esse meu cabelo vinho facilita. Ela não está sozinha – Maxi está com ela. Será que minha prima está tão a fim de Darcy quanto Darcy dela? Seria muito conveniente – e um pouco injusto, penso com amargura. Por que sempre parece fácil para as outras pessoas encontrar a tampa da sua panela?

Certo, como se Luke não tivesse praticamente me dito que está disponível pra mim, se eu quiser. Só estou cautelosa porque na verdade *gosto* dele como pessoa. Não é só a aparência dele que me agrada, como no caso de Neal.

– Ei! – diz Darcy enquanto vem saltitando na minha direção. – Encontrei a Maxi no caminho, daí a convidei pra vir junto. Você se importa?

– Claro que não. – Dou um abraço em cada uma. – Eu estava fazendo umas pesquisas mais cedo e descobri que a Britney Mitchell estudava aqui.

Darcy franze a testa.

– Por que esse nome me parece familiar?

– Foi a primeira vítima do meu tio – responde Maxi antes que eu possa reagir. – A escola tinha, tipo, um altar ou coisa do gênero pra ela aqui, mas tiraram logo antes do meu primeiro ano.

– Sério?

Ela confirma com a cabeça.

– A gente não pediu pra tirar. Digo, não teria me incomodado, mas acho que o corpo docente achou que sim. Algumas pessoas inventaram umas histórias, tipo que botei fogo em tudo e coisa do gênero. Ainda tá na diretoria, só que fora de vista.

– Eu gostaria de ver o altar.

Maxi olha para Darcy.

– Quer vir junto, filha do carinha do FBI?

Darcy dá uma risadinha.

– A coitada da Emily vai ter um troço se a gente for lá junto. – Ela olha para mim. – É a secretária da escola. Ela tem, sei lá, uns oitenta anos.

Maxi dá de ombros.

– Vamos ver.

Emily, no fim das contas, não tem nem perto de oitenta anos – mas deve ter bem uns sessenta. O cabelo dela é de um grisalho interessante, com um tufo branco na frente. É baixinha, mas está em forma, vestida toda de preto e com um batom vermelhão nos lábios. *Emily the Strange* versão terceira idade. Ela tem até o mesmo nome que a personagem do livro.

– Maxine, Darcy – cumprimenta ela quando entramos, mas mantém o olhar cautelosamente fixo em mim. – Quem é a amiga de vocês?

Percebo que ela já sabe. Já me viu no noticiário.

– Scarlet Murphy – respondo, estendendo a mão.

A mulher parece surpresa, mas responde com um aperto firme.

– É um prazer conhecê-la, Scarlet. O que posso fazer por vocês?

– A gente queria ver o memorial para a Britney Mitchell – explica Darcy.

A coitada da Emily pode não ser velha, mas talvez vá mesmo ter um troço. Ela fica branca.

– Por quê?

– Quero fazer um documentário sobre as vítimas do meu pai – admito. Não tem por que mentir ou fingir que ela não sabe quem eu sou. – Elas merecem ser conhecidas, e quero saber mais sobre todas. Vou começar com a Britney. Não vou encostar em nada. Só quero ver o memorial e talvez filmar, se não tiver problema. – Talvez eu esteja entrando em um terreno perigoso, já que o agente Logan ainda não me deu permissão para ir em frente, mas prefiro ter a filmagem e não poder usá-la depois do que não ter nada.

Emily pensa por um momento. Prendo a respiração.

– Venham comigo – diz ela.

Seguimos a mulher pela recepção da secretaria até uma porta fechada no fundo do cômodo. Ela a abre e a segura para que passemos. Depois vem atrás da gente.

Não é uma sala grande, mas é maior que o meu closet. Conseguimos nos mover por ela tranquilamente, mesmo com um monte de coisa guardada no espaço. Vejo o memorial de imediato. Um armário de vidro encostado na parede do fundo. As luzes do teto refletem na vitrine, e, de onde estou, fica difícil distinguir mais detalhes.

Vou na direção do móvel, o coração martelando e saltando no peito. Não sei o que ele poderia me fazer, mas é quase como se eu estivesse com... medo dele. Com medo de olhar.

Com medo de vê-la.

Mas lá está ela. Meu reflexo no vidro coincide com a foto de formatura em que ela está toda sorridente. Por uma fração de segundo, somos uma; depois dou um passo para a direita para ver melhor. A foto é apenas um dos itens no armário. Há uma montagem de imagens dela com amigos e professores. Bem na frente, um roteiro de *Romeu e Julieta* com rabiscos e anotações entre as linhas. Uma jaqueta da escola presa à parede do fundo, com as mangas dobradas com cuidado e o nome BRIT bordado no peito.

Engulo em seco. A garota nessas fotos tem a minha idade. Digo, é a mesma das imagens que encontrei on-line, mas essas não são escaneadas – são fotografias impressas. Torna tudo mais real.

– Ela era uma boa garota – diz Emily atrás de mim. – Uma aluna brilhante. Popular. Cheia de amigos.

Vejo Maxi olhando para mim pelo canto do olho.

– Tudo bem aí?

Concordo com a cabeça antes de pegar e ligar a câmera. Faço uma tomada filmando devagar o armário e os itens dentro dele e guardo o equipamento. Não aguento mais olhar para essas coisas. Me viro para Emily.

– Obrigada.

– Ouvi dizer que seu pai está morrendo – responde ela.

– Câncer – digo.

Ela arqueia uma das sobrancelhas finas.

– Você sabe que ele vai para o inferno, né?

– Não ligo pra onde ele vai, contanto que eu não acabe no mesmo lugar que ele. Obrigada de novo.

Saio da sala, com Maxi e Darcy atrás de mim.

* * *

Maxi tem um pouco de maconha, então vamos de carro até uma loja de conveniência e fumamos nos fundos dela. Fico paranoica de ser pega quando alguém abre a porta dos fundos, mas é apenas o caixa, que estende a mão para cumprimentar Maxi com um soquinho.

– Fala, moça. Me dá um tequinho disso aí. – É óbvio que eles se conhecem, então deixo o coração descer de novo pela garganta e se acomodar no peito.

Confortavelmente chapadas, compramos salgadinhos, barrinhas de alcaçuz, ursinhos de gelatina e refrigerante antes de nos sentarmos na mesa de piquenique desgastada nas proximidades do estacionamento. Estou me sentindo um pouco atordoada e totalmente livre. Nada de ansiedade, nada de cérebro coçando. A ansiedade parece isto para mim: uma coceira na cabeça que nem tenho esperanças de ser capaz de coçar algum dia.

– Lugar estranho pra uma mesa – comento, mordendo um pedaço de alcaçuz.

– Antes tinha um lugar que vendia sanduíche aqui – explica Darcy, como se isso fosse me fazer entender melhor. Depois ela pergunta: – Foi estranho pra você ver as fotos dela?

Assinto. Estar chapada faz com que seja mais fácil falar sobre isso.

– Fez ela ser real.

– É. Retiro o que disse mais cedo – diz Maxi. – Ainda bem que não preciso olhar pra ela todo dia.

– Mas ela precisa ser lembrada – digo.

Minha prima faz uma careta.

– Sim, só não quero lembrar todo dia. Quero? Você quer? Digo, a gente não fez nada de errado. Seu pai matou essa garota antes mesmo de você nascer. – Depois acrescenta: – Essa foi a coisa mais fodida que já falei.

A gente cai na risada. Sim, provavelmente é errado, mas a sensação é boa – como uma válvula de escape. Ela está certa, sei disso, então por que sinto tanta vergonha? Não é como se meu pai tivesse alguma.

Ficamos ali mais um tempinho. Me surpreende o fato de minha mãe não mandar nenhuma mensagem para ver onde eu estou. Ela anda mais relaxada ultimamente, mas mesmo assim…

– Acho melhor eu ir pra casa – digo, sentindo a ansiedade chegar. Maxi confere o celular.

– Sim. Eu também. Quer uma carona, Darcy?

– Com certeza.

Entro no banco de trás, deixando Darcy ir na frente. Por mais que eu goste de ir no banco do carona, seria babaquice pegar o lugar para mim sendo que elas estão claramente a fim uma da outra.

Deixamos Darcy primeiro. Tento não prestar muita atenção no desejo em seu olhar quando diz tchau para a minha prima.

– Então... – começa Maxi depois que pegamos o caminho para a minha casa. – Quer ir até o chalé esse fim de semana e filmar as coisas por lá?

Viro a cabeça tão rápido que meu pescoço até dói.

– Sério?

Será que ela lê mentes ou coisa do tipo?

Ela sorri.

– Minha mãe mencionou que você talvez tivesse curiosidade de ir até lá. Não tem mais muito o que ver. Se bem que, com você aparecendo e ele morrendo, pode ser que o movimento ressurja.

– Movimento?

Ela dá de ombros, os olhos fixos na rua.

– Invasores. Pessoas que gostam de ir até lá pra procurar alguma coisa pra guardar de lembrança. Levaram as maçanetas uma vez. Já teve gente que arrombou a porta e roubou coisas. A gente instalou um alarme agora, e de qualquer forma não tem mais nada de valor por lá. Outras pessoas gostam de deixar flores e presentes onde os corpos foram encontrados.

Sinto um calafrio. Esse lugar daria umas tomadas ótimas. Cheias de emoção.

– Sua mãe não se importa de a gente ir até lá?

– Se formos só nós duas, ela vai ficar preocupada. Mas se a gente levar companhia, tipo a Darcy e o Luke... – Ela abre um sorriso. – Vai dar bom.

Retribuo o sorriso sem pestanejar.

– Por acaso você tá tentando usar nosso trauma conjunto pra dar uns pegas na Darcy?

– "Dar uns pegas" é meio exagerado. Só quero passar mais tempo com ela. Além disso, nem sei se ela quer alguma coisa comigo.

Eu não devia me envolver nisso, mas como evitar?

– Ah, acho que você pode considerar isso, sim.

– Ela falou alguma coisa?

– Só que queria te conhecer melhor também. Tipo, mais do que como amiga. Agora, tô fora disso. Não conheço nenhuma de vocês duas o suficiente pra pagar de cupido.

– Tarde demais. – Minha prima parece toda felizinha. – Agora me sinto cem por cento à vontade de dizer que o Luke quer te conhecer melhor também.

Sinto algo se remexer dentro do peito.

– Como você sabe?

– A Darcy me contou. Você foi um ótimo assunto pra gente começar a conversar, aliás. Então te devo essa. Café? A gente pode passar pra pegar no caminho.

– Ah, tá. Claro. Mas por que mesmo a gente tá falando de mim e do Luke?

– A Darcy estava tentando juntar vocês dois, mas tem medo de que isso prejudique a amizade entre vocês. Falei que você pode muito bem ser amiga dela e ainda fazer um oba-oba com o Luke.

Rio pelo nariz.

– Você não falou "fazer oba-oba".

– Falei, sim.

E nós duas começamos a gargalhar como se fosse a coisa mais engraçada que já ouvimos.

Quando Maxi me deixa na frente da nossa casa protegida, estou começando a perder o barato da maconha. O café ajuda. Sei que não é bom para a ansiedade, mas gosto demais para abrir mão.

– Aqueles são agentes do FBI? – pergunta ela, apontando para um carro sem identificação estacionado por perto.

– Policiais, acho. Phelps e Marco. Eles se apresentaram na nossa primeira manhã aqui. Sempre avisam quem tá de guarda e quando vai ter uma mudança de turno. Mas o FBI cercou a casa inteira com um esquema de segurança. Câmeras e alarmes.

– Deve ser chato pra caramba ficar sentado num carro por oito horas – comenta Max, olhando para eles pelo para-brisa. – Mas então, ó, te pego lá pelas oito e meia sábado à noite, pode ser?

– Claro. Quando você quer ir até o chalé?

– Que tal domingo?

– Só vou confirmar com a minha mãe se posso e te aviso. – Abro a porta. – Valeu pela carona.

Maxi acena antes de ir embora.

Só percebo que o carro do agente Logan está estacionado atrás da casa quando chego à entrada. Franzo a testa. O que ele tá fazendo aqui? Será que Lake morreu? Ai, meu Deus. Será que minha mãe se meteu em apuros por causa do que fez com ele na prisão? Será que ele prestou queixa?

Destranco a porta e entro. Uma mulher com cabelo liso e escuro está sentada na sala de estar. É só quando ela ergue a cabeça que noto que é minha mãe. Ela voltou o cabelo para a cor natural. Fico ali parada, olhando para ela. Ela está tão... diferente. Bonita.

Exceto pelo olho roxo e o lábio cortado.

– Que porra aconteceu com você? – exijo saber, soltando a bolsa e correndo na direção dela.

Caio de joelhos no assoalho de madeira, mas mal sinto a dor.

– Não foi nada – diz ela. – E não fala palavrão assim.

– Nada porra nenhuma. – Viro para o agente Logan. – Quem fez isso?

Ele olha para minha mãe, não para mim.

– Gina?

Ela suspira, me virando para que olhe para ela.

– Depois que saí do cabeleireiro, parei numa livraria. Uma mulher lá me reconheceu.

– E fez o quê? Pegou um *Guerra e paz* e deu uma livrada na sua cara?

– Foi com um do Harry Potter, na verdade. Deve ter sido um dos últimos da série, porque era bem pesadinho.

– Como você pode fazer piada sobre isso?

Ela olha para mim.

– Porque tomei dois dos seus comprimidos pra ansiedade e uma taça de vinho. E, pelo seu cheiro, era de esperar que você estivesse um pouco mais calminha.

Meu queixo cai, como uma dobradiça bem lubrificada. Não sei o que dizer. Atrás de mim, o agente Logan dá uma risadinha.

– Pelo menos me diz que você bateu de volta – murmuro.

Ela nega com a cabeça e leva uma bolsa de gelo ao olho.

– Isso só teria piorado as coisas. Ela me acertou e depois pareceu terrivelmente assustada com a própria atitude. Os seguranças pegaram a mulher e a escoltaram para fora. A proprietária me trouxe gelo e uns guardanapos. E ainda me deu um cartão promocional pra retirar uns livros de graça antes de eu ir embora. Acho que ela ficou com pena de mim.

Certo, agora consegui perceber como a voz dela está meio arrastada. Foi mais do que uma taça de vinho. Ou talvez mais do que dois comprimidos.

– Você tá bem?

– Ótima. Está doendo pra caramba, mas... Sei lá. Agora que aconteceu, não estou mais com medo de que aconteça.

– A mulher disse algo? Tipo, ela te atacou só porque te reconheceu?

Minha mãe olha para Logan. Claramente está cogitando quanto da história vai me contar. Logan assente com a cabeça, e minha mãe tira a bolsa de gelo do rosto.

– Meu amor, ela me bateu porque conhecia uma das vítimas do Jeff.

– E...?

Ela suspira.

– E ela acha que eu o ajudei a matar a amiga dela.

– Mas você não ajudou.

– Não. – Minha mãe parece exausta, depois hesita. – Mas eu estava lá no chalé enquanto ele enterrava o corpo.

CAPÍTULO 20

*Q*ue porra é essa?

Minha mãe não me dá muito tempo para pensar no que acabei de ouvir.

– Ele disse que queria preparar o chalé para a Páscoa. A gente sempre passava a Páscoa lá, com a família dele. Você e eu ficamos pra trás porque eu precisava trabalhar, e a Cat e eu íamos levar você e a Maxi pra tirar fotos com o coelhinho no shopping.

Sinto vontade de pedir que ela fale logo, mas não faço isso. Fico ali sentada, escutando, e não quero perder uma só palavra. Foi o que a fez ser atacada na rua, então preciso ouvir tudo.

– Enfim. – Minha mãe pigarreia, esfregando as mãos na calça. – Decidi ir com você de carro no domingo. O dia estava bonito, e o chalé fica a apenas uma hora daqui. Achei que ele ia gostar da surpresa. Quando cheguei, ele estava cheio de terra. Imundo. Eu sabia que estava mexendo no jardim e limpando tudo pra primavera... Mas ele ficou possesso por eu ter aparecido sem avisar. Gritou, algo que raramente fazia. Achei... Por um segundo, achei que ia me bater.

– O que aconteceu? – pergunto baixinho quando ela fica em silêncio, revivendo o momento.

– Você começou a chorar na cadeirinha do carro. Foi como se tivesse virado uma chavinha nele. De repente, ele era de novo o homem com quem casei. Seu pai me abraçou. Pediu desculpas. Depois pegou você.

Penso nele me pegando no colo. Tento imaginar meu pai demonstrando todo esse carinho.

– Por que ele estava todo sujo?

Ela olha para mim com uma expressão compassiva. Depois, vira para o agente Logan. Não é para pedir permissão, é por outro motivo.

– Ele tinha surtado e levado três garotas para o chalé. Uma delas ainda estava viva... Foi o que fiquei sabendo depois.

Sou tomada pelo horror, um formigamento de nojo se espalhando pelas minhas costas e pelos braços.

– Ele estava... *visitando* uma delas?

Ela assente, incapaz de me olhar nos olhos. Sinto vontade de vomitar. Ele abraçou minha mãe, me pegou no colo com a sujeira da violação de um corpo ainda na pele e nas roupas.

– Talvez ele estivesse apenas enterrando o cadáver, não sei. Mas, de qualquer forma, ele nos levou para dentro do chalé e disse para eu tomar um banho enquanto terminava a jardinagem. Depois, ele mesmo iria para o chuveiro. Foi o que fiz. Nunca questionei o que ele estava fazendo no jardim. Eu o ouvi usando uma pá. Até o vi colocando adubo ao redor de uma roseira recém-plantada depois que saí da ducha. Você estava comigo no banheiro, ainda na cadeirinha. Lake entrou, tomou banho e fez jantar pra gente como se nada tivesse acontecido. Como se eu não o tivesse quase flagrado com uma garota morta.

Não consigo acreditar. Isso é demais. Horrível demais. Só encaro minha mãe.

Ela ergue o queixo.

– A polícia acha que Lisa Peterson estava no barracão nos fundos do chalé naquele dia. Ainda viva, mas Dina Wiley já estava numa cova rasa. Eu poderia ter encontrado qualquer uma das duas se tivesse olhado. Se fosse mais desconfiada, talvez tivesse salvado Lisa. É por isso que mereço este tipo de coisa. – Ela aponta para o rosto machucado.

– Ele teria matado você – diz o agente Logan, e a entonação dele me diz que já falou isso antes. – Junto com a Lisa, e aí a Scarlet teria sido criada por um psicopata.

Minha mãe balança a cabeça.

– Eu devia ter percebido…

O maxilar dele está tenso.

– Não entre nesse caminho de novo. A gente sabe aonde ele leva.

Alterno o olhar de um para o outro.

– Aonde? Aonde ele leva?

Minha mãe fica em silêncio. O olhar do agente Logan continua focado nela.

– Pra um lugar para o qual a sua mãe não quer voltar.

É ela quem quebra o clima estranho. Fica claro que nenhum dos dois vai me contar sobre que raios estão falando, e não sei se quero saber. Sempre que descubro algo sobre meu pai, desejo não ter descoberto.

– Enfim – diz ela. – Foi uma amiga da Lisa Peterson que me deu uma Harry Potterzada na cabeça.

Ela faz piadas para se esquivar do assunto, percebo. Seus dedos tremem enquanto ajeita o cabelo escuro e brilhante. Suas unhas estão roídas até o talo. Uma das cutículas parece estar sangrando. Ela está um caco, tentando se manter inteira.

Minha mãe está morrendo de medo.

Percorro a distância entre nós. Ainda de pé, coloco os braços nos ombros dela e a puxo contra minha barriga. Ela enlaça meu quadril e aperta forte. Eu me viro para o agente Logan.

– É bom a gente prestar queixa? – pergunto. – Ou só ia piorar as coisas?

– Sua mãe não quer fazer boletim de ocorrência. Pensei em informar isso pessoalmente à agressora.

Nenhum dos dois menciona o nome da mulher. Será que é para me proteger? Minha mãe devia saber que não tenho coragem de confrontar ninguém.

Assinto. O barato da maconha passou por completo, mas não me sinto ansiosa. Estou brava.

– Quero ver o Lake amanhã – digo. – Você consegue viabilizar isso?

– Claro.

Se fica surpreso, o agente Logan não demonstra.

– Eles identificaram os corpos?

– As identidades de Michelle Gordon e Jackie Ford foram confirmadas. Os agentes comunicaram as famílias hoje. As delegacias de ambos os estados com as quais temos mais contato já marcaram coletivas de imprensa. – Ele dá uma olhada no relógio. – Provavelmente já estão começando.

O que significa que meu pai vai conseguir mais atenção. Os corpos serão algo secundário em comparação à infâmia dele. Aposto qualquer coisa que vão passar dois segundos falando das vítimas e cinco minutos repassando a carreira de assassino em série do meu pai.

– Você perguntou pra alguém sobre o meu projeto?

Ele confirma com a cabeça.

– Tenho uma reunião sobre isso amanhã cedo. A gente pode conversar mais depois da sua visita à Central, se você quiser.

– Quero. E, só pra ficar claro, se alguém me bater, vou prestar a porra das queixas todas. Seja amigo de quem for.

Para a minha surpresa, o agente Logan sorri.

– Eu não esperaria menos de você. – Ele fica de pé. – Vou indo nessa. Só queria ficar com sua mãe até você chegar. Não esquece de acionar o alarme depois que eu sair, tá bom?

Vou com ele até a porta. Assim que ela se fecha atrás dele, imediatamente aciono o alarme e passo todas as trancas. Depois volto até minha mãe, me ajoelhando diante dela para ver melhor os machucados.

– Tá doendo?

– Não é nada de mais. – Ela tenta sorrir, mas seu rosto se contorce numa careta quando os lábios se esticam. Minha mãe suspira. – Preciso de mais vinho.

Sou a última pessoa que tem o direito de criticá-la por se automedicar, então eu mesma sirvo uma taça para ela. Sirvo uma para mim também. Minha mãe nunca ligou se bebo ou não, contanto que tome cuidado. Sento na poltrona ao lado dela e estendo a mão em sua direção. Ela olha para os meus dedos com surpresa antes de entrelaçá-los aos seus.

– Você precisa fazer a mão – digo a ela. – Talvez colocar umas unhas postiças, pra não roer mais.

– Isso seria legal. Talvez fazer o pé também.

Sorrio.

– Boa ideia. Da próxima vez que alguma vadia botar as asinhas de fora, você pode arrancar os olhos dela na base do arranhão.

Para ser sincera, estou um pouco irritada com ela não ter revidado, mesmo sabendo que causaria mais problemas.

– Vou agendar manicure e pedicure pra gente amanhã cedo.

Estendo a taça na direção dela, e ela faz o mesmo. Depois damos um golinho no vinho.

Estou com medo de que essa situação leve *nós duas* para um lugar para o qual não queremos ir. De onde não haja volta.

* * *

– Fala, queridinha.

É sexta-feira. Pouco menos de uma semana se passou desde a última vez que vi meu pai, mas parece que faz mais tempo. Ele está abatido e magro. Não passa de uma camada fina de pergaminho antigo cobrindo um esqueleto. Sua íris parece quase turquesa contra a parte branca dos olhos já toda amarelada.

Eu ficaria horrorizada se fosse com qualquer outra pessoa. Iria querer fazer algo por ela. Em vez disso, quero ficar aqui sentada assistindo enquanto ele morre.

É isso que ele fez comigo. É nisso que está me transformando. O ódio que sinto quando olho para ele queima na minha garganta.

– Você não vai falar nada? – O tom dele destila diversão.

– Tô só pensando – respondo.

– Em quão bonito eu estou?

Abro um sorrisinho.

– U-hum. Claro.

Ele tosse.

– O médico diz que não tenho muito tempo. Parece que vou levar algumas garotas comigo, no fim das contas.

É por isso que ele está tão radiante. Por isso parece feliz, mesmo sendo comido vivo pela doença. Ele vai vencer. O ponto central desse circo todo nunca foi me contar os nomes. Sempre foi me trazer até aqui. Não. Sempre foi sobre *ele*. Eu não deveria me surpreender com ele fazendo algo assim.

– É o que parece mesmo – digo, mantendo o tom neutro. – Ou você pode me contar todos os nomes agora e me deixar seguir com a minha vida.

– Não. Quero minha garotinha comigo até o fim.

– Por que você me odeia tanto?

Ele arregala os olhos.

– Eu não odeio você. Não sinto nada por você. Ou por ninguém, pra ser sincero.

– Mas você não tá sendo sincero. Se não sentisse nada, não ia curtir tanto me provocar desse jeito. Então, qual é?

Lake comprime os lábios.

– Acho que não tem problema sermos sinceros um com o outro, né? Como se eu pudesse me dar ao luxo de arrastar nossas reuniões pelo tempo que eu quiser… Não gosto do fato de que você cresceu sem saber de mim.

– Eu sabia de você. Só não sabia que era o meu pai.

– Foi isso que quis dizer. Perdi anos com você. Anos que eu teria aproveitado se sua mãe não tivesse pirado.

Arqueio uma sobrancelha.

– Você acha que ela teria me trazido nos dias de visita? Você tá doido.

– Muita gente já me disse isso, pessoas mais espertas que você. Talvez eu esteja mesmo. Mas pelo menos vou poder partir desta pra uma melhor com a satisfação de ter me apresentado a você. – Ele foca o olhar em mim. – Vou deixar uma marca que você nunca vai poder apagar.

Eu poderia dizer que ele não é assim tão memorável, mas nós dois sabemos que é mentira. Nunca vou esquecer meu pai ou tudo isso que está acontecendo.

– O que você gostava na Britney? – pergunto, mudando de assunto.

Ele pestaneja. Imagino que os analgésicos devam estar tornando difícil acompanhar a conversa.

– Britney Mitchell?

Confirmo com a cabeça.

– Por que você continua voltando nela? – O sotaque dele está forte hoje. Ele deve estar sob efeito de remédios bem pesados. – Ela já é passado.

– Quer que eu entenda você, não quer? Me ajuda a fazer isso, então.

O olhar brilhante e ligeiramente fora de foco dele hesita quando encontra o meu.

– É por causa do seu nome, né? Quer colocar os holofotes em você, não em mim.

Para um homem que se gaba tanto de ser inteligente, ele realmente não tem ideia de como as pessoas funcionam.

– O que você gostava na Britney?

– Tipo, o que me fez tirar a vida dela?

– Não. Quero saber o que você gostava nela. Não ligo para o motivo por que você a matou. Já sei por que você fez isso. Quero saber sobre *ela*.

Foi a coisa errada a dizer. Ele estreita os olhos.

– O que você sabe da vida, mocinha? E por que se importa com isso? Acha que me arrependo de ter acabado com ela? Que ter dado o nome dela a você significa mais do que te transformar num troféu vivo?

Nego com a cabeça. Será que ele não lembra de já ter me dito isso?

– Não tem a ver com você ou comigo. Você namorou com ela por alguns anos. Alguma coisa nela o atraiu, não era só uma questão de vê-la como uma presa. Caso contrário, você só a teria matado e ponto-final. Mas você a matou depois que terminaram o relacionamento. Acho que foi porque ela machucou você. Fez você sentir alguma coisa. Digo, foi ela quem fez você ser o que é.

Ele dá uma risadinha sarcástica.

– Ela não me fez ser quem sou. Ela era esperta. Eu gostava do fato de que era capaz de conversar comigo sobre qualquer coisa. E era doce. – Ele dá de ombros. – Ela me tratava como se eu fosse especial. Eu gostava disso.

– Por que vocês terminaram?

Ele fica em silêncio por tanto tempo que, por um instante, penso que caiu no sono.

– Porque, no fim das contas, ela não achava que eu era especial. Tentei me abrir com ela, e ela ficou com medo. Não quis mais me ver.

– Se abrir com ela? Digo, você contou quem era?

– Não. – Ele olha para mim com desprezo, como se eu fosse intelectualmente muito inferior a ele. – Tentei mostrar a ela do que eu gostava. Do que eu precisava. Ela não quis me dar.

Ele não precisa explicar mais. Sei o que quer dizer, e não quero saber o que fez com ela – ou o que tentou fazer.

– Ela não entendeu.

– Não. E comecei a ficar obcecado com isso. Você já ficou obcecada por alguma coisa?

Sei que agora estou olhando para Lake com a mesma expressão de desprezo que ele usou comigo um pouco antes.

– Sim, claro. O tempo todo.

Ele assente, sorrindo. Está de bem comigo de novo.

– Então comecei a ficar obcecado por ela. Ela me rejeitou, e eu a queria. Sabia que não era amor, mas era o mais perto disso quanto eu conseguia chegar. Quando vi que ela tinha superado nossa relação e seguido em frente... Bom, algo aconteceu dentro de mim. Soube que nunca me libertaria dela se não fizesse o que queria com aquela mulher. Ela era minha, afinal.

Engulo em seco.

– Então você a matou.

Ele nega com a cabeça.

– A morte dela foi um acidente. Nunca foi minha intenção. A princípio, só queria drogá-la e transar com ela. Queria que ela não reagisse. Não exigisse nada. Eu tinha enfiado essa ideia na cabeça, entende? Não conseguia parar de pensar como seria se ela nunca tivesse se assustado com a ideia.

Que raios estou fazendo? Por que perguntei isso a ele? Minha vontade é fugir, mas em vez disso agarro os braços da cadeira. Sustento o olhar.

– Eu me deixei levar. – Ele fala como se tivesse se descontrolado e comido um bolo inteiro ou comprado mais roupa do que devia. – A sensação era tão boa... Eu queria continuar indo mais e mais fundo, e daí... Não havia mais nada a fazer. Não naquele momento.

Eu realmente queria não entender o que ele quis dizer. Sinto o gosto da bile no fundo da língua.

– O que você sentiu quando percebeu que tinha matado a Britney?

– Fiquei assustado, a princípio. Mas... depois senti uma euforia que não ia embora de jeito nenhum, mesmo quando senti vergonha do que tinha feito. Eu sabia que era errado, mas parecia certo pra caralho. – Ele ri. – Por um momento, fui um monstro. E gostei disso.

– Você sempre vai ser um monstro – relembro. – Morrer não vai absolver você disso.

– Ora. – Ele dispensa o comentário com um gesto da mão. – Não precisa encher minha bola. Não passo de um rato numa ratoeira. Não tem vivalma no mundo que teria medo de mim hoje em dia. Exceto sua mãe, talvez.

Nossos olhares se encontram.

– Acha que ela tem *medo* de você?

Achei que ela tinha sido bem-sucedida em provar o contrário.

– Ah, pode apostar que tem. Não por ela. Medo do que posso contar pra você. Medo de como você pode enxergá-la depois disso. Medo das dúvidas que pode ter. Ela morre de medo da marca que vou deixar em você.

– Mas isso não é a mesma coisa que ter medo de *você*.

– Quem de nós aqui se formou em direito, hein, minha filha? Não vem discutir semântica comigo que dou um banho em você. E não é por isso que você está aqui, né? Você está aqui esperando que eu te dê outro nome, implorando por migalhas pra aliviar o peso na sua alma.

– Acho que você precisa botar em prática metade do que diz pra mim – falo, suspirando. – Não é tão impressionante quanto imagina.

Ele sorri – apenas uma curva leve dos lábios secos e finos.

– Sabe o que é impressionante? Como você tenta me enfrentar. Como é difícil pra você esconder seu medo.

– Medo de *você*, um rato numa ratoeira? – Talvez eu não devesse falar com ele usando um tom tão zombeteiro, mas a sensação é boa.

Ele parece não perceber.

– De mim? Ah, não... Do quão preocupada você está de virar alguém como eu. De quanto de mim há em você.

Sinto a garganta secar de imediato.

– Nossa, essa provocação já deu no saco.

Ele faz um barulhinho com a língua.

– Amo como você tenta me enfrentar... Como se a gente estivesse no mesmo nível.

– Não quero estar no mesmo nível que você. Aliás, não quero ser nada parecida com você. Não *sou* nada parecida com você.

Outro sorrisinho.

– Você não para de repetir isso pra si mesma.

Escroto.

– Me conta sobre a Michelle Gordon.

– Já contei.

– Como ela era como pessoa?

Ele olha para mim com uma surpresa genuína no rosto.

– E como raios vou saber?

– Você perseguiu ela por um tempo, não perseguiu? Ficou de olho pra garantir que ela se enquadrava no seu perfil.

– O meu *perfil* não era nada mais do que se enquadrar numa certa aparência. Elas só precisavam lembrar de leve a Brit. Só precisavam evocar um lembrete daquele primeiro toque de magia. – Ele dá um gole no copo d'água ao lado da cama. – Minha intenção não era fazer conexões, minha filha. Eu só precisava dar vazão à vontade de matar. – Uma expressão esquisita cruza seu rosto. Parece admiração ou surpresa. – Eu nunca admiti isso pra ninguém além de mim mesmo. Foi bom falar em voz alta.

– Tá orgulhoso de você mesmo?

Ele dá uma risada.

246

– Gosto muito do seu sarcasmo, lindinha. Toda a língua afiada e a astúcia, você herdou do meu lado da família. A da sua mãe é um bando de patetas. Cheios da grana, mas burros que nem uma porta. Não sei como a Allie saiu tão esperta.

– O nome dela é Gina.

– Certo. Gina Murphy. Sabia que esse era o sobrenome de um ex dela? Não? Pergunta pra ela a respeito.

– De jeito nenhum. – Tento de novo: – Como é possível você lembrar o nome de todas elas, mas nada *sobre* elas?

Meu pai suspira.

– Justo quando eu estava começando a achar que você era mais ou menos inteligente, você vai e me revela sua ignorância. Não me interessava quem ou o que elas eram, tá? O que interessava era o que viravam na minha cabeça. O que viravam pra *mim*. Sabe de uma coisa? Você me cansou hoje. Chega.

Eu me sobressalto.

– Chega? Mas você ainda não me deu um nome.

– Isso te deixa apavorada, né? Sem dúvida já encontraram a Michelle e a Jackie a essa altura. Provavelmente teve uma coletiva de imprensa. Alguns jornalistas já tentaram entrar aqui pra me entrevistar. É ótimo ser relevante de novo. Eu podia dar outro nome, manter a bola quicando, mas ganho mais publicidade se não fizer isso. A gente precisa criar um pouco de conflito e drama, não acha?

– Você é um escroto – digo, a voz baixa.

Ele ri, mas o sorriso se transforma rápido num esgar de dor. Ótimo.

– Quando eu morrer, você vai se perguntar se podia ter feito alguma coisa diferente pra me convencer a te entregar uma das minhas garotas? Se podia ter tentado com mais afinco, mas em vez disso só quis ficar perguntando sobre águas passadas?

Ah, ele vai colocar esse fardo nos meus ombros. Não vou assumir a responsabilidade de ele ser um psicopata.

– Elas não eram águas passadas pra quem se importava com elas.

– Você está tentando se vender como paladina da verdade, não está? Vindo aqui porque quer se ver como a heroína desta história?

Esta história é *minha*, lindinha. Eu sou o protagonista. Eu é que decido pra onde a trama vai. Não você. Minhas garotas não lhe importavam até você descobrir quem é. Mesmo agora, você não tá nem aí pra elas... Só quer tirar essa mancha de si.

Isso dói. Passa perto demais da verdade.

– Seu ego é impressionante. – Revido o ataque. – Você não importa nem metade do que essas garotas importam. Você não seria *nada* sem elas. É por isso que se agarra tão firmemente a elas. São a razão de a mídia querer falar sobre você, de o FBI te dar o que quer. Não é por você. As pessoas estão pouco se fodendo pra *você*.

Ah, agora ele me odeia.

– Vou continuar famoso mesmo muito depois da sua morte, mocinha. Vão lembrar do meu nome pra sempre.

Balanço a cabeça.

– Talvez. Mas vai ser sempre por causa dessas garotas, não por sua causa. Você não vai deixar pra trás nem um cadáver bonito. Talvez publiquem fotos suas depois que morrer, como fizeram com o Bundy. Todo mundo vai lembrar de você acabado e horroroso. Até você torceria o nariz para o corpo que vai deixar pra trás.

Acho que fui longe demais. Algo lampeja nos olhos dele, e o maldito sorri.

– Minha garota...

Eu devia saber que ele adora me ver destilando tanto ódio. Não é possível ferir esse homem. Tento reprimir a raiva, deixar a feiura de lado e vê-lo como ele realmente é.

– Quase sinto pena de você – digo. – Você arruinou todo o amor que as pessoas poderiam ter sentido por você. A Britney, minha mãe, eu... até mesmo a Everly. Ou ela ainda te vê como um "superpredador"? – Jogar essas palavras na cara dele me dá certa satisfação.

Ele dá de ombros.

– Faz um tempo que não vejo a Everly.

Isso o incomoda mais do que ele deixa transparecer. De repente, me sinto exausta. Cada uma dessas visitas me faz perder alguns dias de vida.

– Você vai me dar algum nome hoje?

– Não – diz ele. – Acho que não vou.

Babaca. Ele é tão convencido que reajo sem pensar.

– Me dá um nome ou boto um ponto-final nessa merda.

Ele pisca.

– Está me ameaçando?

– Não, estou informando a minha decisão. Tô cansada desse jogo, cansada de você. Ficou prometido que, se eu viesse aqui, você me daria os nomes. Ou você faz isso ou é um mentiroso do caralho. Pausei minha vida pra estar aqui, e você tá cagando pra isso. Então *chega*, Jeff. Se você me der um nome, encaro esta merda até o fim. Se não, pode se despedir do seu legado. Chega da minha presença. Chega de imprensa. Vai morrer sozinho.

Ele se ajeita contra os travesseiros. Exige esforço, mas ele consegue.

– Você está blefando.

Eu talvez risse do tom incrédulo dele se não estivesse tão cansada.

– Tô, é? Sou sua filha, como você ama lembrar, então olha nos meus olhos e me diz se realmente quer arriscar descobrir.

Tento não ceder quando nossos olhares se encontram. Fitar aqueles olhos vazios me faz sentir calafrios, mas vou em frente e não desvio o rosto enquanto o silêncio perdura entre nós. Isso não tem a ver comigo ou com ele. Tem a ver com as vítimas. É por isso que estou aqui.

– Tami Klein – solta ele. A boca de Jeff se abre como se quisesse me dar um último detalhe horrível. Ele hesita. – Fala para o Logan que tem um bônus pra ele. E pra você também.

Nem franzo a testa em reação às palavras misteriosas.

– Valeu. – Levanto da cadeira. – A gente se vê em breve.

– Amanhã?

Tem um tom esperançoso na voz dele que eu tenho vontade de esmagar. Quero literalmente esmigalhar essa expectativa com a sola do meu sapato. Provar quanto da crueldade dele há em mim. Minha vontade é mandá-lo se foder. Mas isso não tem a ver comigo. Não tem nem a ver com ele.

– Claro – digo. – A gente se vê amanhã.

CAPÍTULO 21

Uma das páginas do fim do meu caderno tem a seguinte anotação:

LEMBRE O NOME DELAS:

Britney Mitchell
Kasey Charles
Julianne Hunt
Heather Eckford
Jennifer Stuart
Tracey Hart
Nicole Douglas
Kelly King
Wendy Davis
Tara Miller
Patricia Hall
Nina Love
Dina Wiley
Lisa Peterson

Michelle Gordon*
Jackie Ford*
Tami Klein*
Suzanne Wilson*

* Garotas que ajudei a devolver para a família.
Lembre-se disso quando sentir vontade de desistir.

O agente Logan está muito empolgado quando vamos embora. Ao que parece, o corpo de Tami Klein foi encontrado numa cova rasa em 1997, junto com o cadáver de outra menina – Suzanne Wilson. Ambas eram da Carolina do Sul.

O FBI já suspeitava que eram vítimas do meu pai – viajar à Carolina do Sul era fácil para ele em 1997 –, mas nunca tinha sido provado.

Agora sei por que Lake me disse que teria um bônus para o agente Logan. Foram duas as vítimas que admitiu serem dele.

Fico exausta depois da visita, como sempre. Ele suga tanto da minha energia que começo a me perguntar se não é isso que o está mantendo vivo. Ele parece uma sanguessuga.

– Ele não quer mesmo que você pare de visitá-lo – diz desnecessariamente o agente Logan enquanto me leva para casa. – Ele gosta de ver você.

– É. U-hu!

Sinto ele olhar para mim enquanto fito pela janela a paisagem agora familiar.

– Você não precisa fazer isso. Você sabe, né? Se estiver sendo ruim demais, a gente encontra outro jeito.

Adoraria, mas já estou comprometida.

– Eu preciso terminar o que comecei. – E meu pai não vai durar muito mais, de qualquer forma.

– E agora você tem o seu projeto. Falei com alguns colegas. A gente gostaria de facilitar seu contato com as famílias. Vamos te dar acesso a certas informações se permitir que a gente use qualquer coisa que descobrir na busca por mais vítimas.

– Ah, claro. Eu nunca me oporia a isso. Mas na verdade é só pra garantir que eu não ferre o trabalho de vocês, né?

O sorriso dele é meio triste e me faz lembrar de Luke.

– É, basicamente isso.

Concordo com a cabeça, prestes a me virar de novo para a janela, quando...

– Os Mitchell querem se encontrar com você.

Minha atenção volta de supetão para ele.

– Querem? – Não sabia que ele já tinha conversado com a família.

Ele assente.

– Tomei a liberdade de perguntar quando você falou sobre o projeto pela primeira vez. Eles queriam conversar entre eles primeiro, mas, sim, vão se encontrar com você. A única condição é que eu esteja junto.

Franzo a testa.

– Eles estão com medo de mim? – Parece ridículo até perguntar.

Ele não olha para mim – mantém o foco na estrada.

– "Desconfiados" seria uma palavra melhor. Não querem te machucar, mas também não querem ser machucados. Você é esperta, Scarlet. Deve saber que encontrar com a filha do homem que matou a garotinha deles é algo cruelmente irônico. O fato de que ele botou o nome dela em você torna tudo isso ainda mais doloroso.

– Se vai ser um sofrimento tão grande, por que concordaram?

– Eles acham que isso pode ajudar a curar as feridas, assim como você.

Fico em silêncio. É isso que espero que essa série documental faça? Cure minhas feridas? É, acho que sim. Algo precisa compensar o que meu pai tirou.

– Pode ser quarta que vem? – pergunta ele.

– Vou olhar minha agenda – respondo com um sorrisinho. – Sim, tá ótimo. Valeu.

Ele olha para mim – uma vez, depois de novo.

– Estou feliz de saber que você vai à festa no fim de semana. Passar um tempo com gente da sua idade vai ser ótimo. Fora que sua mãe não precisa se preocupar com você, já que o Luke vai também.

– Isso porque ele é um cara grande e fortão? – Não consigo reprimir o sarcasmo na voz, então abro um sorriso para amenizar.

Ele arqueia a sobrancelha.

– Exatamente. Eu mesmo o ensinei a derrubar alguém se for preciso.

Eita. A ideia de Luke fazendo algo assim é excitante. Não muito diferente do que aquelas doidas sentem pelo meu pai. Sinto o estômago revirar.

O agente Logan franze a testa.

– Scarlet, sei que você só esbarrou com gente que quer fazer mal a você e à sua mãe, mas tem muitas pessoas que gostariam de ser suas amigas pelo mesmo motivo. Seu pai tem um culto de seguidores. Não preciso te dizer isso.

– É, eu sei. O culto da depravação. Eu assisti *Assassinos por natureza*.

– Ótimo filme – diz ele. – Vi no cinema com a Mô quando saiu.

– Os anos noventa produziram uns filmes ótimos que exploram o lado sombrio da humanidade – comento. – Um dos meus favoritos é *Kalifornia: Uma viagem ao inferno*.

– O Brad Pitt estava muito bom nele – diz o agente Logan, animado. – Não tem nada de bonito a respeito do Early Grayce. Pra ser sincero, é uma das representações mais arrepiantes de transtorno antissocial que já vi.

Conversamos sobre filmes pelo resto do caminho. O papo me faz recuperar boa parte da energia sugada pelo meu pai, e já estou me sentindo quase normal quando entro em casa.

Recebo uma notificação de mensagem de texto. Sorrio quando vejo de quem é.

Luke
Fiquei sabendo que vc vai na festa amanhã à noite.

Eu
Vou sim.

Luke
Vou fazer questão de tomar banho.

Eu
Só se vc quiser me impressionar...

Luke
Só precisa disso pra te conquistar????

Eu
O que posso fazer se tenho uma quedinha
por quem tem boa higiene?

Luke
Então vou até escovar os dentes.

Dou uma risadinha.

Eu
Vc é um esquisitinho, sabia?

Luke
Mas vc gosta?

Hesito. Ele está sendo aberto comigo. Sem joguinhos, até onde posso ver. A resposta que eu der pode determinar como a gente vai seguir daqui para a frente.

Eu
Gosto

Luke
:-) Nesse caso, vou até
passar desodorante

– É você, filha? – pergunta minha mãe dos fundos da casa.

– Sim!

> **Eu**
>
> Preciso ir. Te vejo sábado

Coloco o celular no bolso e tiro os sapatos sem usar as mãos. Encontro minha mãe na sala de estar. Ela ergue o olhar quando entro. Assim que vejo seu rosto machucado e inchado, sinto os ombros murcharem.

Ela está vendo as coisas na caixa que minha tia Cat nos deu. Tenta sorrir, mas é nítido que a faz sentir dor, então sai mais como uma careta do que qualquer outra coisa.

– Ei. – Engraçado como o jeito dela de falar mudou desde que chegamos. Engraçado como já me acostumei a ouvi-la falar desse jeito arrastado. – Espero que você não se importe. – Ela aponta para a caixa.

– Encontrou algo legal? – pergunto.

– Umas fotos antigas. Cartas. Coisas que machucam, mesmo me fazendo sorrir. Às vezes é difícil lembrar que eu não devo amar o Jeff.

Será que ela andou bebendo? Não vejo taças de vinho por perto.

– Você pode amar quem achou que ele era – digo.

Ela nega com a cabeça.

– Não, é melhor não. Mas ele me deu você. Sempre vou ser grata por isso.

Engulo em seco, dominada de repente por uma vontade louca de chorar. Ele quer que eu duvide disso, que duvide dela. Não posso deixar isso acontecer.

Minha mãe tampa de novo a caixa e se levanta. Vem até mim e me abraça forte.

Soluços chacoalham meu corpo enquanto lágrimas escorrem por meu rosto. Eu me agarro a ela como se fosse a única coisa me impedindo de sair voando.

– Só queria que ele morresse logo – confesso.

Ela faz carinho nas minhas costas.

– Eu sei, meu bem. Eu sei.

* * *

Não volto à prisão no sábado. Meu pai "não está a fim". Deve estar se sentindo muito mal pra abrir mão da oportunidade de me atormentar.

E se ele morrer hoje? Só consegui quatro nomes. Gostaria de achar que só tem esses, mas sei que não é o caso. O agente Logan tem uma lista de vítimas em potencial, e ela inclui apenas as suspeitas dele. Quantas mais estão por aí e podem nunca ser encontradas?

Mas não posso pensar nessas coisas. Nada disso é minha responsabilidade. Não teriam encontrado essas quatro se eu não tivesse colaborado. E preciso me lembrar disso pelo bem da minha sanidade mental. Não posso me sentir responsável, por mais que eu ache que deva.

Já que não preciso ir à prisão, passo a tarde tentando decidir o que usar na festa de hoje à noite. Como se eu tivesse muitas opções aqui e quisesse impressionar alguém.

Certo, talvez eu queira impressionar Luke, mas ele já me viu logo depois de acordar, então a expectativa já está bem baixa.

A tia Cat vem tomar café com minha mãe, e fica furiosa quando vê os machucados feitos durante o ataque na livraria.

– Vontade de matar o Jeff com as minhas próprias mãos pelo que ele fez com você…

– A natureza já está cuidando disso, Cat – diz minha mãe enquanto serve duas xícaras de café passado na prensa francesa.

Ela também traz um bolinho. Quando na vida a gente comeu bolo no café da tarde? Fico por perto feito um abutre pairando em cima de um bicho atropelado, esperando a chance de afanar uma fatia.

Minha tia abre um sorrisinho.

– Pelo amor de Deus, menina, senta e come um pedacinho de bolo. Meu Deus, parece até que está morta de fome.

– Não quero interromper a conversa de vocês – explico.

256

– Você já tem idade pra ouvir qualquer conversa nossa – responde ela. – Se a gente quiser falar sobre você, eu aviso.

Minha mãe sorri.

– E ela avisa mesmo – diz para mim. Depois fala com a ex-cunhada:

– A Scarlet está se arrumando para a festa de hoje à noite.

– Ah, sei. A Maxi também. – Ela se vira para mim. – Você sabe alguma coisa sobre a menina pela qual ela está toda apaixonadinha?

Minha mãe se empertiga.

– A Maxi está caidinha por alguém? Por quem?

– Pela Darcy Logan – digo, cortando o bolo com o garfo. Ah, o cheirinho de canela e açúcar…

Ela arregala os olhos.

– Sério? Bom, talvez alguma coisa boa surja disso tudo, no fim das contas.

– Elas já se conheciam, mãe. – Reviro os olhos. – Eu não juntei as duas.

– Não, mas você deu uma abertura pra Maxi. Ela é muito tímida no que diz respeito às coisas do coração. Não posso julgar. Podemos estar no século XXI, mas o povo nesta roça não tem a cabeça tão aberta quanto deveria.

Bufo.

– Não entendo por que alguém se importaria com quem eu ou qualquer outra pessoa transa. Contanto que seja consensual, o que importa?

Minha tia ergue a sobrancelha.

– E você anda transando consensualmente com alguém interessante?

– Cat! – exclama minha mãe, mas tem um brilho no olhar dela. Ela está interessada na resposta.

Sério, os alienígenas trocaram minha mãe por um clone esquisito, é isso?

– Não – respondo, sincera. – Tinha um cara lá em Watertown por quem eu estava interessada, mas no fim não era uma boca que valia a pena beijar.

– Alguém aqui chamou sua atenção? – É minha mãe quem pergunta, num tom supercasual.

– Você tá falando do Luke?

– Claro. Ele é bem bonitinho.

De novo, chamar Luke Logan de "bonitinho" é um eufemismo absurdo.

Entro na dela.

– Ele é mesmo. E caras assim geralmente dão trabalho demais.

– Ah, mas ter trabalho é a parte boa! – exclama tia Cat. – Não é, Gi?

Ninguém nunca chamou minha mãe de "Gi". É nítido que ela gosta. Acho que deve ter muito valor o fato de alguém que costumava conhecê-la abraçar a "nova pessoa" que ela se tornou.

– A menos que ele seja um assassino em série. Aí definitivamente o trabalho é demais mesmo – diz minha mãe. Arquejo, e ela alterna o olhar entre minha tia e eu. – Cedo demais pra brincar sobre isso?

Ninguém espera que a própria mãe faça esse tipo de piada. Se bem que, até aí, ninguém espera que o pai seja um assassino em série.

Começo a rir. Minha tia Cat também, depois minha mãe. A gente ri mais do que deveria, mas acho que estávamos precisando.

– Voltando à vida amorosa da Scarlet… – Cat enxuga as lágrimas dos olhos. – Você gosta desse cara? Estou supondo que é o filho do Andrew… Aquele galalau, né?

Minha mãe dá uma piscadinha para ela quando confirmo com a cabeça.

– É, ele foi bem… legal comigo.

Vou falar o quê? Que gostaria que ele tomasse uma atitude para ficar comigo? Que tem uma parte de mim que quer subir nele como se ele fosse uma árvore e fazer todos as coisas sobre as quais só ouvi falar? Não sei se quero admitir isso nem para mim mesma.

– Legal. – Cat balança a cabeça. – Desisto. Gi, pelo jeito você é a nossa salvação. Está saindo com alguém?

Quase engasgo com o café, me virando de supetão para minha mãe. O rosto dela fica vermelho berrante.

– Ah, não… Tem um cara ou outro em Connecticut, mas nada sério. Eu não podia assumir nada assim.

– Bom, agora você está em casa. A gente devia sair hoje. Achar um pedaço de mau caminho pra você.

– É, mãe. – Abro um sorriso de encorajamento. – Talvez *você* pudesse dar em cima do Luke.

Ela parece horrorizada com a ideia.

– Nem brinca com isso. Eu me sentiria uma velha horrível. Cat, é muito gentil da sua parte, mas não estou a fim.

– Por que não? – pergunto. – Agora todo mundo já sabe do seu segredo. Não precisa se preocupar mais com a pessoa descobrir quem você é. Não precisa mais me proteger. Por que não sair de vez em quando?

– Será que é porque parece que acabei de entrar numa luta com o Rocky? – Ela gesticula para o rosto. – Ninguém vai querer ficar com alguém assim.

Tia Cat murcha, encolhendo os ombros.

– Caramba, verdade. A gente vai precisar esperar você melhorar, então.

– Mas até lá a gente já deve ter voltado para o norte. O Andy disse que não parece que o Jeff tenha muito mais tempo de vida.

Congelo no lugar.

– Ele disse isso?

Ela confirma com a cabeça, a expressão cautelosa.

– O câncer já está bem avançado. Acho que ele só aguentou tanto assim porque sabia que você vinha.

Rá. Quem ouve pensa que ela está falando de um pai dedicado, e não de um escroto manipulador.

– Só consegui quatro nomes com ele.

Minha tia estende o braço por cima da mesa e coloca a mão sobre a minha.

– Querida, ele nunca vai te contar o nome de todas aquelas meninas, então não se pressione.

Ela está certa, mas por que me senti tão mal assim, de repente? E não tem nada a ver com lamentar a morte dele.

É que não quero voltar para Connecticut ainda.

– Os Mitchell concordaram em encontrar com a Scarlet pra falar para o documentário que ela quer filmar sobre as vítimas do pai.

Valeu, mãe, por trocar de assunto o mais rápido possível.

– Sério? E como você se sente a respeito disso, Gi?

– Acho uma boa. Estou tentando decidir se vou com ela ou não. Nunca vou ser capaz de dizer à família como sinto muito.

– Você devia, sim, vir comigo se quiser – digo. – Você precisa de um fechamento pra essa história mais do que eu.

– Sua mãe está certa – concorda Cat. – Ei, já contei pra você que a esposa maluca do Jeff tentou falar comigo sobre os últimos desejos dele? Aparentemente, ele disse que quer me deixar uma coisa. Mandei enfiar no rabo. Não estou interessada.

Nem quero imaginar o que meu pai poderia querer deixar para alguém. Mais joias de mulheres mortas?

Termino o bolo e me levanto. Levo o café para o quarto e ouço um pouco de música enquanto começo a me maquiar. Meu Deus, como é chato aqui. Não, não é chato. Mas parece que o tempo demora muito para passar. Depois de terminar a lição de casa e ir à prisão, não tem muito mais coisa para fazer. Eu realmente devia começar o documentário logo. Tudo o que tenho é a filmagem da escola. Preciso de mais material sobre as outras vítimas.

Mando uma mensagem de texto para o agente Logan perguntando se ele pode dividir comigo mais informações arquivadas quando nos virmos de novo – não é algo que ele poderia me mandar por e-mail. O FBI não gostaria disso, acho. Ele me responde uns minutos depois dizendo que vai ver o que tem em vídeo e áudio.

Ter alguém dentro do FBI vai ser útil para esse projeto. Bota útil nisso.

Depois de terminar a maquiagem, troco de roupa. Jeans, botas e um suéter leve. Cabelo solto, brincos de argola prateados. Nada muito extravagante. Minha jaqueta de couro vai me proteger do friozinho da noite. Maxi disse que sempre tem uma fogueira acesa nesses eventos, então não vou congelar.

E talvez Luke me mantenha aquecida. Ai. Ando tão necessitada…

A última coisa que faço é carregar meu celular por completo.

Minha tia Cat já foi embora quando entro na cozinha. Minha mãe está terminando o jantar.

– Você está linda – diz.

260

– Valeu. Então, meu telefone tá carregado, e coloquei no vibra pra perceber se você ligar. Mando mensagem se for demorar, e ativei o GPS.

Ela tira as luvas de forno da mão e as coloca com cuidado sobre a bancada.

– Então, sobre isso... – começa ela. Lá vamos nós. Já me preparo.

– Não vou precisar ficar ligando. Você vai estar com jovens em quem confia. Em quem eu confio. Me manda mensagem se for demorar muito, mas, caso contrário, só se divirta.

Fico olhando para ela.

– Sério?

Ela assente.

– Você vai fazer dezoito anos logo. Preciso te dar liberdade.

Olho para os pés. Não sei como me sentir. Digo, é ótimo, mas... parece errado, de certa forma.

Dou de ombros.

– Acho que posso te mandar uma mensagem quando chegar lá, o que acha? Só pra você saber que eu tô bem.

Ela parece aliviada.

– Claro. Vou estar na casa da Cat tomando vinho e provavelmente montando um perfil num aplicativo de relacionamento ou coisa do gênero.

– Você quer sair com alguém?

– Talvez. – Ela sorri. – E você?

– Você disse que a gente vai embora em breve.

– Provavelmente. Mas podemos voltar sempre.

– Pra visitar ou pra ficar?

Não sei em qual das duas alternativas ela está pensando, mas a ideia é... intrigante.

– Ambos. Não sei como você se sente a respeito disso, mas, depois que for pra faculdade, pensei em me mudar pra cá de novo. Minha família está aqui. Meus amigos.

Uau. Depois de passar a vida com ela no meu pé, ela está soltando totalmente minhas rédeas? Tipo, está prestes a me largar por aí. Nem sei como processar isso.

– Eu ia adorar se você decidisse morar aqui também, mas sei que talvez não queira deixar suas amigas para trás.

A expressão dela tem um toque de esperança que acalma a ansiedade no meu estômago. Ela não quer me deixar, está só... tentando.

Ash, Taylor e eu vamos para faculdades diferentes ano que vem, de qualquer forma, e não é como se a gente não pudesse se falar por vídeo quando quisermos. Vou me inscrever em faculdades de Cinema por todo o país, mas tem uma bem boa aqui na Carolina do Norte e outras na Flórida e na Geórgia. A um voo de distância de Connecticut ou da Califórnia.

Isso é o que desejo há anos – que minha mãe pegue mais leve e me deixe tomar minhas próprias decisões. Isso é bom.

– Vou pensar com carinho. – É tudo o que posso prometer no momento.

A gente janta e depois a ajudo a limpar a mesa.

– Você não vai voltar dirigindo, né? – pergunto.

– Não. Vou pedir um carro de aplicativo, não se preocupe.

– Tô gostando disso, sabia?

– Do quê? – pergunta ela, fechando a porta da lava-louças.

– De você enfim poder viver sua vida. É bom. Estranho, mas bom.

– Nunca tinha percebido quantas coisas neguei a mim mesma... neguei a nós. Achava que assim ia nos manter em segurança, mas "em segurança" e "escondidas" não é a mesma coisa. Senti saudades dessas pessoas. Senti saudades de casa e de ter amigos. – Ela toca o olho inchado. – Nem estou ligando pra esse tipo de coisa. Se tivesse acontecido dez anos atrás, eu teria surtado, mas agora... Chega de ser a ex-esposa do Jeffrey Robert Lake, sabe? Chega dele. Não posso mudar a cabeça das pessoas que querem acreditar que eu o ajudei.

– A gente pode fazer um vídeo sobre isso – digo. – Você pode fazer parte da minha série documental. Contar o seu lado da história.

Ela estreita os olhos, pensativa.

– É, talvez.

Somos interrompidas pela campainha. Minha mãe confere a câmera de segurança.

– É a Maxi. – Ela me abraça. – Divirta-se.

– Você não vai me perguntar se tô levando o spray de pimenta? Não vai me falar pra tomar cuidado? – pergunto, meio que brincando.

– Não preciso. Sei que você vai ficar bem. Fala pra Maxi que mandei um oi. Vou me trocar antes de ir pra casa da Cat. Vejo você mais tarde.

Pego o casaco e as chaves e saio com a Maxi. Minha mãe estava certa. Preciso me divertir. Preciso viver um pouco.

Mas deixo o GPS do celular ligado. Só por via das dúvidas.

CAPÍTULO 22

Trecho de *Querida Lucy: cartas do Assassino Cavalheiro*, por Lucy Gronan, 2010

5 de maio de 2008

Querida Lucy,

Obrigado por sua última carta. Como sempre, você continua sendo um farol de esperança ao qual me apego enquanto estou neste lugar escuro e cruel. Passo os dias solitário e confinado, como um tigre numa jaula de zoológico. Vejo os dias se mesclarem numa espiral constante e rígida de solidão excruciante. Ter notícias suas quebra essa espiral, como o nascer do sol primaveril depois de uma semana de chuva. Espero que você perdoe minha tendência a devaneios, mas raramente tenho a oportunidade de me expressar com outro ser humano de forma pessoal e íntima. Fico feliz de descobrir que, nesta era da tecnologia, escrever cartas não é uma arte morta, embora, certamente, ela se beneficiaria de certa ressuscitação!

Em sua última carta, você perguntou: "Como agüento [sic] o passar dos dias sabendo que o próprio sistema que estudei pra [sic] defender falhou comigo?". Para ser honesto, não tenho uma resposta simples. Cada dia é uma luta que provoca grande dor pessoal. Acredito no sistema judiciário dos Estados Unidos da América. Me dediquei a proteger seus princípios e defender aqueles que foram acusados falsamente de cometer algum delito. Não ignoro a ironia disso. Acho que alguns podem achar que os apuros pelos quais estou passando são uma resposta do Universo à defesa daquelas que eram, de fato, almas culpadas. Carma, se preferir. Defendo que minha função não era permitir que os culpados andassem livres por aí, apenas garantir que recebessem o julgamento justo e honesto que mereciam. Descanso tranquilo à noite, sabendo que fiz o que devia ter feito – mas a promotoria não.

No entanto, no meu caso, até minha própria defesa me abandonou. A promotoria escolheu acreditar em mentiras e se esforçou para me destruir em vez de procurar pelo culpado real. Quem quer que tenha matado aquelas jovens com certeza quer me usar como bode expiatório, um cordeiro a ser imolado, e certamente conseguiu. No entanto, não vou abrir mão da luta para provar minha inocência, mesmo que outros tenham feito isso. *Não* sou o monstro que a mídia quer que acreditem que sou...

"A mina" faz jus ao nome. É literalmente isso, uma velha mina de cascalho numa área menos populosa na cercania da cidade. É longe o bastante das casas para não incomodar, mas não exatamente no meio do nada.

Estacionamos junto a vários outros carros. Há mais caminhonetes do que estou acostumada a ver; fora isso, porém, parece muito com as festas às quais costumo ir. Consigo ver a fogueira do banco do passageiro.

Maxi pega o celular, fecha o aplicativo que estava tocando o álbum mais novo da Taylor Swift e desconecta o telefone do bluetooth do carro.

– A Darcy disse que ia encontrar a gente perto da fogueira. Vou mandar uma mensagem e avisar que chegamos.

Sorrio sob a luz de teto do veículo. É fofinho ver como ela está a fim da Darcy e vice-versa. Preciso morder a língua para não perguntar sobre o Luke. Ele já chegou? Está me esperando? Esta parte de mim que pensa que ele me quer é nova o bastante a ponto de não ter certeza se deveria confiar nela, mesmo ele sendo bem óbvio. O que sei é que é mais fácil se arriscar quando pensamos que a situação é temporária. Não sei quanto tempo vou ficar aqui; então, se tenho uma chance com ele, quero aproveitar.

O telefone de Maxi apita com uma notificação, e ela sorri.

– Ela disse que o Luke e ela acabaram de chegar também.

Meu coração dá um salto de felicidade. Abrimos as portas e saímos para a noite fresca. Ainda estou admirada com como aqui é mais quente do que em Connecticut. Uma festa ao ar livre no fim de fevereiro? Que loucura.

– Olha lá eles! – escuto Darcy exclamar.

Vejo a lanterna do celular dela se destacar na escuridão, e ela e o irmão se aproximam, vindos de onde estacionaram o carro, a uma fileira de distância de nós.

Darcy me dá um abraço, mas depois vai automaticamente para o lado de Maxi. As duas começam a conversar, e eu e Luke nos cumprimentamos.

– Ei – digo, abrindo os braços.

Ele me dá um abraço que tem cheiro de baunilha e algo picante, o corpo quente a ponto de fazer minha cabeça girar. A sensação das costas dele contra minhas mãos é maravilhosa.

– Oi, Scar.

– Que cheiroso – digo, e dou um passo para trás. – Tomou banho? Ele ri.

– E passei desodorante.

– Tá tentando impressionar alguém?

– Sempre me esforço pra impressionar – se gaba ele, chegando mais perto.

– Bom, me considere impressionada – respondo, engolindo em seco. Ele está abaixando a cabeça para...?

– Vocês dois vêm ou não? – grita Darcy, e é como um balde de água fria.

Começamos a andar bem juntinhos, seguindo a irmã dele e Maxi na direção da música e da fogueira. Não consigo mais disfarçar. Luke está a fim de mim, e estou muito a fim dele.

Assim que entramos na área iluminada pelo fogo, encontramos os amigos que conheci quando saí com Luke e Darcy durante minha primeira visita. Eles me recebem com sorrisos e abraços. Será que quero fumar um baseadinho? Talvez depois. Me ajudaria a relaxar um pouco, mas estou meio que gostando do friozinho na barriga. Estar perto de Luke é como ter uma corrente fraca de eletricidade correndo pelas veias, e gosto disso.

Mazy me oferece um refrigerante de uma geladeira de isopor ao lado dela, e eu aceito. Luke também.

– Você não bebe? – pergunto.

– Não quando tô dirigindo – responde ele. – E você?

– A Scarlet bêbada não é algo que você precise ver esta noite.

Ele sorri. O brilho do fogo se reflete em seu olhar.

– Aposto que a Scarlet bêbada é divertida. Mas gosto da Scarlet sóbria também.

Agito os cílios.

– Eita, obrigada, gentil senhor.

Luke resmunga em reação à minha tentativa horrível de imitar o sotaque sulista dele. Vejo o sorriso dele sumir quando o olhar recai em algo – alguém – do outro lado da fogueira.

– Merda – murmura ele.

– O que foi?

– A ex – diz ele, abrindo um sorrisinho tenso. – Ela tá vindo pra cá?

Como raios vou saber? Não sei como ela é. Mas nem preciso responder, porque no mesmo instante vejo uma garota vindo na nossa direção como se estivesse numa missão. É baixinha, loira e bonita, como eu esperaria de uma ex do Luke.

— Lá vem confusão — comenta Ramon, virando de costas para ela.

— Você tá a fim dela? — pergunto para Luke, rápido.

— O quê? Da Krystie? Não. — Ele balança a cabeça, e nossos olhares se encontram. — Só tem uma menina aqui que me interessa.

Certo, então. Abro um sorrisão para ele assim que a garota nos alcança.

— Luke!

Vejo os ombros dele caírem um pouco, e me pergunto que tipo de estrago essa garota causou a ele. Mesmo assim, ele se vira e a cumprimenta com uma expressão agradável no rosto. Não sorri, porém.

— Fala, Krys.

Ela oscila de leve para a frente e para trás, como se estivesse esperando ele dizer mais alguma coisa.

— O que tá fazendo aqui? Achei que você odiava essas coisas de festa.

Respirando fundo, enlaço o quadril magro dele com o braço.

— Eu convenci o Luke a vir — falo na minha voz mais amigável. — Oi, eu sou a Scarlet.

Luke envolve meus ombros com o braço no mesmo instante.

— Ai, meu Deus — suspira ela, me encarando. — Você é a filha daquele assassino.

Ai, merda.

— Também sou uma pessoa normal — digo, e ouço Ramon engasgar com a bebida. — Prazer em conhecer você.

Ela me encara por um momento, depois volta o olhar para encontrar com o de Luke.

— Seu pai pediu pra você trazê-la?

A pergunta não é maldosa — o que torna tudo pior, para ser sincera. Ela obviamente não acha que Luke teria qualquer interesse em mim. Posso não ser uma bela florzinha sulista, mas tenho confiança o bastante para saber que tampouco sou feia.

O abraço nos meus ombros fica mais forte.

— Não. Eu vim porque quis vir. Cadê o Brad? Você não devia estar com ele?

– A gente terminou. No fim, ele não era quem achei que fosse.

Ela volta a me encarar, os olhos arregalados e cheios de perguntas.

– Nem me fale – digo. – Algumas semanas atrás descobri que eu também não sou quem eu pensava que era.

Alguém atrás de mim dá uma risadinha. Sob a minha mão, os músculos da barriga de Luke se contraem, como se ele estivesse se esforçando para não rir.

A expressão de Krystie fica difícil de ler.

– U-hum… imagino. Bom, legal conhecer você, Scarlet. Luke, me liga qualquer dia.

Ele abre um sorriso tenso. Ela me fita mais um pouco antes de ir embora.

Rindo, Ramon coloca o rosto bem ao lado do meu.

– Mandou benzaço!

Eu me encolho ao sentir o cheiro de álcool no hálito dele, mas consigo sorrir. Luke me puxa para perto, tirando o amigo do meu espaço pessoal. Começo a desenlaçar a cintura de Luke, mas ele não parece estar com muita pressa para se afastar. Certo, isso é legal.

Nesse caso… Mantenho o braço onde está, embaixo da jaqueta dele. Consigo sentir o calor da pele dele através da camiseta. A mão de Luke é grande o bastante para cobrir meu ombro inteiro. Preciso inclinar a cabeça para trás para olhar para ele. Ele calha de olhar para baixo ao mesmo tempo.

– Tudo bem aí? – pergunta, dando uma apertadinha no meu ombro.

– Opa. – E depois, porque fico constrangida com a forma como a minha voz sai entrecortada, acrescento: – Ainda bem que você decidiu passar desodorante.

Ele ri e beija o topo da minha cabeça. Uma onda de calor se espalha pelo meu corpo, até o dedo dos pés.

Ficamos assim por pelo menos uma hora – tempo o bastante para que Darcy, Maxi e os amigos dele percebam. Tempo o bastante para que comecem a espalhar boatos de que Luke Logan trouxe a filha de um assassino em série para a festa. Algumas pessoas se aproximam sob a desculpinha de querer dar oi para ele, mas claramente querem é dar uma olhada em mim. Ninguém é grosseiro, porém. Isso é ótimo.

O que importa é que não me sinto ameaçada. Ninguém parece querer me machucar, as pessoas são só… meio intrometidas. Contanto que as coisas fiquem assim, tudo bem por mim. Ajuda o fato de que quase todo mundo conhece Luke. Acho que, se ele confia em mim, os demais entendem que podem confiar também.

Luke se afasta só pelo tempo que precisa para ajudar alguns amigos a carregar uns engradados de cerveja. Quando volta, pega minha mão. Algo dentro de mim estremece, como se eu quase pudesse sentir o sabor disso. Delicioso. A empolgação que eu sentia perto de Neal não é *nada* comparada a isso. Há certo conforto – a sensação de as coisas estarem certas – nessa situação toda, que não só é bom como também me faz ter a certeza de que nunca senti isso antes. Luke é meu se eu quiser, e ele sabe que sou dele se ele quiser também. Não é uma questão de atração. A gente realmente gosta um do outro. Mesmo que ele não fosse um gostoso, eu ia querer saber mais sobre ele. É como se algo tivesse se encaixado no instante em que a gente se conheceu.

Ele é do bem. Sofie o desprezaria, dizendo que é "legal demais". Muito correto. Muito. Muito grandalhão, provavelmente. Ele me dá segurança. Assim como a irmã dele. É algo que nunca tive muito na vida. Eles sabem sobre o meu pai desde o princípio e não se importam com isso. Se preocupam comigo.

Algumas pessoas trazem comida — salgadinhos e marshmallows para serem assados na fogueira. Trouxeram até chocolate e biscoito para fazer sanduíches. Luke e eu dividimos um espetinho de marshmallows, assim como Maxi e Darcy, que tentam derreter o chocolate para mergulhar o doce numa lata de cerveja vazia cortada ao meio. Fica bem bom.

A certa altura, preciso ir procurar o banheiro químico que disseram que foi montado na borda da cratera da mina. Darcy precisa fazer xixi também, então vem comigo. É claro que tem fila.

– Ei, Darcy – diz um cara na nossa frente.

– Fala, Scott – responde ela.

Ele dá uma olhada em mim.

– Ei.

Assinto, me sentindo um pouco esquisita.

– Oi.

– Eu sou o Scott.

– Scarlet.

A cabeça dele oscila de um lado para o outro. Obviamente bebeu demais.

– Vocês estão se divertindo?

– U-hum. – Darcy coloca as mãos nos bolsos. – E você?

A cabeça dele balança mais. Ele se vira para mim.

– É verdade que o Jeff Lake é seu pai?

Certo, eu não estava esperando isso.

– É, sim.

– Massa.

Ele me dá as costas.

Darcy e eu trocamos um olhar. Que raios foi isso?

– Eu vi o que você fez quando a Krystie chegou – diz Darcy para mim. – Mandou bem.

Dou de ombros.

– Vi uma brecha e aproveitei. Não estragou as coisas entre nós duas, né?

– Cara, eu tô caidinha pela sua prima.

– É, mas não é a mesma coisa, né?

Ela balança a cabeça.

– Tá tudo certo. Você não tem noção de como está um nível acima das garotas com quem o Luke sai.

Dou uma risada, mas isso me faz ficar com mais vontade de fazer xixi.

– Isso não diz muita coisa sobre ele.

– Eu amo meu irmão, mas às vezes não sei onde ele tá com a cabeça. Dentro da cueca, só pode ser.

– Não me faz rir… – aviso.

Enfim chega nossa vez. Scott sai do banheiro químico passando álcool em gel nas mãos.

– Limpei o assento pra você – diz ele para mim.

– Ah... valeu. – Olho para Darcy mais uma vez antes de entrar.

– Alguém vomitou – ouço Scott explicando para Darcy. – Não fui eu.

O cheiro atinge minhas narinas assim que fecho a porta. Ai, meu Deus. Merda, mijo e vômito. Que experiência sensorial gloriosa. Eca. Prendo a respiração e faço o que tenho que fazer o mais rápido possível, sem tocar em absolutamente nada. É um belo exercício para as coxas, mas não tem condições de eu me sentar aqui.

Pelo menos ainda tem álcool em gel. Pego um monte, abro a porta e esfrego uma mão na outra enquanto saio para a noite fresca.

Darcy faz uma careta.

– Tá ruim assim?

Confirmo com a cabeça.

– Ruim assim. – Dou um passo para o lado para esperar por ela.

De repente, Scott surge das sombras.

– Como ele é? – pergunta ele.

Pisco.

– Quem?

– Seu pai.

– Você... ficou aqui me esperando?

Ele confirma com a cabeça.

– U-hum. Foi mal. Só precisava saber como ele é.

Isso é esquisito. Tipo, bem esquisito. Espero que seja só porque ele está bêbado.

– Ele é um escroto, na verdade.

– Mas... – Ele se aproxima cambaleando. Dá para sentir o cheiro forte de bebida quando pisca pesado para mim. – Você ficou no mesmo cômodo que ele. O Lake, tipo... contou o que fez?

– Algumas coisas, sim. Escuta, Scott, eu não gosto de ficar falando sobre ele. Se não tiver problema, eu...

– Você é metade ele. Metade de você é ele.

Recuo um passo.

– Não. Não tenho nada a ver com ele.

Ele avança uma passada larga e agarra meu braço.

– Ele te contou como é? – O cheiro de cerveja choca me atinge no rosto. – Eu sempre... sempre me perguntei como seria, você sabe... – O olhar dele está intenso, mas desfocado, quando encontra com o meu. Sinto o peito apertar. *Como seria matar alguém.* É o que ele não diz. É isso que quer saber.

A porta do banheiro químico se abre de repente, e Darcy sai com a velocidade de uma velocista olímpica.

– Ai, meu Deus! Que nojo. Scott, existe um negócio que se chama "espaço pessoal". Pronto, é isso!

Ela passa entre nós dois com facilidade e pega meu braço, me puxando para longe do garoto bêbado.

– Ele te falou bobagem? – pergunta ela.

– Ele não bate bem – respondo, gelada até os ossos, embora a noite esteja apenas fresquinha. – Tem alguma coisa errada com ele, acho.

– Pois é, eu sei. Vem.

Ela nem olha para trás, desviando das pessoas enquanto seguimos na direção do irmão dela e de Maxi. Preciso me apressar para acompanhar suas passadas largas.

Não devia ter ficado tão chocada pelo interesse do garoto, mas fiquei. Chocada e alarmada. Scott é só esquisito, ou algo mais sombrio? Psicopatas não são tão comuns assim, são?

Luke está rindo de algo que alguém disse quando nos aproximamos. Ele olha para mim, e seu bom humor some do rosto.

– O que aconteceu? – quer saber ele.

– Foi o Scott Schneider – diz Darcy. – Falou alguma bobagem pra ela.

– Ah, *aquele* cara. – Maxi estremece. – Ele é bizarro. Você tá bem, Scar?

Faço que sim com a cabeça. Não estou, mas vou ficar.

Cerca de meia hora depois, de pé atrás de mim para me esquentar, Luke se inclina para a frente e aproxima a boca da minha orelha.

– Quer dar o fora daqui?

Viro a cabeça. O rosto dele está tão próximo do meu... Nunca quis tanto beijar alguém quanto quero beijar esse garoto. É quase doloroso.

– Sim. Quero. E a Darcy?

– Ei, Maxi – chama ele, endireitando as costas.

Minha prima vira a cabeça.

– Oi!

– A gente vai indo nessa. Você se importa de dar uma carona pra Darcy até em casa?

– Deixa comigo.

A ideia de um tempo sozinhas parece agradar às duas. Mas eu ficaria mais feliz por elas se não estivessem olhando para mim com esse sorrisinho safado no rosto.

Voltamos até o carro dele de mãos dadas. Ele até abre a porta para mim, algo que ninguém nunca me fez.

Nenhum de nós fala muito no percurso. Não sei muito bem se por empolgação ou nervoso. Mas o silêncio não me incomoda. É confortável, mesmo eu estando extremamente consciente do cara a um metro e pouco de mim.

Paramos no parque ao qual ele me levou quando nos conhecemos. Vejo outro veículo, mas ele está do outro lado do estacionamento.

– Quer dar uma caminhada?

Olho para a escuridão. Nunca tive medo do escuro. Geralmente mergulhava de cabeça nele, corajosa, só para provar que minha mãe estava errada a respeito do perigo. Não sinto tanta coragem agora.

– A gente pode só ficar aqui? – pergunto.

Ele franze a testa.

– Tudo bem aí?

Concordo com a cabeça.

– Depois do que aconteceu com o Scott na festa, o mundo lá fora parece... ameaçador. Muito bobo da minha parte falar isso?

– De jeito nenhum. Música?

– Claro.

Ele encontra algo para ouvirmos e tiramos o cinto, virando de frente um para o outro. Sob o luar, ele parece o mocinho de um livro de romance.

– Você vai me beijar ou não? – pergunto.

Luke continua imóvel. Um sorrisinho faz seus lábios se curvarem.

– É, eu estava pensando nisso mesmo.

Sorrio e me inclino por cima da divisória entre os bancos na direção dele.

– Então para de pensar.

Ele pega meu rosto entre as mãos e olha para mim, como se memorizando meus traços.

– Você é linda – murmura ele.

– Você também. – Não me sinto nem boba de falar isso.

Fecho os olhos quando ele abaixa a cabeça, e quando os lábios dele tocam os meus... *Ah*. Ah, nossa. Sinto na língua o gosto de refrigerante. Ele entrelaça os dedos no meu cabelo, segurando minha cabeça como se achasse que eu de repente fosse tentar fugir. Garoto boboca.

Envolvo o torso dele com os braços, puxando meu corpo até ficar sentada de frente no colo dele, o volante apoiado na parte debaixo das costas. Caímos de repente quando ele abaixa o encosto e empurra o banco para trás. Dou um gritinho. Luke ri e me beija de novo.

Estou em cima de Luke como se fosse uma manta, o quadril dele entre as minhas coxas. Tocar nele é uma delícia. O cheiro dele é uma delícia. O gosto é uma delícia. Mexo o corpo – só um pouquinho – e rio contra a boca dele quando ele geme de prazer.

Ele não tenta me parar quando enfio as mãos embaixo de sua camiseta. A pele de Luke está quente, os músculos são firmes. Ele é perfeito. Tão perfeito...

As mãos dele correm pelas minhas coxas, puxam meu quadril, me segurando bem perto dele até minha cabeça começar a girar. De repente ele roça o polegar no meu seio, e solto um arquejo rouco quando um calafrio se espalha pelo meu corpo.

– Scarlet – murmura ele contra minha boca. – A gente deveria parar por aqui.

Ah, é bom demais para ser de verdade. Meu cabelo cascateia ao nosso redor como uma cortina quando sorrio para ele.

– Você quer mesmo parar? – pergunto.

Luke dá um sorrisinho.

– Nem ferrando. Mas não quero que você faça nada que não queira.

– Eu quero – digo, e passo os lábios devagarzinho sobre os dele. – Quero muito, muito, *muito mesmo*.

Ele puxa meu cabelo para trás. O luar entra pela janela, e sei que ele consegue me ver com tanta clareza quanto o vejo. Eu me pergunto se o momento está tão mágico para ele quanto para mim.

– Menina, eu não estava esperando você entrar assim na minha vida.

– Eu sei. – Passo a mão pelo lado de fora da camiseta dele, subindo até aninhar seu queixo entre meus dedos. A barba bem curtinha pinica a palma. – Você quer isso?

– Acho que tá bem óbvio que quero – responde ele, as sílabas se estendendo naquele sotaque, fazendo um arrepio descer pelas minhas costas.

Ele leva a mão à minha nuca, me puxando para mais um beijo.

Não é o mais romântico dos cenários, mas não estou nem aí. Eu me sinto incrivelmente empoderada e sexy. As roupas parecem derreter ao nosso redor, e rimos quando nossos jeans se recusam a sair com facilidade. Não me sinto constrangida ou envergonhada com ele. Nem preciso perguntar se ele tem uma camisinha, porque Luke faz uma surgir do nada de repente.

Nossos corpos se movem juntos, como um. Não tenho muitas experiências sexuais – nunca tive sequer um orgasmo durante uma transa antes, mas tenho um com Luke.

Depois, colocamos as roupas e ficamos aconchegadinhos. Damos mais uns beijos. Não bebi nem fumei esta noite, mas minha cabeça está leve. Só pode ser por causa dele.

Fica tão tarde que começo a bocejar.

Luke dá uma risadinha.

– Acho que eu devia te levar pra casa.

– Acho que sim.

– A gente vai se ver daqui umas horas.

Sinto que ele está falando isso tanto para si mesmo quanto para mim.

Coloco o cinto de segurança e solto um suspiro. Ele segura minha mão a viagem inteira, virando o volante com a outra. A visão familiar do carro de polícia à paisana em frente de casa é acolhedora, mesmo sendo um lembrete de toda a bizarrice na minha vida.

Luke vai comigo até a porta, mesmo eu dizendo que não precisa. Os policiais acenam, depois olham para o outro lado, educados.

– Pego você umas dez pra gente ir até o chalé, o que acha? – pergunta ele.

Concordo com a cabeça.

Ele dá um sorriso meio constrangido.

– Não quero ir embora.

– E eu não quero entrar – confesso, abrindo um sorrisinho também. – Mas você pode sempre me beijar de novo, se quiser.

Ele ergue uma das sobrancelhas.

– Eu quero muito, muito, *muito mesmo*.

Fico vermelha ao ouvi-lo repetindo minhas palavras, mas depois ele me beija de novo, e não penso em mais nada, só nele e em como esta noite foi muito, muito, *muito boa*.

CAPÍTULO 23

Uma viagem de carro até o lugar onde assassinatos foram perpetrados e corpos foram enterrados é algo que dificilmente poderia ser considerado um passeio romântico, mas mesmo assim nós quatro mantemos o programa na manhã seguinte. Vou no banco do carona, ao lado de Luke, com Maxi e Darcy no banco de trás, de mãos dadas e cantando junto com o rádio. Estão no próprio mundinho delas, e eu as invejo.

Como se tivesse lido minha mente, Luke desloca a mão que está apoiada sobre a divisória entre nós, o bastante apenas para roçar o mindinho no meu. Seguro a respiração com o contato – é como uma faísca. Passo o dedo por baixo do dele, prendendo um ao outro. Meu coração começa a bater num ritmo forte e acelerado, como quando estou à beira do pânico, mas dessa vez é gostoso.

Olho para Luke. Ele sorri, os olhos brilhando sob o sol do fim do inverno. Retribuo com um sorriso quase tímido. Será que ele está pensando sobre a noite passada? Porque eu estou. Não penso em mais nada desde que, relutante, ele foi embora algumas horas atrás. Achei que a luz do dia tornaria as coisas meio esquisitas, mas isso não aconteceu. Estar com ele parece completamente certo.

Maxi disse que o chalé fica perto de Fayetteville, numa área rural de onde a família Lake veio, construído num pedaço de terra que foi dividido entre nossos ancestrais há um século. Para ser honesta, só acompanhei a lição de história por uns cinco minutos antes de a minha mente começar a divagar. O caminho é gostoso, porém. Espio o cenário – as construções de alvenaria, as colinas verdejantes. Tem a mesma atmosfera colonial de boa parte de Connecticut, mas é mais quente. E as pessoas não estão sempre correndo de um lado para o outro como lá no norte. Olha só eu, "lá no norte". Estou começando a falar como a minha mãe e Cat, me referindo ao lugar em que cresci como se fosse uma terra estranha.

Paramos num pequeno posto de gasolina para encher o tanque e usar o banheiro. É um daqueles estabelecimentos de família com um restaurantezinho anexo.

– As rosquinhas que eles têm aqui são as melhores – diz Maxi. – O café também é uma delícia. Vamos pegar uns.

Luke esfrega as mãos.

– Cara, você me ganhou no "rosquinhas".

Eu poderia ficar sem a energia associada ao açúcar e à cafeína, mas que se dane. Pegamos uma dúzia de delícias douradas e fritas e quatro copos de café. Comemos e bebemos pelo resto da viagem, com Darcy fazendo o irmão aumentar o volume em algumas músicas para cantarmos junto.

Sinto que conheço essas pessoas desde sempre – especialmente a Maxi. Acho que faz sentido. Ela é da família. A única outra pessoa com quem já me senti confortável assim foi com Taylor, talvez com Ash. É esquisito me sentir à vontade com pessoas que, em quase todos os quesitos, são estranhas. Mas elas sabem quem eu sou e abriram a vida delas para mim mesmo assim. Isso tem um grande valor. Não preciso testar a amizade delas – foi algo que me oferecerem logo no começo.

E Luke… bom, ele provavelmente foi a maior surpresa de todas. Não é extrovertido como Neal, mas há uma solidez nele que vai além dos gominhos do abdome de Capitão América. Ele poderia ficar com qualquer garota, mas gosta de mim. E vou tirar proveito disso.

Em determinada altura, o GPS do celular de Luke manda virarmos à direita numa estradinha de terra que adentra a floresta. Seguimos pelo que parece ser uma eternidade, mas provavelmente não passa de uns dez minutos, até Maxi gritar:

– Ali! Ali! Pode parar!

Como se a cerca de alambrado e a entrada fechada por um portão não fossem indicação suficiente.

Maxi desce e abre o portão para que Luke possa entrar com o carro, depois o fecha atrás de nós.

Não é como eu esperava, embora não saiba dizer o que achei que ia encontrar. É um chalé bonito, mas desgastado, com um telhado pontudo e um deque que dá a volta na construção. Provavelmente era bem legal antes de o meu pai acabar com a graça do lugar para todo mundo.

Pego minha câmera e desço. Quando me viro para ver Maxi se aproximar, percebo que a cerca está repleta de flores – tanto frescas quanto murchas –, bichinhos de pelúcia e outras quinquilharias. Parte dos itens foi soprada pelo vento para dentro da propriedade. Pego um cartão perto do meu pé.

Em memória da querida Tara Miller. Ela partiu, mas não foi esquecida.

Sinto a garganta fechar. É uma das catorze. Foi encontrada aqui. Filmo o cartão na minha mão, sujo e amassado. Depois, deixo o item flutuar de volta até o chão. Não sou capaz de jogar isso fora. Vou deixá-lo aqui, até que as palavras não possam mais ser lidas.

Caminho ao longo da cerca. Preciso filmar isso pelo lado de fora antes de irmos embora.

– É uma surpresa não ter ninguém – comenta Maxi enquanto se junta a mim. – Quase sempre tem uma pessoa ou outra na estrada.

– Parece que rolou uma festa por aqui recentemente – comenta Luke de onde está, mais perto do chalé. – Tem umas garrafas de cerveja pra lá.

– Sim, o povo pula a cerca – explica Maxi. – Ou abre uns buracos nela. Minha mãe já mandou subir o alambrado três vezes. Mas acho que agora já cansou de tentar proteger a propriedade. Pelo menos ninguém quebrou as janelas de novo. Alguns anos atrás, alguém destruiu pra valer este lugar. Foi quando minha mãe instalou um sistema de segurança.

Olho para cima, para onde ela está apontando, e vejo uma câmera voltada para nós. Aceno.

– Tem dessas espalhadas por toda a propriedade – diz. – Minha mãe não liga pra gente curiosa, mas não tolera vandalismo, sabe?

– Minha surpresa é ela não ter derrubado este lugar.

– A culpa não é do chalé – argumenta minha prima. – Acho que ela espera que um de nós algum dia vá querer este espaço ou algo assim. Sei lá. Não pergunto muito, pra ser sincera. Quer entrar?

Faço um sinal para ela ir na frente. Subimos os degraus da porta de entrada, e ela abre várias trancas com diferentes chaves. Uma vez do lado de dentro, digita uma senha em um painel perto da entrada. O ar está estagnado, fedendo a mofo. Abandono e poeira. Umidade e bolor.

É bacana lá dentro. Um lugar aconchegante e acolhedor. É realmente uma pena meu pai ter arruinado o chalé para a família. Era para ser um lugar ótimo para relaxar nos fins de semana.

Maxi nos mostra as instalações. Não tem traço algum do meu pai. Nenhuma foto, nenhum bem. Acho que Cat não quis deixar nada que os caçadores de lembranças pudessem roubar. A única pista da existência dele é uma fotografia da minha mãe comigo apoiada sobre o mantel da lareira da sala de estar principal.

– A gente era muito parecida quando bebês – comenta Maxi quando vê a imagem.

– Vocês ainda são bem parecidas – afirma Darcy. – Se a Scarlet fosse loira, vocês pareceriam irmãs.

Isso me faz sorrir. Maxi também.

– Vamos lá fora – sugiro. – Não quero ficar aqui mais do que o necessário.

O quintal dos fundos está como eu temia. O gramado tem buracos onde os corpos foram encontrados – onde meu pai plantou a porra das roseiras para esconder sua atividade. Mas só há seis valas. Ele não se deu ao trabalho nem de abrir uma cova para cada uma. Fez os corpos dividirem o espaço.

Filmo tudo, inclusive faço alguns close-ups. Vou inserir imagens do momento da escavação quando editar. Não vou mostrar os corpos.

Não quero glorificar a morte dessas mulheres nem permitir que as pessoas se fascinem com o que meu pai fez com elas. Quero que o foco seja na vida das vítimas.

Uma mão grande e quente pousa no meu ombro.

— Você tá bem? — pergunta Luke, a voz baixa e rouca.

Tremendo um pouco, me apoio no corpo dele.

— É surreal.

Ele aponta para o chalé.

— Olha.

Sigo o dedo dele. Demoro um minuto para ver, mas depois a palavra entra em foco. Está desbotada, mas dá para ver a palavra MONSTRO pichada na parede dos fundos, sob a janela panorâmica. É como se alguém tivesse tentado limpar, mas a tinta parece ter se infiltrado e manchado a madeira. Filmo isso também. Talvez, depois de prestar meu respeito às vítimas, eu possa fazer um bloco sobre como foi descobrir que Jeff Lake é meu pai. Talvez seja bem terapêutico. Vai haver quem me acuse de tentar lucrar com os crimes dele, mas não estou nem aí. Não estou fazendo isso por essas pessoas.

Ficamos por mais uma hora, fuçando em tudo e filmando. Encontramos o lugar no alambrado por onde provavelmente os invasores se esgueiram.

— Alicates — comenta Luke. — Eles vieram preparados.

— Malditos mórbidos — murmura Maxi. — Eles trazem as namoradas aqui pra provocar medo nelas. Como se as vítimas assombrassem o lugar.

— Se assombram, não é com suas namoradas que esses caras precisam se preocupar. — Deixo o olhar correr ao redor. Não sei se realmente esperava ver algo, mas não há fantasma algum. Acrescento, baixinho:

— Espero que vocês estejam num lugar melhor do que aqui.

Maxi destranca o portão da entrada para que eu possa filmar o alambrado por fora. Tento pegar os detalhes das lembranças. A maior parte das homenagens não parece ser feita para ninguém em particular — algumas, porém, como o cartão que encontrei, trazem um nome específico. Alguém levou até uma carta de amor para o meu pai.

Amasso o papel com um grunhido.

– Quer queimar isso? – pergunta Luke.

Concordo com a cabeça. Ele pega a carta da minha mão e a esmaga na estrada de cascalho. Tira um isqueiro do bolso e o acende com o dedão, botando fogo no papel. Não há vento, então não precisamos nos preocupar com a possibilidade de começar um incêndio florestal. Além disso, vou conferir mais uma vez antes de irmos embora.

Há certa satisfação em ver essas palavras, escritas numa tinta vermelha ridícula, chamuscar e murchar, queimar e virar cinzas. Que tipo de pessoa deixaria algo assim neste lugar? É insensível e de mau gosto. Cruel, até. Se eu pudesse, mijaria no papel. Fico tentada a pedir que Luke faça isso por mim.

Quando não sobra nada da carta além de cinzas, Darcy joga água da garrafa que está carregando sobre os resquícios. Nenhum de nós fala nada.

– Vou pegar o carro – diz Luke.

Seguro o portão aberto enquanto Maxi tira as chaves do bolso do casaco.

– Tem alguém vindo – diz ela.

Presto atenção e escuto os pneus na estrada de cascalho, o rosnado baixo de um motor. Depois que Luke sai com o carro, fecho o portão e Maxi o tranca. Abro a porta do passageiro no instante em que outro carro encosta, bloqueando nossa passagem.

A mulher na direção baixa o vidro. Tem um cara com uma câmera no banco do passageiro. Ele está nos filmando. Me filmando.

– Britney! – exclama a mulher, como se me conhecesse. – A gente ficou sabendo que você viria pra cá! Veio visitar a cena das atrocidades do seu pai?

– Meu nome não é Britney – digo feito uma idiota.

Luke bota a cabeça para fora da janela do motorista do próprio carro.

– Você precisa tirar o carro daí.

– Ah, eu vou – diz a mulher, descendo do carro. – Um minuto.

Recuo quando ela vem na minha direção. De repente, uma porta bate e Luke surge ao meu lado, uma expressão feroz no rosto.

– Senhora, volte para o seu carro.

Ela vira para ele com uma expressão de desprezo no rosto.

– Eu falei "um minuto", rapaz. Que parte da frase você não entendeu?

Certo, só porque ele é grande e bonito, ela vai tratar Luke como se ele fosse idiota?

– Por favor – digo. – Por favor, vá embora.

O olhar predatório dela agora se fixa em mim.

– Claro, assim que você responder a algumas perguntas.

Luke se coloca entre nós, olhando a mulher de cima a baixo. Ela não parece nem um pouco intimidada. Da estrada, o câmera filma tudo. Maxi e Darcy vão para cima dele.

– O que eu entendi é o seguinte – começa Luke, a voz baixa e calma.

– Entendi que você tá invadindo uma propriedade privada. Entendi que você seguiu a gente até aqui, o que pode ser classificado como perseguição. O que tá fazendo agora é assediar uma menor e, ao bloquear a saída e impedir que a gente vá embora, tá praticamente nos ameaçando.

A mulher faz uma careta.

– E você é o quê? Advogado?

– Logo vou ser – diz ele. – Mas meu pai também é um agente sênior do FBI, e aprendi algumas coisas com ele. Se não quiser que eu ligue pra ele com o número da sua placa e fotos de vocês dois, sugiro que vão embora. Agora.

É quando percebo que Darcy não tirou apenas fotos do carro, mas de cada um dos dois.

– É só falar que mando as fotos para o papai – avisa ela ao irmão.

A jornalista – ou o que quer que seja – murcha. Não nos deu nem as credenciais. Pode ser uma apaixonada por Lake, até onde sei.

– Beleza – diz ela. – A gente vai embora. Por enquanto. Você não vai ter o seu Príncipe Encantado por perto todas as vezes, Britney.

Fixo o olhar no dela por cima do ombro de Luke.

– Meu nome é *Scarlet*.

Ela só ri antes de girar nos calcanhares e marchar de volta até o carro.

– Entra – diz Luke, abrindo a porta para mim.

Ele me ajuda a subir, já que minhas pernas não param de tremer. Meu Deus, eu queria não ter tanto medo dessas pessoas! Disse que ia falar com as próximas que se aproximassem de mim, mas essa mulher foi agressiva demais.

Esperamos até eles irem embora antes de conferir se o portão está fechado e partir.

– Não sei vocês, gente, mas eu poderia fumar uma floresta inteira – comenta Maxi assim que pegamos a estrada.

Luke ri, estendendo a mão para segurar a minha. Ela está gelada comparada à dele, e fico grata pelo calor.

– Vamos voltar para o nosso próprio território antes. – Ele olha para mim. – Você tá bem?

Assinto.

– Valeu pelo que você fez.

– Sim – concorda Darcy, colocando a cabeça entre os dois assentos. – Você arrasou, irmãozinho. Filmei tudo pra gente mostrar para o papai. Ele vai ficar megaorgulhoso.

– Sinto muito que isso tenha acontecido, Scarlet – diz Maxi. – Achei que a gente só ia esbarrar com um ou outro dos curiosos de sempre, não com isso.

– Tá tudo bem – desconverso. – Esse tipo de coisa vai acontecer, então é melhor eu me acostumar.

– Não – retruca Luke, franzindo a testa. – Não é melhor, não. Ninguém tem direito de seguir ou assediar você, Scarlet. Ninguém. Não é culpa sua se seu pai é um cretino, e você não deve desculpas a ninguém por ser quem é.

E é nesse momento que me apaixono por Luke Logan.

* * *

– Eu não pedi pra nascer assim, entende? – diz meu pai quando o vejo de novo.

Acho que ele não tem muito tempo mesmo. Está mais acabado do que da última vez. E o cheiro…

– Se você recebesse a chance de mudar, aceitaria? – pergunto, tentando não respirar muito.

– Não sei. Gosto da atenção, mas as acomodações não são lá grande coisa.

Ele dá um leve sorrisinho. Não vou mentir: parte de mim fica tentada a sorrir de volta, mas depois lembro que ele é um monstro. Não há bondade nele.

– Ficar trancado deve ser difícil pra alguém como você.

Lake dá de ombros.

– Pensei que seria melhor que a alternativa. Mas estava errado.

Não sei o que dizer, então o silêncio paira entre nós enquanto ele respira com dificuldade.

– Olha pra mim – continua ele. Obedeço. Não é fácil. – Eu costumava ser um leão. Costumava ser musculoso e esbelto. Belo mas mortal. Não vou ser nem uma casca do que era quando chegar a hora. Já sou um fantasma. Costumava pensar que, se o FBI me pegasse, ia ter que me matar, e pelo menos eu seria um cadáver bonito. Mas aí ferrei tudo porque falei que tinham outras garotas, só porque não estava pronto para morrer. Eles me mantiveram vivo desde então. Devia ter ficado com o bico calado.

– Mas não ficou – relembro.

– Foi meu primeiro erro. Superestimar a devoção da sua mãe foi o segundo. Se eu realmente queria que ela ficasse do meu lado, devia ter dito que estava envolvida nos crimes. Mas falei para o Logan que ela não sabia quem eu era. Acho que foi o mais próximo que cheguei de amar a sua mãe. – Ele suspira e fecha os olhos. Os ossos do rosto se destacam num alívio nítido, a pele escassa do rosto esticada sobre o crânio como uma camada de lenços de papel úmidos. – Tem alguma coisa em mim de que você goste? – Continua com os olhos fechados. Não me vê negar com a cabeça, mas abre um sorrisinho antes de prosseguir: – Achei que não tinha mesmo. Sua tia Cat… Ela já falou alguma coisa sobre a cria dela ser como eu?

Sinto um calafrio, como um dedo gélido correndo pela minha coluna.

– Não.

– Não sei se esse é o tipo de coisa que está no sangue, mas, se algum dia você tiver filhos, talvez seja uma ideia boa ficar de olho nisso.

Não sei se ele está tentando ajudar ou brincando comigo. De uma forma ou de outra, digo:

– Não é algo que eu possa controlar.

– Acho que não mesmo. – Ele abre os olhos. Não há sinal algum de malícia neles, mas também não há muita coisa além do brilho da morfina. – Sua mãe acertou ao tirar você de mim assim que pôde. Eu a odeio por isso, mas ela acertou. Só Deus sabe em que eu teria te transformado.

Será que eu seria mais desgraçada da cabeça se tivesse crescido à sombra doida dele? Maxi parece bem. Ela tem menos ansiedade do que eu. Não foi criada para ter medo de tudo e desconfiar de todo mundo. Mas não vou ceder a essa vontade de me ressentir da minha mãe. Ela fez o que achou que era certo, e já tenho idade para assumir a responsabilidade pela pessoa que quero ser. Não é algo que esteja nas mãos dela.

– Está feliz por ter me conhecido? – pergunta ele.

– Pra ser sincera? Não sei. Acho que sim. Não gosto de você, mas coisas boas aconteceram por causa do nosso encontro. – Não consigo evitar pensar em Luke. – E você?

– Eu teria gostado de ter mais tempo. Pra você me encontrar no meu auge, talvez, quando eu era algo a ser temido ou ao menos respeitado.

– Você ainda é algo a ser temido – digo, sem me importar com o fato de que isso vai inflar o ego dele. – É uma pessoa desprezível, e não tenho dúvida de que mataria de novo se pudesse.

Ele dá uma risadinha. O som me causa arrepios.

– É a única coisa em que penso desde que me trancaram aqui. O que eu faria se saísse algum dia. As memórias do que fiz são as únicas coisas que me dão algum tipo de consolo. Isso e a ideia de me vingar da sua mãe.

Fico chateada por ele não me incluir na lista? De jeito nenhum.

– Você realmente devia deixá-la em paz. Você causou os danos que quis causar. Foi você quem se casou de novo.

– É triste admitir isso pra minha filha, mas foi necessário. Eu precisava da atenção. É melhor que o sexo.

– Ela te ama?

Ele nega com a cabeça.

– Não sei se algum dia amou. Ama quem eu fui, essa ideia de superpredador sobre a qual a gente conversou. Ela amava aquele leão. Acho que mal sente alguma coisa por mim agora. Isso costumava me irritar; ela sentar na minha frente, vendo nos meus olhos as coisas que eu queria fazer com ela, e não querer sair correndo aos gritos. Ela não me entendia. Só queria se fortalecer ao ser minha. Se eu tivesse forças, mataria aquela mulher só por ser a porra de uma sanguessuga. – O olhar dele se fixa no meu. – Isso te chateia?

– Não. Como se você fosse capaz de fazer algo assim agora...

Ele ergue a mão que não está presa pela algema – quase um esqueleto.

– Olha pra isso. Eu costumava ser capaz de impedir pessoas de respirar usando estas mãos. Agora mal posso segurar um copo d'água. – Ele solta uma risada sarcástica. – Punição pelos meus pecados, acho.

– Todo mundo morre – lembro a ele. – Seu câncer não se compara ao que você fez com aquelas garotas.

– Qual você acha que seria a forma mais apropriada de eu ir embora deste mundo?

– Eu entregaria você pra família da Britney pessoalmente.

Meu pai ri.

– Sim. Seria justo.

Depois de um momento, ele estende a mão livre. Demoro um segundo para compreender que quer que eu a segure. Não é uma boa ideia, mas o agente Logan está ali fora. A ajuda está a um grito de distância.

– Suas mãos parecem as da minha mãe – diz ele, correndo o polegar pelo nó dos meus dedos. – E ela também era uma vadia inútil.

Recolho meu braço, mas ele é rápido. Mesmo drogado, é rápido como uma serpente. Agarra meu punho com força, os ossos dos dedos machucando minha pele. Ele me puxa, quase me arranca da cadeira. A porta do quarto abre de supetão e o agente Logan grita para que ele me largue.

Meu pai retrai os lábios, expondo os dentes. Seu hálito tem cheiro podre. Bate quente e úmido no meu rosto.

– Eu fodi e matei cinquenta e sete garotas não muito mais velhas que você, queridinha. Ia dar os nomes pra você, mas agora vou levar tudo comigo. Você falhou, sua puta.

O agente Logan me segura pelos ombros, me puxando para trás. Os guardas contêm meu pai enquanto sou arrastada para longe. Meu punho pulsa onde ele o agarrou. Vergões vermelhos marcam o lugar onde seus dedos estiveram. Meu coração está batendo tão forte que sou capaz de ouvir.

– Respira – ordena o agente Logan, passando a mão nas minhas costas. – Está tudo bem. Eu estou aqui.

Com as mãos nas coxas, inclino o tronco para a frente e puxo o ar, desesperada. Inspiro pelo nariz, expiro pela boca. Ele está certo. Está tudo bem.

O pânico some mais rápido do que eu esperava. Ainda estou tremendo por causa da adrenalina, mas estou bem menos surtada do que deveria.

Lake está em silêncio. Há uma enfermeira no quarto, e fica evidente que ela o sedou. Ele está quase inconsciente.

O desgraçado está sorrindo.

CAPÍTULO 24

Quero ver Luke.

Mando uma mensagem enquanto espero o pai dele terminar o que precisa fazer na prisão. Acho que tem que preencher algum tipo de relatório de incidente ou coisa do gênero. De toda forma, ele decidiu que eu não precisava estar presente. Luke responde em minutos, falando que acabou de sair da última aula do dia e vai me encontrar na casa dele.

O agente Logan não tem problema nenhum em me levar até a própria casa. Não me provoca sobre isso, como alguns adultos fazem, reduzindo o sentimento dos jovens a algo "fofo" e digno de um filme da Disney. Só liga o ar-condicionado e deixa fechadas as janelas com película para que nenhum curioso por perto veja meu rosto enquanto vamos embora da cadeia. Há uma pequena multidão na porta – e não é formada apenas por jornalistas. Tem pessoas de bobeira, com placas com o nome do meu pai. Eu me pergunto se Scott está ali. Aquele esquisito. Acho que, talvez, ele seja o que vai perdurar por mais tempo depois disso tudo – não as coisas horríveis que as pessoas fizeram ou disseram, achando que minha mãe e eu somos monstros, mas o Scott querendo se aproximar de mim porque admira Lake.

No caminho, ligo para minha mãe e conto o que aconteceu – deixando alguns detalhes de lado. Ela não precisa saber dos nomes que ele me xingou. Tudo o que precisa saber é que meu pai me agarrou e que quero ficar com meus amigos.

– Toma cuidado – diz ela. – Não vai pra lugar nenhum. Se o Luke não puder te trazer pra casa depois, eu vou te buscar, tá bom?

Prometo que vou fazer isso e desligo.

– Você não vai voltar lá – diz o agente Logan, o olhar fixo na estrada. – Agradeço o que fez para nos ajudar, mas não vou deixá-la entrar naquele quarto de novo. Não devia nem ter deixado da primeira vez. A culpa é toda minha.

– Não, não é. A decisão foi minha, e fico feliz de ter feito isso.

– Você é uma garota corajosa. Sua mãe fez um ótimo trabalho.

– Ela não me fez ser corajosa. Ela queria que eu fosse esperta e desconfiada, mas isso me fez ficar medrosa também. Vir aqui… e encarar meu pai… Foi isso que me fez ser corajosa. Obrigada por isso.

Parece que ele não sabe o que dizer.

– Ele vai morrer logo, e isso tudo vai acabar.

– Vai mesmo? Acabar, digo? Sempre vai ter gente fascinada por ele.

– Sim, mas seu rosto não vai estar estampado por aí. Vão esquecer sua aparência e a da sua mãe. Você vai poder ter uma vida.

– Talvez.

– Rosa Bundy conseguiu.

Já ouvi Ashley mencionar esse nome.

– Mas as pessoas ainda falam sobre ela.

– Sim. Sempre vai ter gente assim, mas você vai conseguir se virar. Quando ele partir, as coisas vão ser diferentes. Confia em mim. Sei porque já vi vários caras como ele morrerem.

Dou de ombros.

– Não importa. Acho que vou lidar bem melhor com ser filha dele depois que começar a soltar meus vídeos.

– E como vai o projeto?

– Bem. Ainda não tenho gravações suficientes pra começar a edição, mas as informações que você, minha mãe e Cat me deram ajudaram demais. Depois de falar com os Mitchell, quero terminar o vídeo sobre a Britney. Quero ter alguns episódios prontos antes de começar a publicar.

– Você devia se orgulhar do que está fazendo. A irmã da Michelle Gordon disse que está disposta a falar, se você quiser. Só conversar, sem filmagem, mas está disposta.

– Seria ótimo. Valeu.

Ele me passa o contato quando chegamos na casa dos Logan.

– O Luke deve estar em casa em alguns minutos. Pode esperar lá no quarto dele se quiser. Preciso voltar para o trabalho. E fica à vontade na cozinha se estiver com fome ou sede.

– Obrigada.

Ele hesita.

– Tem certeza de que vai ficar bem sozinha aqui? Ele ainda deve demorar uns vinte, talvez trinta minutos.

– Tá tudo bem. Juro.

E está mesmo, o que é esquisito.

Sim, ainda estou sentindo um calafrio aqui e outro ali, mas nada que não possa encarar. Nem considero tomar um comprimido.

Depois de confirmar – de novo – que vou ficar bem, o agente Logan enfim vai embora. Fico lisonjeada de saber que ele confia o bastante em mim para me deixar sozinha na casa dele. É só uma da tarde; Moira está no trabalho e Darcy, na escola. Estou com minha mochila, então pego um refrigerante e vou para o quarto do Luke.

É bem limpo para ser de um cara. Ele até faz a cama. Nada excepcional, mas dá para o gasto.

Sento à escrivaninha. Antes de tentar trabalhar em coisas da escola, mando mensagens tanto para Ash quanto para Taylor pedindo para falarmos por vídeo mais tarde. Parece que passou uma eternidade desde que conversei com elas. Estou com saudade das duas, mas não tanto quanto deveria.

Estou trabalhando numa redação de Inglês quando Luke chega. Ele está com o rosto corado, arfando como se tivesse vindo correndo do carro. Solta a mochila e vem na minha direção.

Eu me levanto. Ele me ergue num abraço de urso. Envolvo seu corpo com os braços e as pernas, confiando na força dele. Confiando nele. Lágrimas escorrem dos meus olhos. Enfim posso chorar. Ele não vai me expor, não vai contar para ninguém que não sou tão forte quanto gostaria. Que a crueldade do meu pai me afetou mais do que deveria.

— Tá tudo bem — murmura ele. — Vai ficar tudo bem.

Concordo com a cabeça, o rosto enterrado no pescoço de Luke. Fungo. As lágrimas não duram muito.

— Pode me colocar no chão — digo depois de um tempinho.

Ele sorri.

— Eu meio que gosto disso. É sexy. — Ele agita uma das sobrancelhas.

Dou uma gargalhada.

— Ter uma garota empoleirada em você como se fosse um coala é sexy?

— Falando desse jeito, não. — Ele aperta minhas coxas antes de me colocar de pé. Depois beija o topo da minha cabeça. — Você tá bem?

Suspiro.

— Sim. O Lake me pegou hoje, só isso. Tipo, ele me agarrou mesmo. — Mostro as marcas no pulso.

A expressão dele fica sombria.

— Desgraçado — diz, tocando minha pele com cuidado. — Tá doendo?

— Um pouco. Provavelmente vai ficar roxo. Seu pai disse que não vai me deixar voltar lá.

Ele ergue meu braço e dá um beijinho leve em cada uma das marcas antes de me encarar.

— O que você quer?

— O Lake disse que não vai me dar outros nomes, e eu tô... Luke, eu tô exausta. — Sinto os ombros murcharem. — Devia estar me sentindo pior.

Ele franze a testa.

— Se sentir pior? Por quê?

— Por ter decepcionado as outras garotas.

— Não tem como decepcionar pessoas que já morreram, Scarlet.

— A família delas, então.

– Você fez o que pôde. Tá fazendo seus curtas, e isso vai ter que ser suficiente. Você não pode viver sua vida em dívida com estranhos.

Ele está certo, mas mesmo assim me sinto um lixo.

– Obrigada por estar aqui.

Luke ajeita meu cabelo.

– Não precisa me agradecer. Gosto de ser a primeira pessoa pra quem você liga.

– Verdade?

Ele confirma com a cabeça, abrindo um sorrisinho.

– É, ué. Eu gosto de você. Achei que era óbvio.

É minha vez de sorrir.

– Também gosto de você.

– Foi o que imaginei sábado à noite.

– Talvez eu só estivesse usando seu corpinho.

O sorriso dele fica mais amplo.

– Você não tem cara de quem faz isso, mas não seja por isso. Pode usar.

Uma imagem lampeja na minha cabeça – ele de pé, comigo envolvendo o corpo dele como se nós… *ah*.

– Continua olhando pra mim assim e você vai poder usar meu corpinho agora mesmo – diz ele, baixinho.

Sorrio.

– Posso pensar em formas piores de passar a tarde.

Ele fecha a porta, hesita, depois tranca a fechadura antes de andar na minha direção como um gato caçando um passarinho. Mas não me sinto como uma presa. Eu me sinto segura, desejada e incrivelmente inteira. Ele tira a camiseta, revelando o peitoral que ansiei ver à luz do dia.

– Que sorte a minha – diz ele, me abraçando. – Por coincidência, estou com a tarde livre.

* * *

Os Mitchell vivem num bairro novo e mais afastado, numa área próspera da cidade.

– Eles se mudaram antes do julgamento de Lake – explica o agente Logan, tirando o cinto de segurança. – Quando perceberam que Britney não voltaria, acharam impossível aguentar as lembranças dela. Precisaram de um novo começo.

Um novo começo seria ótimo. Se tem uma família que merecia um, era a deles.

– Está preparada? – pergunta ele. – Não tem vergonha nenhuma em mudar de ideia.

– Não, tá tudo bem. Você pode me ajudar com os equipamentos? Aluguei algumas ring lights, uns tripés e uns refletores para ajudar na filmagem. Quero que isso seja tão profissional quanto possível. Graças a Deus, minha mãe me emprestou o cartão de crédito.

A casa é cinza-clara, com detalhes em branco. Tem um alpendre lindinho na frente, com duas cadeiras de balanço e vasos pendurados cheios de flores bonitas.

Limpo o suor da mão nas coxas enquanto subimos os degraus da entrada. Estou mais nervosa aqui do que antes de encontrar Lake. Ele era só assustador. Isto aqui é… importante.

O agente Logan toca a campainha. Depois de alguns instantes, um homem alto e magro de uns setenta anos abre a porta. Tem o cabelo quase todo grisalho, com alguns toques de castanho aqui e ali, e os olhos são de um marrom cálido.

– Andy – diz ele. – Bem-vindo. E você deve ser a Scarlet. – Ele estende a mão na minha direção.

Aceito o cumprimento, esperando que ele não note minha mão suada.

– Obrigada por concordarem em se encontrar comigo – digo.

Ele sorri com gentileza.

– Claro. Por favor, entre. A Camille está fazendo um chá. Vou mostrar onde pode deixar o equipamento.

Seguimos o homem pela casa – que está cheirando a açúcar e bolo – até o que parece ser uma sala íntima. Nunca fui a uma casa com uma sala íntima propriamente dita.

– Podem ir fazendo o que têm que fazer – diz o sr. Mitchell. – Já volto.

O agente Logan me ajuda a armar as luzes e os refletores, e eu os organizo como quero.

– Isso exige uma bela produção – comenta ele com um sorriso.

– Quero que fique bem-feito – respondo, tentando não soar na defensiva. – Elas merecem.

Estou desenrolando os cabos dos microfones quando o sr. Mitchell volta com a esposa. É uma mulher mais baixinha com cabelo tingido de loiro e lindos olhos azuis. Está com um prato de sanduíches numa das mãos e um de biscoitos na outra. O sr. Mitchell traz uma bandeja com quatro copos altos.

Chá gelado. Não quente. Certo.

– Ah, Josh. Ela parece um pouco com a Brit, não parece?

O sr. Mitchell coloca as bebidas no aparador e pega os pratos da mão da esposa.

– Camille, essa é a Scarlet.

Ela me dá um abraço. Eu não estava preparada para isso. A senhora tem cheiro de baunilha, e sinto a garganta apertar. Ela provavelmente seria avó a essa altura, mas Britney era filha única. Talvez nem tivesse tido filhos, mas devem pensar nisso.

Pisco para espantar as lágrimas quando ela me solta.

– E sua mãe? Como ela está?

Analiso o rosto dela à procura de algum sinal de amargor, mas não há nada. Ótimo.

– Ela tá bem, obrigada por perguntar. Tão bem quanto possível, talvez?

O sorriso de Camille é gentil.

– Imagino que deve ter sido um belo choque pra você. O Andy disse que você não sabia sobre… o Jeffrey.

Eu me pergunto de que ela quase o chamou.

– Não mesmo. Foi um choque, na verdade. Mas me fez entender por que minha mãe foi tão rigorosa comigo. Cuidadosa.

Ela confirma com a cabeça.

– Queria ter sido mais cuidadosa com a Britney. Ela era tão boazinha, tão disposta a confiar nas pessoas… Talvez, se não tivesse…

– Ele enganou a todos nós, Cam – interrompe o esposo com gentileza. – Não tem nada que a gente pudesse ter feito. – O olhar dele encontra com o meu. – Mas agradecemos muito o que você está planejando fazer, Scarlet. Tenho certeza de que muitas das outras famílias também. É muito importante pra gente você querer enriquecer o legado da Britney.

– Obrigada. – Não é muito, mas não sei mais o que dizer. Ergo um dos microfones. – Vocês já usaram um desses antes?

Antes de instalar o microfone neles, coloco duas cadeiras diante do aparador, de frente para o sofá onde pretendo sentar. É a melhor organização de cenário, considerando a direção da luz natural que entra no cômodo. Posiciono as luzes e os refletores, depois as duas câmeras que tenho. Deixo uma quase reta, e a outra coloco num ângulo para alternar o ponto de vista de vez em quando. Decido que vou fazer essa montagem quando editar o material.

– Come um biscoitinho – diz Camila assim que me sento. Pego um do prato e dou uma mordida para agradar à senhora.

– Não tenho muitas perguntas – confesso enquanto engulo. Fico tentada a dar mais uma mordida, são biscoitos bem gostosos. – Meu principal objetivo, e o de todas as pessoas que vão assistir, é conhecer mais da Britney. Vou deixar os senhores decidirem o que querem compartilhar. Por favor, não se sintam obrigados a falar sobre nada que possa ser difícil. Não quero que fiquem chateados.

Eles sorriem.

– Já faz bastante tempo – diz Josh. – Mas, sim, ainda dói. Então, obrigado.

Confirmo com a cabeça. Isso não vai ser fácil, mas essa é a questão.

– Por que a gente não começa falando como a Britney era quando criança? – É sempre um bom ponto de partida.

Sento na beiradinha do sofá, ouvindo-os falar sobre a filha. Fica evidente quanto a adoravam. Eu só não estava preparada para quanto chegaram a adorar o meu pai.

– A gente achou que eles iam se casar – confessa Camille, uma expressão triste no rosto. – Ele era um namorado muito amoroso.

Quando a Britney contou que ele tinha sido violento com ela, mal acreditamos. – Ela olha para o esposo, em busca de confirmação.

– Mas a gente sabia que ela nunca mentiria – acrescenta Josh. – Quando desapareceu, contamos pra polícia como o relacionamento deles tinha terminado, mas não acharam que ele era suspeito. – Os lábios dele se curvam para baixo quando ele diz isso.

– Jeffrey já tinha se mudado na época – continua Camille. – Estava namorando com a sua mãe, hã… Allison. Ele cooperou com a investigação. Parecia tão perturbado pela situação quanto nós, e Allison e Britney se davam bem, apesar da Brit ser alguns anos mais velha. – Ela balança a cabeça.

Dou um minuto a eles.

– Os senhores ficaram surpresos quando eles se casaram?

– Um pouco – diz Josh. – A gente não achava que Allison era realmente o tipo do Jeffrey. Era ambiciosa e extrovertida. A Brit era mais quietinha. Não nos surpreendeu terem demorado uns anos pra ter filhos. Allison queria ter uma carreira estável primeiro.

Camille olha para mim.

– A gente achou que seu pai ter dado a você o nome da Britney era uma homenagem de um homem que tinha gostado muito dela. Quando descobrimos a verdade, odiamos o Jeff ainda mais. Odiamos você, uma criança inocente. Sinto muito por isso.

A sinceridade da mulher, nua e crua, me deixa atordoada por um instante.

– Eu é que sinto por tudo pelo que os senhores passaram.

Ela abre um sorriso triste.

– Depois ele ainda se levantou no julgamento e negou ter feito qualquer coisa com ela. – A voz de Josh está um pouco acalorada. – Olhou nos meus olhos e mentiu. Disse que nunca poderia ter machucado a Brit, que estava horrorizado de pensar que alguém tinha feito aquilo com ela. Disse que tinham armado para ele.

– Mas nunca perguntou como a gente estava – interrompe Camille. – Foi aí que eu soube que ele estava mentindo. O foco dele era como *ele* estava se sentindo. Não estava dando a mínima para o nosso sofrimento. Eu comentei isso, lembra, Josh?

O esposo dela assente.

– Descobrir que tinha sido ele foi quase tão horrível quanto descobrir que ela estava morta.

Eles se entreolham. Ele pega a mão dela entre as dele. Sinto a pressão no peito aumentar.

– Ele traiu a confiança dos senhores, assim como traiu a dela – digo.

Camille faz que sim com a cabeça e fita o nada por um instante antes de se virar para mim de novo.

– É aqui que as coisas começam a ficar difíceis. Eu tenho algumas fotos. Quer ver?

Forço um sorriso, porque ela está partindo meu coração.

– Claro, por favor.

Continuamos por mais quarenta minutos. Faço questão de pedir cópias de algumas das fotos e passo meu e-mail para que eles as mandem para mim depois de escaneadas. Quando não consigo mais suportar a tristeza do casal, quando não consigo mais suportar como não culpam a mim ou à minha mãe, decido que tenho tudo de que precisava.

Camille me faz levar alguns biscoitos para casa.

– Obrigada por honrar a nossa filha assim. Ela e as outras vítimas. – Ela toca meu braço. É uma mulher tão pequenininha... – Isso vai ajudar muito na nossa cura.

O marido a abraça de lado, e penso em como Luke fez a mesma coisa comigo na festa. Eles combinam muito.

– Quando eu terminar, se quiserem, mando uma cópia do vídeo.

– Sim, avisa quando estiver disponível pra assistir – diz Josh. – E obrigado mais uma vez. Andy, vê se não fica tanto tempo sem aparecer. – Os dois se cumprimentam e se abraçam de novo antes de irmos embora.

– Foi difícil – digo ao agente Logan depois que pegamos a estrada. – Me sinto tão mal por eles...

– Você acabou de dar algo positivo para os dois. Lembre-se disso. – O celular dele toca, e ele olha para a tela. – Hum.

– Algum problema? – pergunto.

Ele nega com a cabeça.

– Não. Nada. Uma mensagem do carcereiro da Central. Quer que eu ligue pra ele.

Seu sorriso é tão falso que me pergunto se ele não está escondendo algo de mim.

Quando chego em casa, descubro o que aconteceu. Minha mãe está na cozinha, abrindo uma garrafa de vinho. Ela serve duas taças e me entrega uma.

– Vamos comemorar – diz ela, mas há tensão ao redor de seus olhos.

– O quê?

– Seu pai não deve passar desta noite.

Carta ao editor, revista *Entertain Us*, 21 de fevereiro de 2022

Quem raios Jeffrey Robert Lake pensa que é? E por que vocês dão bola pra ele?

Escrevo esta carta num estado de raiva absurda. Acabei de terminar a leitura do artigo que vocês publicaram sobre Jeff Lake morrendo de câncer ("O arrependimento de um assassino", por Mark Rylen, publicado em 15 de fevereiro de 2022), e não dá para acreditar em como o jornalista de vocês tentou evocar a simpatia dos leitores pelo monstro sem alma que roubou do mundo tantas filhas, inclusive a minha.

Tracey era uma garota brilhante e linda que tinha a vida inteira pela frente – até ser gentil com o homem errado. Jeff Lake a torturou e matou. Profanou seu corpo. Roubou dela qualquer dignidade que tinha até depois da morte. Manteve nossa filha longe de nós por anos até ela ser encontrada no "jardim" dele e enfim trazida para casa. Ele é a fonte da pior dor que minha família já teve que encarar, e por quê? Porque foi incapaz de se controlar. Porque não há humanidade nele, e ainda assim sua revista quer que os Estados Unidos –

o mundo – sintam muito porque ele está tendo uma morte horrível? Minha filha teve uma morte horrível. As coisas pelas quais Jeffrey Lake está passando não chegam nem perto daquelas pelas quais merece passar.

Vocês noticiaram como a ex-esposa e a filha que foi separada dele se reuniram com esse homem em seu leito de morte. Lembro do julgamento de Lake. Lembro da reação da esposa quando descobriu a verdade. Eu a vi naquele dia no tribunal. A melhor coisa que ela poderia ter feito pela filha era tê-la levado para longe, como fez. Ela não voltou para a Carolina do Norte porque tem carinho por aquele homem. Voltou na posição de vítima, tanto quanto minha filha, e trouxe a pobre menina com ela porque Lake está brincando com o FBI, balançando o nome de outras garotas desaparecidas na frente do rosto deles como se fossem iscas, e não filhas pelas quais as mães sentem amor e saudade com cada fibra de seu ser.

Como ousam insinuar que alguém deveria sentir qualquer coisa que não ódio por Jeff Lake? Como ousam me pedir para perdoar esse homem e abrir meu coração para aquela mulher tola que se casou com ele depois da prisão? Como ousam sugerir que ele sente remorso pelo que fez? Não estamos mais nos anos setenta – todos sabemos o que é um psicopata, e Lake é um dos piores. Ele não sente remorso pelo que fez com a minha filha. Não sente remorso pelo que fez com a própria filha.

Que vergonha de vocês. Que vergonha da pessoa que escreveu um artigo horrível e danoso como aquele. Que vergonha de vocês por publicarem algo assim. Que vergonha de todas as pessoas que leram aquele texto e se compadeceram de Lake. Vocês devem à mãe de cada uma das vítimas um pedido de perdão pelo mal que causaram. E devem um pedido de perdão à filha de Lake por terem publicado aquela foto. Nunca mais vou ler esta revista.

Madeline Hart
Chapel Hill, Carolina do Norte

CAPÍTULO 25

● ● ●

Sábado, 25 de fevereiro de 2022

Lake morre sozinho:
nada de lágrimas para o assassino

RALEIGH, NC – Jeffrey Robert Lake, assassino serial confesso, morreu na última sexta-feira depois de uma batalha contra um câncer de pâncreas.

Oficiais da Prisão Central, onde Lake ficou encarcerado desde que foi preso em 2006 pelo assassinato de 14 mulheres, disseram que ele entrou em coma na quinta e não acordou mais.

A esposa, Everly Evans, ficou ao lado de Lake durante seus últimos momentos. Ela deixou o hospital da prisão sem derramar nem uma lágrima.

Antes de morrer, Lake revelou o nome de mais quatro vítimas às autoridades, mas se recusou a falar mais, dizendo que planejava levar as outras para o túmulo. As últimas palavras de Lake foram um pedido para ver a filha, Scarlet, que ele teve com a primeira esposa, Allison Michaels, que atende agora por Gina Murphy. Ela se divorciou de Lake durante o julgamento, em 2007.

Uma multidão com cerca de 200 pessoas se formou do lado de fora da Prisão Central quando vazou a notícia da morte iminente de Lake. Alguns carregavam velas, outros, placas que diziam QUEIME, LAKE, QUEIME e APODREÇA NO INFERNO, JEFF.

"Ele se deu bem", disse um dos presentes. "Se houver vida além-túmulo, espero que ele receba uma punição mais severa do que a que recebeu na Terra."

O agente do FBI Andrew Logan, que foi essencial na prisão de Lake, estava lá no momento da morte. Disse que o falecimento de Lake foi um "alívio". "Não sinto prazer com a perda de vidas humanas, e Jeff Lake nos deixou com mais perguntas do que respostas, mas não posso negar que parte de mim vai descansar com mais facilidade sabendo que ele faleceu."

Lake estava cumprindo prisão perpétua no corredor da morte e negociou direitos de visitação da filha em troca de entregar os nomes das vítimas restantes. Muitas famílias enfim encontrarão paz com a morte dele, mas muitas outras poderão nunca mais saber o que de fato aconteceu com suas amadas filhas.

Lake foi preso em 2006, depois que a polícia o surpreendeu com o cadáver de uma jovem que havia desaparecido recentemente. Uma investigação no local revelou outros 13 corpos em vários estágios de decomposição. Aquelas outras vítimas eram de Nova York, Virgínia e Carolina do Sul, o que fez a polícia especular que Lake pode ter feito vítimas em toda a Costa Leste dos Estados Unidos.

O desejo de Lake de ser cremado será cumprido.

Ele está morto.

E não presenciei isso acontecendo. Minha última memória dele é a cena em que se transformou num bicho e machucou meu punho. Suponho que nenhuma das minhas outras lembranças é muito melhor. Provavelmente eu não teria tido prazer algum em vê-lo morrer, mas ao menos saberia que é verdade. Parece impossível. Algo tão malvado como ele não para simplesmente de respirar, para? Foi mais difícil de matar Rasputin do que meu pai.

— Vou comprar voos pra Hartford no fim da semana — diz minha mãe no domingo. — Tudo bem pra você se a gente voltar um pouquinho?

— Claro. A escola acaba em maio. São só alguns meses. Além disso, tô com bastante saudade da Taylor e da Ash.

Mas sinto falta só delas. Não estou muito empolgada em voltar para o inverno da Nova Inglaterra.

E não gosto da ideia de deixar Luke. No fim das contas, não sou uma pessoa de ter relacionamentos casuais. Gosto dele. Queria passar mais um tempinho com ele, mas não posso exigir que ele entre num relacionamento a distância. Posso?

Acho que, por respeito a ele, devo ao menos perguntar.

— Estava pensando que a gente ainda podia fazer aquela viagem pra Inglaterra — diz minha mãe. — Talvez seja uma boa sair um pouco dos Estados Unidos. Ir pra um lugar onde ninguém ligue pra quem a gente é.

— Sério? — Nem tento fingir costume. — De verdade?

Ela sorri e pega o telefone.

— Vamos ver o preço. — Ela se larga ao meu lado no sofá e começa a conferir o preço das passagens e dos hotéis.

— Esse aqui parece legal.

É um hotel não muito longe da Abadia de Westminster. Fica bem de frente para o Tâmisa e perto da London Eye. É a melhor localização possível.

— A gente consegue pagar? — pergunto.

Ela ri.

– Meu amor, foi pra isso que Deus fez o cartão de crédito… Mas sim. A gente consegue pagar e fazer a nossa viagem de mãe e filha ser algo inesquecível. Além disso, depois de tudo, a gente merece.

Puxo-a para um abraço. O fato de ela ainda querer ir tem muito valor para mim.

– A gente vai ter que ir até Covent Garden e à abadia e ao Palácio de Buckingham, e a gente precisa fazer o tour do Jack, o Estripador, e…

Ela arqueia uma sobrancelha.

– Sério?

Faço uma careta.

– Tá bom, deixa pra lá. Acho que chega de assassinos em série por enquanto. Mas será que a gente pode ir visitar algumas propriedades do Fundo Nacional?

– A gente pode fazer o que você quiser. A viagem é sua. Mas umas comprinhas iam cair bem. E talvez uma noite no teatro.

Minha mãe faz a reserva de tudo ali mesmo. Bom, isso depois de pesquisar o hotel no Google para garantir que é tão bom quanto a propaganda. Mal consigo acreditar. Fico ali sentada, atordoada.

Estou indo para a Inglaterra. Definitivamente ameniza a dor de ficar longe de Luke por um tempo.

– Ai, meu Deus.

Mal consigo me conter. Preciso mandar mensagem para Taylor. Ela ainda está na aula, mas tudo bem. Vai ver quando voltar para casa. Começo a escrever uma para Maxi e Darcy, mas não quero que Darcy conte algo para o Luke antes de mim.

Estou no sofá, criando uma lista de coisas que quero fazer na Inglaterra, quando ouço o celular da minha mãe tocar. Não consigo distinguir as palavras, mas a ouço falando em outro cômodo. Alguns minutos depois ela surge diante de mim, ainda segurando o telefone, uma expressão de choque no rosto.

Sinto a esperança escorrer pelo ralo.

– Não me diga que foi algo que vai miar nossa viagem.

– Não. – Ela ergue o olhar até fitar meu rosto. – Era a Cat. Parece que a Everly quer que eu ligue pra ela.

305

– Everly Evans? A minha monsdrasta?

Minha mãe ri.

– Você não devia chamá-la assim. Estou curiosa pra saber o que ela quer.

Dou de ombros.

– Talvez queira pedir desculpas por incitar a mídia pra cima da gente. Ah, talvez queira dizer como você estava certa sobre ele. Sei lá, e quem se importa? Você vai ligar pra ela?

– Acho que vou. Senão vou ficar obcecada por isso.

Vejo ela digitar algo e levar o celular ao ouvido.

– Você tá ligando pra ela *agora*?

Minha mãe leva o dedo aos lábios, mandando eu me calar.

– Alô, é a Everly...? Oi, Everly. É a Gina Murphy... Ah, sem problemas. A Cat disse que você queria falar... – O olhar dela encontra com o meu enquanto ouve a mulher do outro lado da ligação. – Sério? Não faço nem ideia do que possa ser... Sim, a gente pode se encontrar.

Começo a negar com a cabeça, mas minha mãe me ignora.

– Por que você não vem aqui? É provavelmente mais seguro pra todo mundo assim. Ainda estamos com proteção policial. Vou mandar o endereço por mensagem... Claro, vejo você já. – Ela desliga.

– Você tá doida? – pergunto. – Você convidou aquela mulher pra vir aqui?

– A gente definitivamente não vai até a casa dela, e também não vou me encontrar com essa mulher num lugar público. Isso é pedir pra sair na primeira página dos jornais. O que você queria que eu fizesse?

– Não ligasse pra ela nunca.

– Ela tem uma coisa pra você.

Estreito os olhos.

– O que raios ela pode ter que me interesse?

– Não sei. Ela só disse que tem algo importante e quer te entregar pessoalmente.

– Parece meio agourento.

– Eu sei. – Minha mãe morde o lábio. – Vou ligar para o Andy. Passa um café? Coloca também alguns daqueles pães doces congelados no micro-ondas, por favor.

A única razão pela qual me levanto do sofá é que a ideia de café e pão doce parece ótima. Não quero impressionar a viúva do meu pai. Não quero ver essa mulher nem pintada de ouro. Não me importa que ela tenha aparentemente percebido quem ele realmente era pouco antes de sua morte. Tenho zero simpatia por ela e pelo fato de que ele não era o homem que ela achou que era. Lake já tinha sido declarado culpado quando ela o conheceu. O mundo inteiro sabia quem ele era.

Passo o café primeiro, para que ele esteja gostoso e quentinho na hora de beber, depois tiro do congelador um dos potes com os pães doces que Moira fez. Nham. Chocolate branco com amêndoas. Tão. Delicioso.

É errado sentir que um peso foi retirado dos meus ombros? Digo, não faz nem um dia inteiro desde que soube que ele morreu. O agente Logan ligou na noite passada para dar a notícia. Minha mãe e eu choramos de alívio. É como se uma peste tivesse chegado ao fim. Como se o sol tivesse saído depois de um mês de chuva.

Meu celular apita com uma notificação.

É Luke, perguntando se quero sair para comer nachos e celebrar. Sim, quero. E aí eu e ele podemos conversar sobre o que a gente quer fazer daqui em diante. Eu me diverti muito com ele, e transar com ele… Bom, transar com ele é maravilhoso. Realmente gosto desse cara, mas um mês atrás achava que Neal era o melhor homem do planeta. Há chances de que eu encontre mais alguns garotos como eles ao longo da vida. Vou estar errada sobre alguns, como Neal, e outros vão ser exatamente o que parecem, como Luke.

Isso não quer dizer que eu não acharia maravilhoso se Luke acabasse se revelando ser o amor da minha vida. Mas não vou colocar todas as esperanças nisso neste momento. Só quero passar um tempo com ele e conhecê-lo melhor.

E, de vez em quando, sentar nele até um guindaste me tirar. Sorrio com o pensamento. É extremamente divertido ficar sem roupa com ele. E ele beija bem. E é uma boa companhia. E tem um ótimo papo.

Tá bom, beleza, eu não estou *nada* apaixonada. Chacoalhando a cabeça, ponho vários pães doces num prato e o coloco ao lado do micro-ondas. Vou esperar Everly chegar para esquentá-los.

Depois de vinte minutos, quando estou fazendo uma maquiagem leve para ver Luke mais tarde, a campainha toca.

– É ela – diz minha mãe, conferindo as imagens da câmera. – Vamos entregar para o Andy qualquer coisa que ela der pra você, tá bom? Pode ser algo importante pra continuar as investigações.

– Ele morreu. Não é como se pudessem prestar alguma queixa contra ele – rebato.

Mas entendo. Talvez ajude a recuperar os corpos, e quero isso mais do que qualquer coisa.

Minha mãe revira os olhos.

– Termina sua maquiagem e vem. Não vou encarar essa mulher sozinha. É você quem ela quer ver.

Gosto desse novo lado da minha mãe. Sarcástico e provocador. Levinho. Outro dia ela até saiu para comprar roupas novas. Tudo nela está mais vibrante. Está com a aparência ótima, e adoro vê-la sair como uma borboleta fodona do casulo que impôs a si mesma.

Estou passando rímel quando ouço vozes na entrada. Everly soa… normal. Termino a maquiagem e saio do banheiro. Quanto antes isso acabar, melhor.

Everly Evans-Lake é mirrada. Pequena e magra. Deve pesar uns quarenta e cinco quilos, se muito. O cabelo na altura do ombro é da cor de café aguado, e os olhos têm um tom similar. Ela parece gente boa. Também parece estar destruída. Está com olheiras enormes, pele pálida e semblante abatido, como se andasse dormindo mal há um tempo.

É, aposto que sim. Não consigo nem pensar mal dela. Tenho dó.

– Ah! – exclama ela quando me vê. – Olha você aí. – A voz dela está trêmula.

– Entre – diz minha mãe. – A Scarlet fez café.

– Ah, não quero incomodar. – Fica nítido pelo tremor na voz que ela está acabada.

Minha mãe pega sua mão.

– Everly, eu talvez seja a única pessoa que sabe como você está se sentindo neste momento. Você não está incomodando. Vem, toma um café e come alguma coisinha.

Aproveito a deixa para ir esquentar os pães doces. Fico grata por ser a responsável pela tarefa. Depois de alguns minutos, nos sentamos as três à mesa da cozinha, cada uma com uma caneca cheia de café e o prato de pães quentinhos no centro da mesa. Pego um e dou uma mordida.

– Obrigada pela gentileza – diz Everly. – Só Deus sabe como não fiz nada pra merecer isso.

– Xiu – interrompe minha mãe, oferecendo o prato a ela. – Você confiou no homem errado. Poucas pessoas passam a vida sem dizer isso pelo menos uma vez.

– Eu não só confiei nele, Gina. Eu o amei. Mas as coisas que ele me disse na última vez que nos vimos... Ele não era quem achei que era.

– Você foi manipulada – corrijo a mulher, surpreendendo minha mãe e a mim mesma. – Ele era bom nisso.

Ela abre um sorriso fraco. Não acho que acredite nisso mais do que eu.

– Tenho uma coisa pra você. Algo que seu pai queria que chegasse a suas mãos.

Como ela está apenas com uma bolsinha pequena, posso supor com segurança que não é um crânio humano nem nada igualmente macabro. Ela espalma a mão na mesa e a arrasta na minha direção. Quando a levanta, vejo uma chave na madeira marcada.

Franzo a testa.

– O que é isso?

Everly pigarreia.

– É a chave de um guarda-móveis no centro da cidade. Está no seu nome.

Sinto um calafrio descer pelas costas.

– No meu nome?

Ela parece estar sofrendo com isso.

– No nome de Britney Lake. Foi como ele conseguiu manter isso em segredo, imagino. Ele disse que alugou o espaço pouco antes do seu nascimento.

– Por quê? – pergunto, olhando dela para minha mãe. – Você sabia algo sobre isso?

Minha mãe comprime os lábios numa linha fina.

– É a primeira vez que ouço falar disso. Everly, ele deu alguma pista do que pode ter lá dentro?

Ela nega com a cabeça.

– Só falou que contém algumas das posses mais importantes dele. Disse pra falar pra Bri… pra Scarlet que é o legado dela.

Isso não pode ser bom. É provável que seja… um baú cheio de troféus? Recortes de jornal e revistas sobre os assassinatos? Coisas que o faziam se sentir um homem poderoso?

Mas talvez haja evidências capazes de levar o agente Logan a mais vítimas. Ai, olha só para mim, tentando encontrar um fiapo de decência naquele filho da puta.

– Não sei nada sobre isso. O advogado do Jeff cuidava do pagamento da mensalidade. – Ela olha para minha mãe. – Penso que talvez contenha as coisas que ficaram pra trás quando você foi embora.

– Talvez – diz minha mãe. – Só peguei o que era meu e cabia no carro. Deixei muita coisa pra trás. Sempre achei que Cat cuidara disso, mas nunca perguntei. – Ela dá de ombros, o que significa que realmente nunca se importou em saber.

– Aqui, o endereço. – Everly me entrega um papelzinho rosa berrante com algo escrito.

– Obrigada.

Coloco o bilhete junto à chave e dou mais uma mordida no pão doce. Sinto gosto de serragem, mas continuo mastigando.

Depois de concluir sua missão, Everly parece não saber muito bem o que fazer. Fica ali sentada de frente para mim, pequena e silenciosa, as mãos envolvendo a caneca intocada de café. Quando uma lágrima começa a escorrer por sua bochecha, dou um chutinho na minha mãe por baixo da mesa.

Ela estende a mão na mesma hora e toca o braço da mulher.

– Everly, querida… Está tudo bem?

Everly ergue a cabeça. Os olhos dela estão manchados de rímel. Ela não tenta limpar as lágrimas, como se soubesse que só vai piorar.

– Como lido com o fato de que eu importava tão pouco pra ele?

– Ah, meu bem. Você só precisa se preocupar com o hoje e confiar que o amanhã vai cuidar dele mesmo.

Everly balança a cabeça e funga.

– Estou tão envergonhada…

– Eu sei. – A voz da minha mãe é pura compreensão. – Se servir de consolo, vai ficar mais fácil com o tempo.

– Eu fui uma idiota.

– Sim – concorda minha mãe. Ergo as sobrancelhas, mas não digo nada. – Você foi uma idiota, mas há uma enorme diferença entre ser idiota e cruel, Everly. Um universo de distância entre confiar e manipular as pessoas. Ele escolheu você porque queria machucar outra pessoa. É o que ele faz.

– Fazia – corrijo. – É o que ele fazia. Gostava de alguém em quem pudesse se projetar, mas agora ele morreu e nós, não. Então, abre uma cova aí dentro de você, enfia o Jeff lá dentro e segue com a porra da sua vida – disparo. As duas olham para mim. Dou de ombros. – É verdade, e não me arrependo de ter dito isso. Mas peço desculpas pelos palavrões.

Minha mãe começa a rir baixinho. Não fico surpresa com isso. O que me surpreende é ver Everly abrir um sorriso frágil.

– Você está certa – diz ela. – Só posso seguir em frente agora. Não tem como voltar atrás.

É, foi isso que eu quis dizer, embora ela tenha resumido de forma muito mais eloquente.

Ela pisca e limpa o rosto. Minha mãe oferece um guardanapo para que use como lenço.

– Eu nem tenho com quem falar – admite ela. – Perdi todos os meus amigos por causa disso. E nem posso julgá-los. Eu devia achar um terapeuta novo, acho.

Minha mãe abre um sorriso empático.

– Você tem a gente. A Scarlet tem planos pra mais tarde, mas por que você não fica pra jantar? Eu tenho uma garrafa de vinho. A gente pode falar do Jeff quanto você quiser.

Tenho tanto, tanto orgulho da minha mãe. Ela não tem motivo algum para fazer isso, além do fato de ser uma boa pessoa.

Everly concorda com a cabeça.

– Eu gostaria muito. Obrigada.

Ergo a caneca.

– Um brinde ao primeiro encontro do Clube das Sobreviventes de Jeff Lake.

Minha mãe olha para mim, surpresa.

– Sério, Scarlet?

– O quê? É verdade, não é? – pergunto.

Ela chacoalha a cabeça, mas Everly ergue a caneca e a bate contra a minha.

– Um brinde às sobreviventes – diz ela, e é a voz mais forte que emite desde que chegou.

Dando de ombros, minha mãe ergue a própria caneca com um sorriso e damos um gole no café. Jeffrey Lake está morto. Nós não, e para mim isso já é bom o bastante.

CAPÍTULO 26

O guarda-móveis é antigo. Não é aberto desde antes da ida do meu pai para a prisão. O garoto no escritório fica surpreso de ver alguém ali para reivindicar o conteúdo do espaço. O aluguel foi pago todos os meses, mas ninguém nunca veio. Ninguém achou isso suspeito. Por que acharia? Ninguém olhou para o nome "Britney Lake" e juntou as peças.

Dou a chave para o agente Logan – principalmente porque nunca abri um negócio desses antes e não sei como funciona.

A porta de metal rola para cima.

Franzo o nariz.

– Que cheiro é esse?

O agente Logan me pega pelo braço e me puxa para longe. A porta cai e se fecha com um estrondo.

– Chama o pessoal da perícia! – grita ele para alguém. – *Agora!*

Viro a cabeça para olhar para trás enquanto ele me arrasta para longe. Só consigo ter um vislumbre de uma policial, pálida, pegando o celular.

– Meu Deus – praguejo o agente Logan. Ele está branco, esfregando o cabelo. – Scarlet, eu sinto muito. Não achei que... Que filho da puta maldito! – Ele me puxa contra o peito num abraço furioso. Atordoada, fico parada ali, os braços soltos ao lado do corpo.

– O que tem lá? – pergunto.

Ele só balança a cabeça.

– Quando a perícia chegar, quero que você vá embora, está bem? Você não precisa ver isso.

Sou tomada por uma sensação horrível – uma certeza que me faz gelar até os ossos.

– Quantos? – pergunto. Ele cerra a mandíbula. – Agente Logan, tem quantos co-corpos tem lá dentro?

– Não tenho certeza – responde ele baixinho. – Vi dois, mas acho que tem mais.

O peso na boca do meu estômago parece uma bola de boliche, girando e rodopiando na direção da canaleta. Escorrego pela parede até sentar no chão imundo.

– Ele queria que eu os encontrasse.

Meu pai literalmente deixou cadáveres para mim.

Parte de mim quer pegar a câmera e documentar isso, mas não consigo fazer minhas mãos funcionarem. Fico sentada, as costas contra a parede, incapaz de me mexer. Tudo o que consigo fazer é respirar e olhar para o guarda-móveis fechado. Policiais e agentes montam guarda diante dele, parecendo tensos e chocados. A detetive principal está ao telefone.

Como ele pode guardar pessoas como se fossem móveis velhos? Como alguém deixa esse tipo de coisa para a própria filha encontrar? O distúrbio do meu pai – sua crueldade e falta de sentimentos – realmente não tinha limites.

Olho para o agente Logan, o homem que me impediu de ver minha "herança". Ele evitou que eu ficasse eternamente – *eternamente* – machucada pelo legado do meu pai.

Nas poucas semanas em que o conheço, ele já virou um pai para mim – mais do que qualquer outra pessoa.

– Obrigada – digo.

Ele assente.

– Quer que eu ligue para o Luke vir buscar você? Você não deve estar aqui quando… quando a perícia começar a trabalhar.

– Eu quero ficar.

Devagar, fico de pé. Minhas pernas estão um pouco trêmulas, mas não cedem. E o que é mais importante: não sinto aquele pânico paralisador. Se meu pai fez alguma coisa boa por mim, foi permitir que eu mudasse minha resposta de "luta ou fuga". Agora, luto mais do que fujo.

– Ficar é meu dever com as vítimas. Comigo mesma.

Ele dá um tapinha no meu ombro, abrindo um sorriso tenso.

– Você parece muito com a sua mãe.

Tenho vontade de pedir que ele ligue para ela. Quero minha mãe. Mas não falo nada, porque ela vai querer vir até aqui e não precisa disso. Sei que, de alguma forma, ela vai se culpar.

Ao que parece ele liga mesmo sem eu pedir, porque ela chega pouco tempo depois. A polícia permite sua entrada – a área está toda interditada, é claro. Não corremos, mas andamos a passos rápidos uma até a outra.

Abraço minha mãe com força.

– Ah, minha querida – diz ela, acariciando meu cabelo. – Sinto muito. Não devia ter deixado você vir sozinha. Devia ter imaginado que ele tinha planejado algo.

– Não é culpa sua – digo. – Nada disso é culpa sua. É culpa *dele*. – Sinto a voz vacilar de raiva.

Ela me fita por um instante – para valer, olhando no fundo dos meus olhos.

– Tudo bem – diz ela. – Você está certa. – Depois me abraça, mas logo pega uma das minhas mãos geladas entre as dela.

Ficamos ali, juntas, fora do caminho, mas perto do guarda-móveis. A perícia chega, uma equipe de quatro pessoas. Colocam o traje completo, com máscaras e material de proteção, antes de entrar.

Não sei quanto tempo demora até começarem a levar os sacos com os corpos. Parece muito. Parece que o tempo parou.

Onze. É o número de cadáveres que trazem. Como ele conseguiu fazer isso sem ninguém ver? Sem ninguém achar o cheiro estranho? Não quero saber. Ele obviamente pensou muito nisso.

Meu pai me disse que foram cinquenta e sete. Somando estas novas às catorze vítimas originais, mais os quatro nomes que ele me deu, temos um total de vinte e nove corpos recuperados. E vinte e oito sobre os quais ainda não sabemos nada.

– Meu Deus – sussurra minha mãe quando trazem o último.

O agente Logan se aproxima com um copo de papel em cada mão.

– Como as senhoritas estão?

– Indo – responde minha mãe, pegando os cafés e me entregando um. A sensação do calor na minha mão é gostosa. – Acabou?

Ele assente, olhando por cima do ombro.

– Agora vamos começar a ver o que tem guardado aqui. Tem várias caixas além das que ele usou pra guardar o material biológico. A gente acha que são suvenires. Com sorte, vão levar a mais identificações.

Material biológico. Parei de ouvir nessa parte. Vou demorar um tempo para processar que tipo de "material biológico" ele guardava naquele espaço.

– Você devia ir pra casa – diz ele para mim. – Já fez o que devia fazer. Aquelas garotas estão a um passo de retornar pra casa delas. Volto amanhã e te mantenho informada, tá bom?

Soltou um suspiro trêmulo.

– Tá.

Minha mãe e eu andamos até o carro dela em silêncio. Beberico o café e cumprimento os policiais com a cabeça conforme passamos.

– Cuidado lá fora – um agente nos alerta. – Alguém avisou a imprensa.

– Estamos com escolta – responde minha mãe. – Mas valeu pelo alerta.

Assim que saímos do labirinto de espaços para armazenagem e adentramos a luz minguante do sol, vemos a multidão. Encontrar um corpo é uma notícia. Encontrar onze num guarda-móveis que pertencia a um assassino em série que acabou de falecer é uma reportagem ainda maior.

– Ele realmente queria que isso fosse centrado nele, né? – pergunto para minha mãe quando começam a gritar nosso nome.

– Um último "que se foda" para o mundo – responde minha mãe.

– Pra gente – corrijo. – Ele podia ter feito isso anos atrás. Mas ele guardou pra gente.

Pra mim. Nem acho que é porque me odiava. Não sei se ele era capaz de odiar alguém mais do que amar, porque para odiar é necessário sentir algo. Eu não passava de uma extensão dele, como um braço. Um peão no tabuleiro dele.

– Ele morreu achando que venceu.

Minha mãe nega com a cabeça.

– Ele está morto. Não importa o que pensava. Ele não importa mais.

– Ela abre um sorrisinho que faço o melhor possível para retribuir.

– Puta merda – diz ela, estendendo a mão. – Acho que a gente merece uma pizza. Precisamos transformar isso numa celebração. Outras onze garotas encontradas, e Jeff Lake reduzido a cinzas a uma altura dessas. Não preciso mais carregar esse homem por onde eu vou. Não preciso mais ficar olhando sempre por cima do ombro. Estamos livres, querida. Hora de agir como tal.

Não estou muito no clima de celebrações e também não acho que ela esteja, mas concordamos silenciosamente em fingir que é como estamos nos sentindo até ser verdade.

Dentro do carro, a gritaria dos jornalistas é abafada. Minha mãe liga para a tia Cat antes de dar a partida, e mando uma mensagem para Luke e Darcy.

– A Cat vai pegar a pizza – diz minha mãe, saindo de ré. – Assim a gente poupa o carinha da entrega de ter que lidar com a imprensa.

Concordo com um suspiro. Felizmente, a polícia estacionada ao redor de casa faz um bom trabalho e evita que o povo bata na nossa porta, mas não tem como evitar que as pessoas fiquem sentadas pela rua, tirando fotos com lentes teleobjetivas.

Nem é como se minha mãe e eu fôssemos interessantes. A mídia tem muito em comum com psicopatas – tudo envolve chamar a atenção e quem pode ser útil para isso. Eles não se importam com a gente, somos apenas extensões de Jeffrey Robert Lake, e ele vende jornais e rende visualizações e cliques.

É um lance nojento. Juro que nunca mais vou assistir ao sofrimento público de alguém. Não se eu puder evitar.

Meu telefone apita assim que entramos pela porta. É uma mensagem de Ashley.

> **Ash**
> Acabei de ver no Twitter que acharam
> mais corpos???? Num guarda-móveis???
> QUE PORRA É ESSA? VC TA BEM?

Respondo: Tô bem. Explico depois. Cansadona. <3

Taylor também manda mensagem, mas é só um monte de emojis. Respondo com um coraçãozinho e deixo o telefone de lado. Preciso de um banho.

No banheiro, me olho no espelho. O tom vinho do meu cabelo já desbotou quase todo. Pareço a antiga eu: pálida e meio surtada. Talvez tente outra cor. Loiro, quem sabe, para ver quanto Maxi e eu parecemos. Ou talvez um vermelho bem vampirona. Algo ousado e nada a ver comigo. Talvez eu corte também.

Ou faça uma tatuagem e um piercing novo, quem sabe. A ideia me faz sorrir.

Foco no sorriso. A antiga eu não teria sido capaz de sorrir num momento como este. A antiga eu estaria sedada em algum lugar, depois de fumar ou beber um monte. A antiga eu não tinha ideia de como a vida é muito mais do que aquilo que as pessoas pensam de mim.

Tem mais a ver com o que *eu* penso de mim. Posso ir a festas e viajar e ter vários amigos, mas, se não gostarem de quem sou, nada disso importa. Acho que sempre tive um medo secreto de quem realmente sou. Quer dizer, eu sabia que minha mãe era paranoica por um motivo, certo? Isso me deixava com medo também. Fazia eu me sentir amarga e pequena.

Não estou mais com medo.

Entro no chuveiro quente ainda sorrindo. O dia de hoje me deixou meio pirada, mas vou olhar para isso tudo como se fosse algo bom, como minha mãe disse. Mais garotas identificadas. Meu pai morto e enterrado. Não tenho a intenção de deixar esse homem envenenar o resto da minha vida. É hoje que paro de ser uma das vítimas dele. Pego o sabonete e deixo o resto da antiga eu escoar pelo ralo.

* * *

— Quando vocês vão embora?

Estou sozinha com Luke em casa. Ambos estamos na minha cama — de roupa. Minha mãe saiu para jantar e beber com uns amigos dos velhos tempos. Um deles é um cara com o qual ela costumava sair; estava ansiosa para se encontrar com ele de novo.

— Sexta — respondo, o rosto aninhado no pescoço dele, sentindo seu perfume. Ele cheira tão bem...

— Vou ficar com saudade de você.

Eu me afasto um pouco para olhar Luke nos olhos.

— Eu também. Mas a gente pode falar pelo FaceTime e por mensagem. E volto depois das férias de primavera pra procurar um apê por aqui com a minha mãe.

— Eu sei. — Ele corre a mão pela minha coxa. Queria que não houvesse tantas camadas de roupa entre nós. — É que me acostumei com poder ver você a hora que eu quiser.

Apoio o peso no cotovelo. Quando saímos para comer os nachos, evitamos esta conversa. Não sei muito bem como conduzir esse assunto; tenho medo, mas vamos ter que falar disso de um jeito ou de outro.

— Eu não tenho expectativas sobre a gente, acho importante você saber. Talvez você conheça outra pessoa, e...

Ele me interrompe, pressionando os lábios nos meus.

— Não quero outra pessoa. Não tô procurando outra pessoa. Quero você.

Sinto borboletas por todo o meu corpo.

— Como você faz pra falar assim?

— Assim como, de forma honesta?

— De forma vulnerável. — Balanço a cabeça, abrindo um sorrisinho. — Não me leve a mal. *Eu* amo. É ótimo saber como você se sente.

Mas... você não tem medo de que eu... sei lá, te faça sofrer ou alguma coisa assim?

Ele nega com a cabeça.

– Na verdade, não. Você tem medo de que eu te faça sofrer?

– Tenho.

Achei que isso era óbvio.

– Quero fazer muitas coisas com você – diz ele baixinho. – Mas nenhuma delas é fazer você sofrer.

Como se para provar o que está dizendo, ele beija meu pescoço. Estremeço contra o corpo dele e sinto sua risadinha na minha clavícula.

– Me mostra, então – peço, envolvendo o corpo dele com os braços, puxando sua camiseta até sentir nos braços a pele quente e nua de suas costas.

Corro os dedos pela coluna dele e o sinto estremecer. Sorrio.

E ele me mostra. Devagar, tira minhas roupas até me deixar só de calcinha e sutiã, e depois tira as duas peças também. Fitando minha boca, beija o meu corpo todo – parando em alguns lugares para fazer mais do que só beijar.

Puta merda.

Fico olhando Luke tirar a própria roupa. Não há como tocar esse homem tanto quanto quero – ou sentir seu gosto, seu cheiro. Não há tempo suficiente no mundo. Mas tento.

– Scarlet – sussurra ele, as mãos no meu cabelo.

Meu nome nunca soou tão urgente, tão poderoso antes.

E depois estou debaixo dele e ele está dentro de mim, e envolvo o corpo dele com as pernas, as mãos enterradas em sua cintura. Ele olha para baixo, e nossos olhares se encontram. É como olhar para cima pela primeira vez e ver todas as estrelas no céu.

É disso que as pessoas estão falando quando dizem sobre transar com alguém de quem se gosta. Como as emoções fazem tudo ser... *mais*. É maravilhoso e aterrorizante, e não estou nem aí, me entrego completamente. Ele é como um presente no meio disso tudo. Uma pessoa linda e incrível que faz o terror e a vergonha de descobrir de onde vim sumirem nas sombras.

– Não dá pra fazer *isso* com você pelo FaceTime – provoca ele depois que terminamos. Ainda estamos entrelaçados, os nervos formigando.

Dou uma risada. Mas sinto o peito apertado, cheio dessa nova emoção, dessa consciência.

– Eu... – As palavras escapam.

Olho para ele sob o luar que entra pela janela. Tem tanta coisa que quero dizer... Tanta coisa que estou *sentindo*...

A expressão de Luke muda. Suaviza-se.

– Sim – murmura ele. – Eu também.

E de repente ele está me beijando de novo, e pela primeira vez na vida sinto que tudo o que quero está ao meu alcance.

* * *

Os meses seguintes passam todos num único borrão. Minha mãe e eu fazemos as malas e voltamos para Connecticut. Meu primeiro dia na escola é na semana que antecede as férias de primavera. Fico grata pelo toque de empolgação que tira os holofotes de cima de mim.

É bom estar de novo com minhas amigas. Assim que retorno, Sofie pergunta se podemos conversar. Não sei o que esperar, mas encontramos um lugar reservado, e ela me diz que sente muito pela forma como as coisas se desenrolaram entre nós. Está quase chorando quando pede perdão por como me tratou – por como me odiou por eu ter a atenção de Neal. Eles estão saindo agora, mas ficar com o garoto que ela queria não compensou se separar assim de uma amiga. Fico feliz, devo admitir. Não sinto nem um pingo de ciúme dela com Neal. Fico grata pelo pedido de desculpas e lhe dou um abraço antes de ir para a sala de aula. Ter de volta nosso grupinho de amigas é muito bom. Ver Neal não me incomoda em nada, mas fico ainda mais feliz por não termos transado naquela noite. Seria esquisito.

As pessoas vêm me perguntar sobre meu pai? Sim, mas sinto que a comoção já passou. Ash é a única que parece interessada em me ouvir falar disso, porém não faz muitas perguntas. Ela está me ajudando com o documentário, e o conhecimento dela sobre a psicologia envolvida em tudo isso é de grande ajuda. Não consigo sequer começar a explicar quanto ela me auxilia a processar a psicopatia do meu pai. Com ela e minha terapeuta, estou melhorando muito. Tipo, muito mesmo. Mal tenho crises de pânico e, embora ainda goste de ficar chapada de vez em quando, percebo que não tenho mais muita vontade de beber ou fumar. Penso que muito disso se deve ao fato de a minha mãe estar muito mais sossegada agora.

Nossa viagem para a Inglaterra é maravilhosa. Muito, muito divertida. É como se eu tivesse ganhado uma mãe nova e melhorada. Ela ainda é meio neurótica sobre várias coisas, mas nada parecido com o que costumava ser. Passamos as férias de primavera em Londres e dirigindo por várias partes da Inglaterra, visitando propriedades do Fundo Nacional e locais históricos. Tem uma parte de uma muralha romana na Torre de Londres. Me dá tela azul pensar em como ela é velha. E há inscrições nas paredes das celas da torre.

A gente acaba fazendo o tour do Jack, o Estripador. Minha mãe diz que não vamos deixar Jeff arruinar uma noite perfeitamente macabra. Fico feliz, porque nosso guia realmente sabe do que está falando, e o passeio é bem legal.

Fazemos compras. Tomamos chá. Experimento passar chocolate na minha torrada. Filmo várias coisas. É a viagem mais legal da minha vida.

– Talvez na próxima a gente possa ir pra Paris – sugere minha mãe no voo de volta.

Eu topo.

Falo com Darcy e Maxi por mensagens de texto tanto quanto posso. Elas estão namorando oficialmente agora. Não me surpreenderia se ficassem juntas por um tempão. Formam o típico casal com esse tipo de energia.

Já eu e Luke estamos bem. Falamos por mensagem todos os dias e por FaceTime sempre que dá. Ele vem passar um fim de semana aqui em breve, pra conhecer minhas amigas. Mal posso esperar.

Minha mãe está conversando com aquele cara com quem estudou no Ensino Médio, que também é divorciado. Fizeram planos de sair juntos de novo quando a gente se mudar para Raleigh em maio. Ela já começou a arrumar a mala. Eu também.

Enfim montei um plano. Tem algumas escolas de cinema boas na Carolina do Norte, e já fui aceita em uma delas. Muito obrigada, sistema de admissão progressiva. Vou começar lá e ver o que acontece. Tenho outras opções, inclusive já fui aceita em faculdades por todo o país – no momento, porém, o mais importante para mim é criar raízes de verdade. Quero conhecer a família com a qual não pude ter contato durante boa parte da vida. Quero passar um tempo conhecendo melhor a minha mãe. Nosso relacionamento já mudou muito, e não quero me afastar dela tão cedo. Além disso, ainda tenho muito trabalho pela frente com a série documental e preciso estar na Carolina do Norte para as entrevistas e filmagens.

E, sim, quero passar mais tempo com o Luke. Então vou começar a faculdade no estado e depois... quem sabe? Se tem alguma coisa que aprendi desde fevereiro é que não tem como prever as reviravoltas que a vida vai dar. Estou só tentando aproveitar a jornada. Fazer minha vida ter algum significado.

Identificaram os onze corpos encontrados no guarda-móveis. Meu pai fez um bom trabalho preservando os cadáveres – e isso é tudo o que vou falar a respeito. Exames de arcada dentária e de DNA ajudaram muito. Então foram mais onze mulheres que voltaram para a família. Mais onze cujas memórias vou registrar. Pelo número de troféus e diários encontrados, o agente Logan deduz que há outros corpos por aí, e alguns casos já encerrados podem ser resolvidos. Penso sobre isso sempre que lembro do meu pai e do tempo que passei com ele. Valeu a pena. Se não fosse por ele, eu talvez ainda estivesse me sentindo amarga, em pânico e ressentida com a minha mãe. Ainda seria aquela garota nervosa que não tinha ideia de quem era ou do que era capaz.

Minha tia Cat disse que Jeff queria ter as cinzas espalhadas no chalé, mas ela não vai deixar isso acontecer de jeito algum. Everly nem se opõe. Pegou a urna, levou as cinzas para a casa de repouso onde minha avó Lake vive e as deixou por lá. Disse à minha mãe que não se importa se alguém roubá-las, então não me surpreenderia se algum dia encontrasse os restos mortais dele à venda na internet.

Meu pai era um escroto, mas, se não tivesse deixado aquela chave para mim, o fim da minha história com ele não seria tão satisfatório como foi. Ele não me destruiu. Não deixou uma marca em mim. Conhecer meu pai me fez mais forte e me deu um propósito. Então é isso. Vai se foder, Jeffrey Robert Lake.

Entrevistamos muito mais pessoas para a série. E, quando voltarmos para Raleigh, vou encontrar algumas cara a cara e filmá-las. Enquanto isso, gravei trechos da minha mãe e de mim mesma falando sobre nossas experiências. Falamos sobre ele tão pouco quanto possível e tentamos focar em nós e nas vítimas que não tiveram a sorte de sair disso com vida. Everly também concordou em ser entrevistada. Muitas pessoas não querem ter empatia por ela de jeito algum. Ora, um monte de gente não quer ter empatia por mim ou por minha mãe, mas empatia não é o objetivo aqui.

Tenho vinte e nove nomes na lista do meu caderno, e o agente Logan vai me dar outros para acrescentar a ela qualquer dia desses, tenho certeza. Meu pai me disse que matou cinquenta e sete mulheres, mas provavelmente nunca vou saber se ele disse a verdade ou contou outra mentira.

Não preciso mais da lista para me lembrar delas. Tenho o nome dessas jovens escrito na memória e no coração. Conheço o rosto delas. Conheço a história delas. Eram amigas. Irmãs. Mães. Filhas. Elas importavam antes de morrer e importam agora. Meu pai tirou a vida delas.

E eu vou lhes dar voz.

AGRADECIMENTOS

A ideia para este livro me ocorreu depois que assisti *Ted Bundy: a irresistível face do mal*, na Netflix. Surgiu durante a cena em que Kaya Scodelario (interpretando Carole Ann Boone) está no tribunal com as mãos sobre a barriga levemente protuberante. Lembro de imaginar como seria surreal crescer tendo Ted Bundy como pai. Isso fez eu me compadecer por aquela criança, e me deu de bandeja a ideia da Scarlet. Então acho que preciso agradecer a todos os envolvidos na produção do filme. Também devo um agradecimento imenso a Vicki Lame, por fazer todos os barulhinhos adequados quando lhe contei essa ideia no nosso almoço de autora-editora pouco depois. Além disso, um muito obrigada à minha agente, Deidre Knight, por estar por trás disso tudo, e a todos os meus amigos que não ficaram nem um pouco surpresos quando contei que ia abordar esse tema. Uma opinião muito pessoal é que nós (sociedade) tendemos a botar muito mais foco nos assassinos do que nas vítimas – algo que eu gostaria de ver mudar. As pessoas que esses assassinos tiram de nós são muito mais importantes do que os próprios criminosos jamais serão. Cada uma delas era uma fonte sem fim de possibilidades, privadas de alcançar seu potencial, e elas com frequência são reduzidas a pouco mais do que objetos de uma obsessão psicopática – extensões da pessoa que as matou em vez de indivíduos.

Também quero estender os agradecimentos a quem esperou pacientemente por este livro e àqueles que o leram. Vocês sabem que ele é todo de vocês, né?

E, enfim, um grande obrigada ao meu marido, Steve, que é sempre minha luz quando passo muito tempo no escuro. Ele vem sendo meu constante torcedor, relações-públicas, acalmador de ego e melhor amigo por mais da metade da minha vida, e gosto dele mais do que sou capaz de botar em palavras. Além disso, ele é engraçado e lindinho também, o que é um bônus. ☺

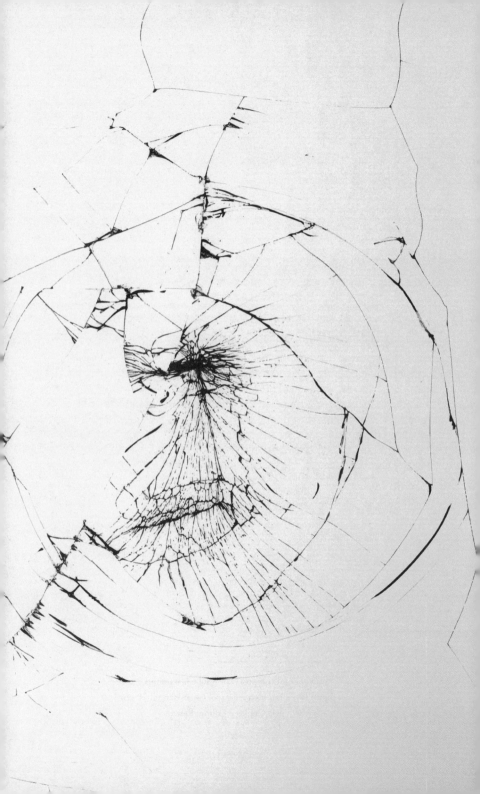

Esta obra foi composta em Adobe Garamond Pro e
Input Sans e impressa em papel Pólen Natural 70 g/m²
pela Gráfica e Editora Rettec.